JN112447

ブラックバースデイ

Black Birthday

麻加 朋

Asaka Tomo

光文社

ブラックバースデイ

Contents

装　幀　　泉沢光雄

装　画　　太田侑子

図版作成　　デザイン・プレイス・デマンド

プロローグ

黒いバースデイケーキが私の目の前に置かれている。

見渡すと周囲には誰もいない。

暗闇の中、ろうそくに火が一つずつ点(とも)されていく。

なぜ?

不安が私を包み込む。

「大丈夫ですか?」

声をかけられて、目を開けた。

私は病室のベッドでいつの間にか眠っていた。

「嫌な夢を見たわ」

「まあ、こんないい日に怖い夢を?」

気遣う顔が私を覗(のぞ)き込む。


窓の外を黒い鳥が掠(かす)めてビクッとする。

「カラス?」

「いいえ、姫雨燕(ひめあまつばめ)ですよ」

「可愛い名前の鳥ね」

心をざわめかす不吉な想いをなだめる。


「もうすぐ赤ちゃんを連れてきますから」

そう、今日はあなたが生まれた日。悪いことなど起きるはずがない。


母から聞いた言葉を思い出す。

――子どもの身代わりに死ねる？　と聞かれたら、こう答えるわ。

もちろん死ねる。それもニッコリ笑いながら。

私はそんなふうに思える母親になれるかしら……。

――夫のためだったら絶対に無理だけどね。

そのあと母はそう言って笑った。


やがて隣に赤ちゃんが運ばれてきた。私はきっといい母親になれる。

小さな寝息を聞きながら、不安な気持ちを吹き消す。

この先ずっと、一緒に誕生日をお祝いしましょうね。

けたたましい鳥の鳴き声がして、窓に目を向ける。

黒い姫雨燕が一羽、スーッと横切っていくのが見えた。

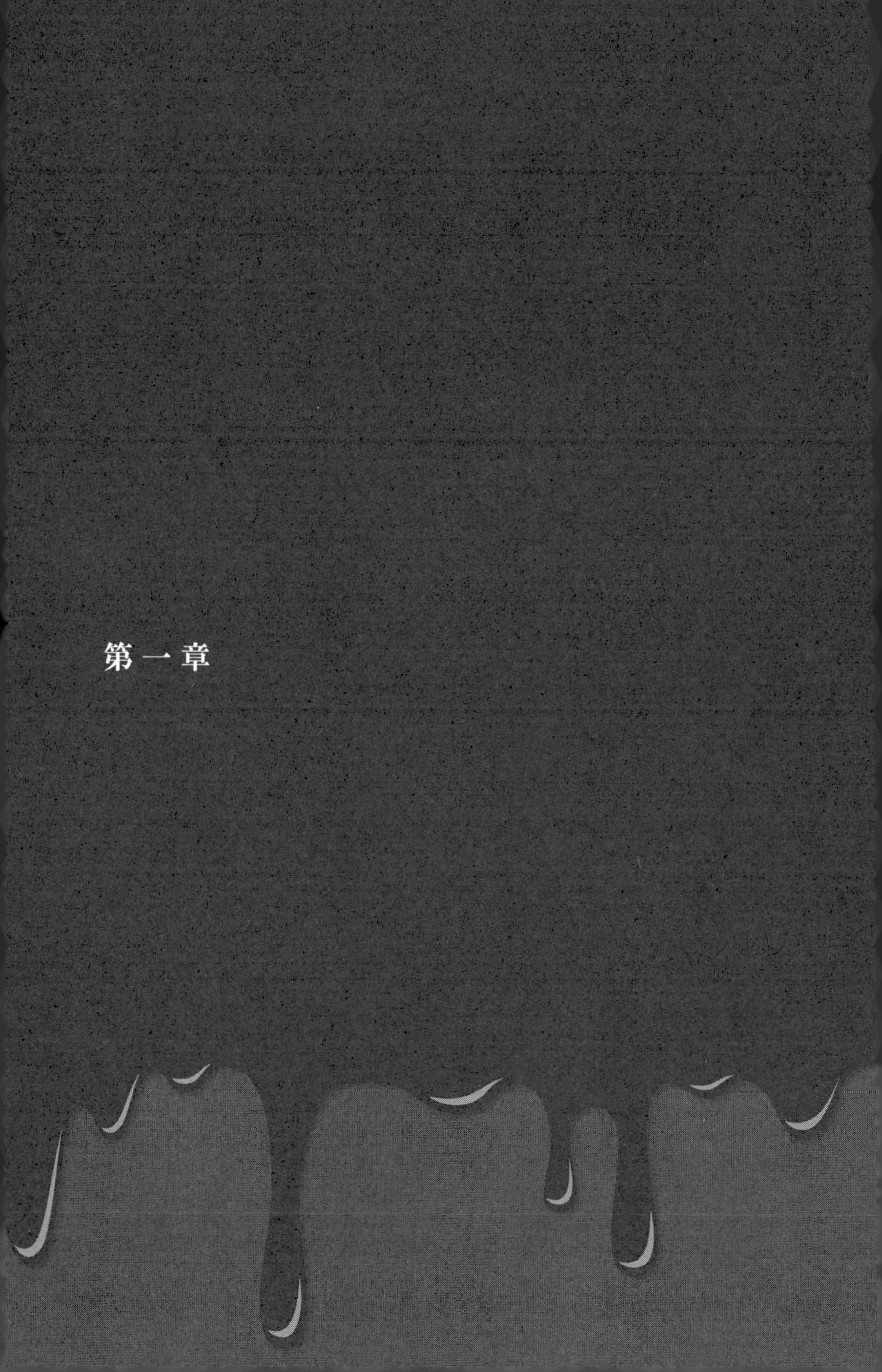

第一章

くっきりとした切れ長の瞳に紫のアイシャドウを塗る。肌は白く、頬は薄紅色、唇は薄く、口角を少し上げた。黒目には三つの星を煌めかせ、こめかみにはうっすらと血管が浮き出ている。風になびく緑色の長い髪に金色のメッシュを加えた。

すらりとした均整の取れた体型に鎧を纏わせる。灰色と黒の鎧は光を反射してきらきらと輝く。ブーツの留め金は真っ赤な髑髏。細い腕は引き締まった筋肉を携え、みなぎる力が溢れている。瓦礫の中で剣を肩に担ぎ、女戦士は佇んでいた。

「格好いい」

泉駒之介は金色の色鉛筆を机の上に置くと呟いた。

スケッチブックに描かれた、女戦士を満足げに眺める。すると、外からゴロゴロという音が聞こえてきた。ああ来たな、とじっと耳をそばだてる。幾つかの足音が重なり合い近づいてくるのがわかった。

「駒之介、ちょっと手が離せないんだ。頼む」

下から父、哲平の声が届く。スケッチブックを引き出しにしまって、机の上の電気スタンドを消し、自分の部屋を出た。

階段を下りると、店の厨房から何かを炒めるフライパンの音が聞こえる。父の作る何てことのない料理を食べにくる常連さんの笑い声がした。

この家の最大の欠点、出入りするのには一旦店を通らなければいけない。元々、普通の民家に店を作ったのでこうなってしまったらしい。

裏に勝手口があるのだが、父はそこを使うことを凄く嫌う。運気を上げるには玄関は南東に、という風水を信じているからだ。そればかりか、常に南東から出入りしなければいけないと思い込んでいる。そのお陰で、家を出入りする度に憂鬱になる。

「駒、久しぶりに一局指さないか？」

奥の対局を覗いていた常連の太田の爺さんに声をかけられる。

近くに住む太田の爺さんは元大工、うちも家回りのことは全部頼んでいる。この将棋カフェのリフォームも爺さんが工事してくれたと聞いていた。一階の三分の二を店舗、残りが風呂などの水回り、二階を父と二人の居住スペースとして使っている。住居と店の入り口を別々に作れなかったのかと、密かに恨んでいる。

駒之介は小さく首を振って、入り口に向かった。

「なんだ、元天才少年は愛想悪いな、わしが将棋教えてやったんだぞ」

デリカシーのない言葉を何回浴びたことか。爺さんに悪気がないのはわかっているが、その度に胸がチクチクする。

「手が空いたらすぐに行くから、泉荘に案内してくれ」

父の言葉を背中に聞きながら、逃げるように外に出た。冷たい海風がガタンガタンと枕木を叩く江ノ電の音を運んできた。いつもの癖で潮の香りを大きく吸い込んだ。

店の入り口を出て左を向くと踏切が見えて、その向こうに空なのか海なのか区別が付かない青色が広がる。駒之介はここから見る眺めが好きだ。

でも今日は目の前に見慣れない光景が広がっていた。

お気に入りの景色を遮断するように、六人の人たちが並んでいた。大人四人に子どもが二人。それぞれにキャリーバッグやスーツケース、ボストンバッグを持っている。うつむきがちに立って、どんよりと負のオーラが漂っている様子に、思わず少し後ずさった。

「すみません」

四十歳くらいの男の人がおずおずと声をかける。

「こちらにどうぞ」

店を迂回(うかい)するように脇道に入り、『民宿　泉荘』と書かれた大きな看板がかかる板塀の門に案内した。脇道は傾斜があり上り坂になっている。

泉荘は、店の後ろ側にある建物だ。間には中庭がある。庭と言ってもあまり手入れをしていないので、雑草や名前のわからないオレンジ色の小さな花が自由に咲いている。石の椅子らしきものが並び、昔はこのスペースでバーベキューをすることもあったという。

生い茂った樹木に隠れるような泉荘は、二階建てのこぢんまりした建物だが、それなりに鎌倉(かまくら)らしい風情を感じられた。

泉荘は祖父が経営していた民宿で、駒之介の両親も手伝っていた。九年前に相次いで祖父母が亡くなり、民宿は閉鎖された。そしてその後、両親は離婚して母は一人で家を出ていった。駒之介が小学校に上がる一年前のことだ。離婚の理由は今も聞かされていない。

父は心機一転、将棋が指せることが売りの〈カフェ・いずみ〉を開き、それからずっと、親子二人の暮らしが続いている。母とは離婚以来、会っていない。

廃業した泉荘だが、知り合いが泊まりにくることは今までにも何度かあった。でも、海が近い場所柄なので、それは決まって夏だった。十月半ばというこの季節に、子ども連れで宿泊する客なんて初めてだ。まだ冬休みでもない平日の来訪を、不思議に思う。

父には、「子どもの頃からの友達が家族を連れてくる。しばらく滞在するからそのつもりで」と言われただけだ。

「そのつもりで」ってどんなつもりでいればいいんだ。まったく大人はいい加減で自分勝手だな。何だかんだ手伝わされるこっちの身にもなって欲しい。

そんなことを考えながら、泉荘へ客を招き入れた。

玄関の上には、草書体で書かれた立派な看板がかかっている。

木製の引き戸を開けると、広いフリースペースがある。壁には父が撮った海や江ノ電の風景写真が飾られている。ソファーセットが置かれていて、まず最初にくつろいでもらうためのロビールームとなっている。祖父は酒豪だったらしく、深夜までここでよく宿泊客と酒を酌み交わしていたらしい。

「お世話になりますね。ありがとうね」一番年上に見える女性がしゃべり出した。「いいところね。海も近くて……」

この宿泊客を迎えるために、三間続きの部屋を二つ準備した。これまで知人が来るときは、普通に掃除をするだけだったのに、今回は業者も入れてリフォームが施された。元々、共同炊事場はあったが、古くなっていたため、手狭ではあるが一応キッチンとして使えるように整えた。父は「しばらく滞在する」と言っていたが、宿泊するというより生活するという意味なのだろうか。この人たちは父と特別な関係があるのか。

「もうすぐ父が来ますから」

疑問を持ちながらも、お辞儀をして玄関を出た。一人のおばさん以外誰もしゃべらない。重苦しい雰囲気に押し込められそうで、大きく一回深呼吸をしていると、父が珍しく家の勝手口から出てきた。

「お店は？」

「太田さんが店番してくれてるから大丈夫だ。皆さんは？」

「ロビールームにいる」

頷（うなず）いて中に入っていく父のあとに続いた。

「浩（ひろし）ちゃん」

父は男性に駆け寄り、握手を交わしている。男性は神妙な面持ちで頭を下げた。

「哲（てつ）ちゃん、この度はお世話になります」

父が哲ちゃんと呼ばれるのを初めて聞いて、何となくこそばゆい感覚がした。

「これ、息子の駒之介だ。この人は鴻ノ木（こうのき）浩さん、将棋のかつてのライバルだ」

父が互いを紹介する。

「昔の哲ちゃんにそっくりだ」

鴻ノ木浩は初めて表情を緩めた。

ぺこりとお辞儀をして顔を上げたら、女の子と目があった。

駒之介……この名前を初めて聞いた人は、みんなちょっと笑う。将棋好きの父が付けた名前だが、付けられた本人の気持ちも考えて欲しかった。一生付きまとう駒の字、棋士を目指していた小学校低学年まではよかったけど、夢を諦めた今となっては迷惑でしかない。

一度は真剣に改名できないかと調べたことすらあった。

「妻の晴恵です」

「結婚式で会ったきりですね。なかなか機会がなくて、ご無沙汰してます」

「結婚式には、わざわざ島まで来ていただいて、ありがとうございました」

三十代と思われる二人の女性のうち、髪の短い人と父が挨拶を交わした。

「こちらが一条桜子さんとお母さんの松子さん」

鴻ノ木浩が父に向けて言った。

「この度は本当にありがとうございます。どうぞよろしくお願いいたします」

さっき駒之介にしゃべりかけた六十歳くらいの女性、松子が深々とお辞儀した。

「心凪と透真です」

続けて二人の子どもを松子が紹介した。少し間が空き、一瞬変な空気が流れた。女の子、心凪は晴恵の傍に、男の子の透真は桜子にぴったり寄り添っている。

「駒之介くんは何年生かしら？」

長い髪の桜子に尋ねられた。

「中学二年です」

「あら、心凪と同い年だわ。透真は六年生なの。よろしくね」

桜子が微笑んだ。

二人は姉弟なのだろうか？

目の前の六人を頭の中で整理する。

まずは父の友達という鴻ノ木浩と妻の晴恵、晴恵と同い年くらいの一条桜子と、その母親の松子、そして心凪と透真という子ども二人。

苗字(みょうじ)が違うので二家族のようだが、鴻ノ木と一条の関係がわからない。

「長旅で疲れたでしょう。まずは二階の部屋にどうぞ。よかったら夕食を用意しますから、あとで店の方にいらしてください」

「有り難いです。お願いします」

大人全員が頭を下げた。父と一緒に泉荘の玄関を出る。

父は何も言わずに中庭を通り抜けて勝手口から家に入った。泉荘との行き来は、勝手口を使えば、わざわざ脇道に出るという面倒な迂回も必要ない。数年ぶりに解禁になったドアは、文句を言うように軋(きし)みをあげた。

「油を差さないと駄目だな」

独り言を呟きながら、父は店の厨房に戻っていった。

店では、太田の爺さんが食べ終わった食器を自分で下げていた。

「太田さん、悪いね」

父が声をかける。

「ご馳走さん。泉荘にお客さんかい？」

「昔、子ども将棋大会で知り合った友達でね」

洗い物をしながら、父が話し始めた。

鴻ノ木浩と泉哲平の出会いは、今から三十年程前に遡(さかのぼ)る。同い年の二人は九歳のとき、全国子ども将棋大会に出場した。

浩は父親に連れられ、瀬戸内海にある美波島から参加していた。

浩も哲平も小学生大会では上位に食い込む実力があった。小学校の高学年になる頃には、同じ目標を持つ者同士、友情を育んでいた。

二人とも、同級生と遊ぶこともせず毎日将棋に取り組んだ。たとえ距離は離れていても、同じように努力している友の存在は心強かった。父親からの期待というプレッシャーを抱えているのも同じだ。その上、一人っ子という共通点もあり、手紙や電話でやり取りしお互い励まし合った。

共にプロ棋士になるための登竜門である奨励会を目指していたが、結局は二人とも叶わず、中学卒業を機に夢を断念した。

子ども時代に特殊な世界で一緒に過ごし、挫折を味わった二人の友情は、その後も途切れることはなかった。


「二十年近く会ってなかったんだけど……」

「そうかい。思い出話をする相手がいるのはいいもんだ」

「ええまあ」

父は遠くを見るような目をしている。

「じゃ、今日はこれで帰るとするか。駒、たまには一局付き合えよ」

太田の爺さんは指を二本突き出し、将棋を指すポーズをしてみせ、帰っていった。

父は今でも将棋が好きだ。

駒之介は物心ついたときから、父に将棋を教わっていた。スタートが早かったアドバンテージのために、幼稚園の頃は小学生相手にもよく勝っていた。小さな指で駒を挟み、盤に打ち込む姿に〈カフェ・いずみ〉の常連客たちは歓喜した。勝手に「未来の名人」などと盛り上がっていたが、周りのレベルが上がるにつれて、負けが多くなっていく。結局全国大会には一度も進めなかった。

小学五年生の頃には、プロを目指すだけがすべてではないと言われ、父が諦めたことを思い知らされた。

周りに乗せられ、自分でも「名人になれるかも」と夢を見ていたので、正直辛かった。勝手に願望を押しつけた周囲の大人たちに対して反発心を抱くと同時に、期待に応えられなかった申し訳なさと恥ずかしさは、今でも心に深く刻まれている。

子どもながらに、期待を寄せられなくなって淋しかったが、きっと父は自分の経験を踏まえ、叶わぬ夢にいつまでも囚われない方がいいと考えたのだろう。

今では早くに決断してくれたのはよかったと思っている。

人には生まれ持った才能というものがあり、努力しても叶わないことがあると学んだ。

五年生にして挫折を味わった駒之介が逃げ込んだのがアニメの世界だった。それまで将棋しかなかった駒之介に、興奮と憧れをもたらしてくれた。

夢中になって漫画を読み、主人公の模写をするのが楽しくなった。

学校でも休み時間にノートに絵を描いて過ごすようになり、ある日それを見た同級生に言われた。

「凄いじゃん。絵、上手だね。漫画家になれるんじゃない？」

一瞬、照れたような笑みが浮かんだが、駒之介の心にブレーキがかかった。

褒められて調子に乗って夢を見たら、また痛い目に遭うんじゃないかと。ただ好きだから描く、それだけでいい。自分にそう言い聞かせた。

「こんなの、大したことないよ」

すぐにノートを閉じてしまい込んだ。

父には、アニメへの興味は内緒にした。日頃から漫画を読みふける姿に、父が眉をひそめているのを感じていたからだ。お小遣いを貯(た)めて六十色の色鉛筆セットを買って、それまで描いていた絵に色を塗った。スケッチブックの中で自分が描いたヒーローたちが躍動し始めた。

駒之介の密かな世界が作られていく。


「よし、今日はもう店閉めるぞ。手伝ってくれ」

いつも閉店は八時だが、時計はまだ六時を少し回ったところだった。駒之介は外に出て、プレートを「ＯＰＥＮ」から「ＣＬＯＳＥＤ」に裏返し、手動のシェードをしまい、外の立て看板を店内に入れた。外のライトを消して厨房に戻ると、父は炊き上がったご飯を大きな寿司桶(おけ)に移していた。

店の食事メニューは豚肉の生姜(しょうが)焼き定食や、カレーライスにチキンライス、サンドイッチなどだが、今日は特別に父は魚介類を仕入れ、ちらし寿司を作るつもりらしい。

父にしては彩りに気を遣った盛り付けが施され、ちらし寿司が完成した。

あとは店でも出している鎌倉野菜を使った温野菜サラダ。これは近頃女性客に評判がいい。大根や人参、カブなどの色とりどりの根菜をオリーブオイルと塩を加えて蒸し炒めするだけ。完全に素材の良さに頼り切ったメニューだが、簡単な割りに見栄えもいいので一石二鳥だ。火の入れ具合が絶妙に難しいんだと、時折手伝いに入る駒之介には任せてくれない。湯葉入りの味噌汁を仕上げて、父はエプロンを外した。

「浩ちゃんは特別な友達なんだ。放ってはおけない」

誰に言うともなく呟きながら、六人を呼びに行った。

四人がけのテーブルを二つ並べて食卓を整えた。

片側に松子、桜子、透真が座り、向かい側に浩、晴恵、心凪の順に座った。駒之介はカウンター席に着き、自分の分のちらし寿司を食べ始める。お客さん用に比べて、明らかに手抜きの盛り付けだ。

「浩ちゃん、一杯どうだ」

隣の椅子に腰かけ、ビールを勧めてきた父に、浩は首を振る。

「せっかくだから頂いたら？」

松子が声をかけた。

「いや、遠慮しときます。松子さんどうぞ」

「あら、そう？」

やり取りを聞いて、父が慌てて松子にビールを注(つ)いだ。

「ありがとうございます。まあ、美味(おい)しそう」

「あ、そうか、島でいつも新鮮な魚を食べ慣れている皆さんに、ちらし寿司をお出しするなんて、マヌケでしたね」

父は頭を掻(か)いた。

「いえいえ、そんなこと。さあ頂きましょう」

松子の一声で食事が始まった。

「はい、ここちゃん」

桜子が取り分けて、お皿を手渡した。

「ありがとう」

心凪が返事をすると、「桜子さん、すいません」ぼんやりしていた隣の晴恵が謝った。

「いいのよ、晴恵さん。はい、透真もどうぞ」

桜子は、そのあと皆に取り分けてから、自分も食べ始めた。

「お母さん、これ」

心凪が小声で晴恵に囁いた。駒之介が横目で見ていると、晴恵は心凪の皿から海老を箸で摘み、自分の皿へ移した。どうやら海老が嫌いなようだ。桜子が二人の様子に視線を注いでいる。

松子が父に鎌倉のことを尋ね、しばらく二人の会話が続いた。

「ママ、僕もうお腹いっぱい」

透真が桜子に甘えた素振りを見せる。

「アイスクリームがあるよ。おい、出してあげろ」

父の声が飛んできた。食べ終わって、店にある漫画本をパラパラと眺めていた駒之介が立ち上がる。

冷凍庫には、何種類かのハーゲンダッツが入っていた。いつもはアイスなんか買わないのに、奮発したなと可笑しくなる。

「ねえ、どれがいい？」

手招きすると、透真は桜子に促され、ようやく近づいてきた。ストロベリーとクッキー&クリーム、グリーンティーにバニラというラインナップを見せた。それぞれ二つずつある。

「ここちゃんはどれにする？」

透真は振り返って、心凪に訊いた。

ずいぶん優しい子だな、と感心した。自分なら真っ先に好きなものを選ぶ。まあ、これだから一人っ子は自分勝手だと言われるのかもしれない。

心凪はゆっくりと歩いてきて、少し考えてからストロベリーを指さした。ストロベリーは駒之介の一番のお気に入りだ。同じ好みなんだ、とちょっと嬉しい気分と、残りはあと一つだと焦る気持ちの両方が心をよぎる。

「僕はこれにする」

透真はクッキー&クリームを手に取った。よしよし、と心で呟き、ストロベリーを二つ取り出した。スプーンを渡してカウンターで三人並んで食べ始める。心凪は透真のアイスの蓋を開け、中のシートを剝がしてあげていた。やっぱり仲のいい姉弟に見える。

「あら、いいわね」

桜子が寄ってきて覗き込む。

「まだありますよ」

「私は一口だけで充分」

桜子は駒之介を制した。

「ママに一口、くれる?」

「うん」

透真はすぐにアイスを差し出す。

「わあ、冷たい。美味しいね」

桜子が心凪に笑いかける。少しして、心凪が尋ねた。

「こっちも食べる？」

「ありがとう。お母さん嬉しいわ」

目を細め、桜子はストロベリーアイスを口に運んだ。

あれ、心凪はさっき晴恵をお母さんと呼んでいたよな。どういうことだろう。ふと小さな疑問が生まれた。

食べ終わった透真は、駒之介が読んでいた漫画をチラチラと気にしているようだ。

「読む？」

透真はコクリと頷いた。夢中になってページを捲(めく)る透真の横で、心凪は関心なさそうに、まだゆっくりとアイスを食べていた。


「片付けは大丈夫だ」と珍しく断られ、先に二階に上がった。いつもなら必ず手伝わされる。父と子の二人暮らしでは、助け合わなければ生活は成り立たない。でも今日は、普段とは少し様子が違い、黙々と皿を洗う背中が、「一人にしてくれ」と語っているかのようだ。

先に風呂に入って、今日の来訪客のことを考えた。

鴻ノ木浩は父と同じ四十二歳で、妻は鴻ノ木晴恵だ。

一条桜子と松子は親子と言っていたが、鴻ノ木夫妻とはどんな関係なんだろう。晴恵と桜子はお互いに名前で呼び合っていたし、全く似ていないから姉妹には見えない。浩は一人っ子だから、桜子と兄妹の関係でもない。

透真は桜子をママと呼んだ。六年生の男子としては、少し子どもっぽい気がするが、今はそれは関係ない。透真の母親が桜子なのは間違いない。問題は心凪だ。

心凪は鴻ノ木晴恵をお母さんと呼んでいた。不思議なのは、桜子が心凪に向かって自分のことをお母さんと言っていた点だ。

ノートに関係図を書いて考え、駒之介は一つの可能性を導き出した。

鴻ノ木浩と晴恵は夫婦で、心凪はその娘。

一条桜子と松子は親子で、透真は桜子の息子。父親はいない。

一人の男と、二組の母と子。

ひょっとして、この人たちは……。

『一夫多妻制』

頭にうかんだワードに、妙な緊張感が走った。

浩には妻が二人いる。妻だと紹介した晴恵が第一夫人で、桜子が第二夫人。晴恵が産んだのは心凪で、その後桜子が透真を産んだ。

晴恵にとって桜子は夫婦に割り込んだ存在、おまけに母親の松子までついてきている。見た感じでは晴恵と桜子は良好な関係に思えたが、水面下では、二人の女性の間はバチバチと火花が散っているのかもしれない。駒之介はぶるぶると震えた。

桜子は心凪の母親みたいに振る舞っている。松子も、二人とも自分の孫のように紹介した。

「私が子どもたちの母親」

「心凪も透真も私の孫」

二人は晴恵を追い出そうとしている?

しかし浩は晴恵と別れたくない。

「二人とも愛している。みんなで仲良く暮らそう」

そう言ってここに来た。

さあ、これからどうなる？　修羅場か？

それとも……。

「浩さんが望むなら仕方ないわ。みんなで暮らしましょう」

「そうね、そうしましょう」

晴恵と桜子が手を繋ぎ、微笑み合う。

「お父さん、お母さん」

心凪と透真もニコニコと輪に加わる。満足そうにそれを眺める浩。

そんなわけあるかい！

駒之介は自分の妄想にツッコミを入れた。急に訪れた謎めいた家族に、俄然興味が膨らむ。

片付けを終えて父が二階に上がってきたときには、夜の十一時を過ぎていた。

「鴻ノ木と一条って苗字が違うけど、あの人たちどういう関係なの？」

好奇心を抑えられずに尋ねると、父はあからさまにムッとした。

「つまらないことを詮索するな。わかったな」

そう言ったきり、口を閉ざした。

知られたくない何かがある。そう直感した。

案外、自分の妄想が正しかったりして……。大人の愛情のもつれなんて、中学生の息子に見せたくないに違いない。それでも迎え入れる必要があった。それは友情なのか。

ただ一つ言えるのは、浩がそんなにモテる男には見えないということだ。

とにかく、この不思議家族から目が離せない。

朝目覚めてすぐにカーテンを開けると、外は雨が降っていた。

駒之介が密かに不思議家族と名付けた六人が来てから一週間が過ぎた。中庭を挟んだ向かいの泉荘は、今日もひっそりとしている。

週に二回、朝早くから父は車で買い出しに出かける。そんな日は、一人で朝食をとる。パンを牛乳で流し込み、好物のフルーツヨーグルトを食べた。

駒之介の通う中学校は家から歩いて二十分程の場所にあった。江ノ電の踏切を渡り、海沿いの国道を進む。

レインコートを着たゴールデンレトリバーといつもの場所ですれ違う。犬も駒之介を覚えているのか、横目で挨拶を交わす。足が泥で汚れるのも構わず、威張った態度で歩き続けていった。

幼い頃、ゴールデンレトリバーを飼いたくてたまらなかった。ドラマか何かに影響されて、犬の親友が欲しくなった。温厚そうな顔つきや、抱きついたときの大きさなどから、ゴールデンレトリバーは相棒として最適だ。父に頼んだが、飲食店だから犬は飼えない、とすぐに却下された。看板犬がいる店もあるのにと思ったが、渋々諦めた。

雨の日も散歩して、帰ったら足を洗ってやって、いや下手すると全身シャンプーしなければならないかもしれない。ああ、飼い主はさぞ面倒だろう。その点自分は身軽だ。どうだ羨ましいだろう。などと頭の中でヘンテコな優越感を主張して、心を慰める。一方で、将来もしも自分の子どもが犬を飼いたがったら、絶対に願いを叶えてあげるんだ、と心に誓う。自分が親になる日が来るなんて、まだ想像もできないけれど。

校舎の三階まで階段を一気に上り、教室に向かう。これくらいで鍛えられるとは思っていないが、運動部に入っていない駒之介の唯一のトレーニングだ。

窓側の一番前の席に着いて目を外にやると、校庭の隅にバスケットボールが一つ転がっているのに気がついた。

「バスケ部、ボールが水浸しになってるよ」

外を指さしながら、誰にともなく呼びかけた。クラスメートにバスケ部の男子はいない。女子を名指しで呼ぶことすら、駒之介は恥ずかしい。

「えー、もうやだ」

背の高いバスケ部の女子が、不平を漏らしながらも早足で教室を出て行った。教室では幾つかの集団が、いつもの場所にそれぞれ集まっている。アイドルの話で盛り上がる嬌声や男子のふざけ合う声、変わりない日常が流れていた。

チャイムが鳴り、先生がドアを開けて入ってきた。生徒たちは慌てて自分の席に着く。担任は柔道部の顧問だ。丸刈りで、百キロはありそうな巨体を揺らしている。どちらかというと目立たないグループの駒之介にとって、強面（こわもて）の担任は苦手だった。でも担任が目を光らせているおかげで、クラスの中の不良っぽい連中も今のところ大人しい。

駒之介は将棋部に入っている。部員は少ないが、顧問の先生が熱心で、県内ではそこそこの成績を残している。入学式早々に顧問から声をかけられた。顧問は父の高校の一つ後輩で、〈カフェ・いずみ〉にも何度か来ていたらしい。本当は美術部に入りたかったが、熱心に誘われ、最終的には父を味方にされて逃げ場は奪われた。

地味な文化部にいると、往々にして隅に追いやられがちだが、今クラスが平和であるのは、担任のおかげかもしれない。

ごっつい体の後ろに隠れるように、眼鏡をかけた小柄な女子が入ってきた。その姿に思わず目をこすった。

「今日は転校生がいるんだ。はい、自己紹介」

「鴻ノ木心凪です。よろしくお願いします」

転校生は伏し目がちに挨拶した。

「席は取りあえず、窓際の一番後ろに座って」

先生に促され横を通るとき、一瞬目が合った。何か声をかけようとしたら心凪は小さく首を振った。それはまるで『私に話しかけないで』と釘を刺されたようで、駒之介はすぐに視線を逸らした。

「三学期になったら席替えするからな」

席替えという言葉は、なぜか皆を興奮させる。教室は転校生の出現に加え、席替えというワードにしばらくざわついていた。駒之介は心凪とクラスメートになったことに、動揺していた。

何だか落ち着かない。鼓動まで速くなっている。

心凪は転校一日目を無難に過ごしていた。話しかけてくる女子には相づちを打ち、微笑み返す。目立たず、卑屈になりすぎず、ちょうどいい普通の女子に見えた。クラスで平和なポジションを取るには、普通が一番だ。駒之介は、気がつくと心凪の様子を目で追っていた。泉荘に住んでいることは誰にも言わなかった。


秋晴れの日が続いた。土曜日、部活を終えて、家へといつもの道を歩いていた。頭の中には今日の練習将棋の盤面が浮かんでいた。「あそこでこう指せばよかった」などと考える。

少し前を大柄な男がボストンバッグを提げて歩いていた。きょろきょろと辺りを見る様子が何だか怪しい。
　脇道から透真が現れてこちらに手を振った。手を振り返した駒之介の前で、男も手を振っている。え？　自分じゃなかったのかと気恥ずかしくなって、上げた手をすぐに下ろした。透真は駒之介には目もくれず、勢いよく男に走り寄って抱きついた。

「パパ！」

　パパ？　確かにそう聞こえた。
　四十歳くらいの男は、百八十センチ以上はありそうなごつい体型をしていた。日焼けしていて目つきが悪く威圧感がある。透真はまるで熊に捕まった子犬のように見えた。
　おどおどしながら、ゆっくり二人に近づいた。

「お父さんなの？」

　小声で尋ねると、透真は嬉しそうに、うん、と頷いた。

「家はどこだ？」

　低い声に、透真は黙って泉荘を指さした。
　駒之介の全神経が研ぎ澄まされる。透真の父親は浩ではなかった。
　透真は桜子の連れ子？
『一夫多妻制』の家族に、もう一人の父親が現れた。もしかして桜子は夫がいる身で浩についてきたのか。乱れに乱れている。これはヤバいことになる。修羅場だ。手にしたバッグには包丁が数本、覚悟を決めてやってきた大男が暴れる妄想が目に浮かんだ。
　何とかしなくちゃ。咄嗟に頭を働かせ、愛想よく声をかける。

「僕、そこのカフェの息子です。透真くんとも顔見知りで、この前も一緒にアイス食べました」

「そうですか。それはありがとう」

間抜けな問いかけに男は首を捻りながら、意外にも穏やかな声を返してきた。でも前を見据えて、眉一つ動かさない。

「あのー、カフェでコーヒーでもどうですか？　父の淹れるコーヒー美味しいですよ」

何とか時間を稼いで、その間にみんなに知らせようと考えた。

「いや、結構です」

男は泉荘の方へ歩き出す。

「それじゃあ、そこ曲がったところに浜田坂神社っていう由緒あるパワースポットがあります。よかったら案内しますよ」

思いつくまま口に出した。

「ちょっと急ぐから」

さすがに不信感を抱いたのか、眉間に皺を寄せて睨まれた。気がつくともう泉荘に入る脇道に進んでいる。もう仕方がない。透真の手を取って駆け出す。先に行って、みんなに知らせるしかない。強引に手を引っ張りながら振り向かずに走った。泉荘の板塀の門を入ると桜子が立っていた。すぐに桜子に透真を預けて、

「透真くんのお父さんが……」

息が上がってむせ返った。

「桜子」

後ろから男が優しく呼びかけた。

「若文さん。来なくてもいいって言ったのに……」

桜子が素っ気なく答える。

「でも心配だから……」

「お姉ちゃんは一緒じゃないの？」

透真が尋ねると、二人は無言になった。

「とにかく中に入って」桜子が男の手を取る。「ありがとう。案内してくれたのね」駒之介に微笑み、泉荘の玄関に入っていった。

透真があとを追う。一人残されて、膝に手をつき息を整える。気が抜けて地面にへたり込み、しばらく中の様子をうかがっていたが、物音一つしなかった。透真の父親、若文の口調には乱暴なところは見受けられなかった。焦る必要などなかったのか。

何なんだよ、と悪態をついて、混乱したまま引き返す。坂道を下っていくと、頭上をカラスが馬鹿にしたようにカァーカァーと鳴きながら飛んでいった。

カフェの入り口まで戻ってから、勝手口を使えばよかったんだと気づき、自分が動揺しているのがわかった。

店に入ろうとすると、二十メートル先の路上に一人の男が立っていた。

目が合うと男は、すぐに視線を逸らした。革のズボンに黒ワイシャツに黒いジャケット、パーマをかけているのか、天然パーマなのか長髪はクルクルと肩まで伸びていた。年齢は三十代だろうか？

この辺りは観光客が多いので、いつもだったら気にも留めないところだが、さっきのことがあったからか神経が過敏になっている。町を行き交う人がみんな怪しく映る。

勇気を出して男に近づき、声をかけた。

「もしかして道に迷ってますか？」

「君、ここの子？」

男はカフェの看板を指さす。

「はい、そうですけど」

「近くに引っ越してきた家族がいるでしょ」

いきなりズバリと訊かれ、うっかり頷いてしまった。

「どんな様子？」

やけに馴れ馴れしい言い方に不快感を抱いた。

「知りません」

答えてはいけないと急ブレーキがかかった。男がじっと見ている。

自分から話しかけたものの、駒之介は逃げるようにカフェに入った。

二人の男の出現に不審と同時に好奇心が募る。

やっぱりあの家族には何かある。

二階の自分の部屋に行き、まずは窓から外をうかがう。夕方になって、木々に囲まれた泉荘は一層薄暗くなっていた。電灯が玄関までの石畳をオレンジ色に照らしている。いつもと変わらぬ静けさが辺りを包んでいた。


透真の父親が来たと父に伝えたが「そうか」と言っただけだった。あからさまに話題にするのを避けているのが伝わってくる。

透真の父親をつけてきたかのように、様子をうかがう男が現れたことからも、やはり不思議家族は普通ではない。何か秘密があるはずだ。妄想は膨らむ一方だ。

心凪が中学に転校してきたのだから、短期の宿泊でなく、しばらく生活するつもりなのは明らかだ。それなのにまだ誰一人として仕事をしているように見えない。それだけでなく、外出する様子もない。中庭で桜子と透真や松子をときどき見かけるだけだ。

駒之介が学校に行っている日中に、買い物などを済ませている可能性はあるが、それにしても浩と晴恵とは、越してきてから二週間経つのに一度も会っていない。

あの二組の夫婦はどういう関係なのか。透真が「お姉ちゃんは？」と訊いていたが、まだ他に家族がいるのか。

若文が気になって仕方がない駒之介は行動に出た。穏やかに見えても浩との間に喧嘩（けんか）が起こる可能性もある。

勝手口を出て鬱蒼と生い茂った木々の裏側を進むと、泉荘と塀の隙間に出る。人一人がやっと通れる幅しかない。そこにしゃがむと死角になり見つかる心配はなさそうだった。窓はすべて閉められていたが、換気扇の排気口から声が漏れ聞こえた。盗み聞きをしている罪悪感はあったが、好奇心がまさった。

会話の内容からして、若文が来たことで揉めている様子はうかがえない。修羅場は訪れなかった。ほっとしたような、予想が外れてがっかりしたような気分だ。

ただの覗き見根性じゃない、危機管理の一環だと、自分に言い訳をしながらその場を離れた。

数日後の夕方、自分の部屋にいると、

「帰ってください」

怒気を含んだ声が中庭の方から聞こえた。

窓を開けて覗くと、浩と男が向かい合っていた。

男は黒い細身のズボンに、革のジャケットを着ていた。お洒落な印象を受けたが、肩から斜めがけにしている黄色いバッグが酷くダサかった。靴は白のスニーカーで、ちぐはぐな雰囲気だ。テレビで見たことのある、借金の取り立て屋が頭に浮かび、何かあったらどうしようと緊張が高まる。

男の横顔が見えた瞬間、この間、不思議家族のことを尋ねた不審人物だと気がついた。

「もう私たちには関わらないでください。今どんな状態か、司波さんもわかっているでしょう」

浩は目を合わさずに吐き出すように言った。

「まあ落ち着いてください。今日は何かお手伝いできないか、伺いにきただけですから」

拍子抜けするほど柔らかな口調は威圧感の欠片もなかった。なんだ、よかった。とりあえず殴り合いみたいなことにはならなそうだ。駒之介はふうっと息をついた。

「とにかく帰ってください」

もう一度浩が怒鳴った。

「あらあら、大きな声で。透真が怖がるわ」

松子が出てきて、たしなめるように二人の間に割り込む。

「ああ、松子さん」

司波と呼ばれた男が頭を下げた。松子の知り合いでもあるようだ。

「向こうで話しましょ」

松子が司波の腕を取って歩き出した。駒之介は慌てて階段を下りた。勝手口から出ると、もう二人の姿はない。急いで脇道に目をやると、並んで歩く松子と司波の背中が見えた。

二人は百メートル程先の浜田坂神社の鳥居をくぐっていった。浜田坂神社は小さい頃の遊び場で、駒之介にとっては庭も同然だ。脇道を抜けて駐車場の塀を乗り越えると本殿の裏に入れる。急いで踏んでいた靴のかかとを履き直して走った。

久しぶりに塀を乗り越えると息が上がった。深呼吸をして息を整えながら本殿の裏から覗き見る。すると二人がちょうど境内のベンチに腰かけるところだった。足音を立てないように、ベンチの真後ろにある石灯籠までゆっくり進んだ。

二人の背中が五メートルくらい先にある。司波が隣の松子の方を向いて、薄ら笑いを浮かべていた。駒之介は慌てて顔を引っ込め、これでもかというくらい身を縮めて体を隠す。息を凝らして耳を澄ました。

「僕は『離島のシェア家族』を作ったディレクターとして、視聴者に最後まで届ける責任があると考えているんです。続編を作りたいんですよ。どうか協力してください」

声のトーンから必死さが伝わってくる。頭を何度も下げている姿が想像できた。

「あんなことがあったんだから、無理よ」

「冷たくしないでくださいよ。松子さんだけが頼りなんですから」

「お世話になった司波さんの息子さんだから、何とかしてあげたいのは山々だけど……」

しばらく沈黙が流れた。おでこの汗を袖で静かに拭くと、遠くでカラスが一声鳴いた。

「そう言えば、放送されなかった最終回の映像って残ってないの？」

「長い間密着してたんですから、そりゃたくさんありますよ。編集して持ってきましょうか？」

「お願いしてもいいかしら」

「わかりました。任せてください」

そのあとは、松子が心凪や透真を心配する言葉に、「転校当初は大変かもしれないけど、そのうち慣れますよ」司波が慰めにも励ましにもならない返事をしていた。

「また来ます。続編のこと、考えてくださいね」

十五分くらいして、ようやく二人が立ち上がる気配を感じた。

「諦めが悪いのね。まあ、ときどき顔を出しなさいね……」

松子の声が遠ざかる。

駒之介は大きく息を吐く。力が入っていたのか、立ち上がると足が微かにぷるぷると震えた。

視聴者とか続編とは何だろう？　司波という男が借金の取り立て屋ではなくテレビ局のディレクターで、松子を頼りにしているのはわかった。そして、どうやら何かが起きて最終回は放送できなかったらしい。そう言えば、『離島のシェア家族』というテレビ番組には、聞き覚えがあった。

当時小学生だった駒之介は興味が湧かなかったが、父が観ていた記憶がぼんやり残っていた。

駒之介は何事もなかったかのように店の中を通って二階に上がり、リビングのテレビの録画一覧を遡った。ほとんどが将棋の対局とドキュメンタリー番組が並ぶ中、シェア家族という文字を見つけた。番組の録画は第一回から三回まで残っている。一回目の放送日は三年前の十一月だった。年に一度の番組のようで、三回目の放送日は去年の秋だ。

閉店時間の八時まで父は上がってこないが、客が多いと手伝いに呼ばれることもある。今は五時半だ。ドキドキしながら再生ボタンを押し、音声を小さくして画面に近づいた。

『離島のシェア家族』というタイトルが画面に映し出されて、一回目の番組が始まった。

フェリーから撮影した海を背景に男の声のナレーションが流れる。

＊＊＊

『司波ディレクターは長時間の移動に疲れもみせず、気持ちが高ぶっていた。

広島県の竹原港からフェリーに乗って、到着したのは瀬戸内海の美波島。人口七千人程、美波山と峰美山、二つの山がある自然溢れる島で、みかんやレモンなどの農業と漁業、観光で成り立っている。本州とは橋で繋がっていないため、交通手段はフェリーしかない。定期便が一時間に一〜二本程度行き来している。

島の人気スポットは美波山の頂上にある美波神社。神社には、樹齢千年のものを含み、五本の大杉が本殿を取り囲むようにそびえ立つ。大杉に落雷があると、焦げた木片に勝利をもたらす雷神が宿るという言い伝えがあり、勝ち運のパワースポットとして知られている。焦げた木片のレプリカの御守りを求める参拝客が途絶えることはない。

記念碑には、江戸時代後期からこれまで、七回起きた落雷の日付が記されていた。数回の落雷に耐えている大杉もあり、生命力の源と、大切にまつられている』

島の紹介が続き、次に画面に登場した人物に、駒之介は「あっ」と叫んでしまった。フェリーが着いた港で待っていたのは松子だった。一緒にいる大きな男は、この前やってきた若文だ。知った顔がテレビに出ているのが不思議でならない。

松子は、「息子の若文です」と隣にいた男性を司波に紹介している。

「乗ってください」

若文は無表情のままで、とても歓迎しているようには見えない。

「よろしくお願いします」

司波は頭を掻いて車に乗り込んだ。


趣のある洋館に到着し、松子に続いてカメラが室内に入る。広いリビングには男性が一人と女性が二人待っていた。

それは浩と晴恵、そして桜子だとわかるが、今とはずいぶん印象が違う。明るい部屋の中で、健康的な顔色をしている。

若文が三人を紹介する。

「こちらが浩さんと晴恵さん。これが妻の桜子です」

「この度は密着取材をお受けしていただきありがとうございます」

司波が挨拶をすると、カメラを向けられた夫妻は少し表情を硬くした。

「晴恵さん、ごめんなさいね。お母さんが無理なお願いをして」

桜子が申し訳なさそうに言う。

「いいんですよ。司波さんて松子さんの恩師の息子さんなんでしょ」

晴恵が桜子に答えた。少し空気が緩んできた雰囲気が画面から伝わる。

再びナレーションが流れ始めた。

『この洋館には、二つの家族が同居している。一条家と鴻ノ木家だ。

一条家の子どもは小学五年生の女の子、蘭(らん)と小学三年生の男の子、透真。

鴻ノ木家は中学二年生の男の子、晄と小学五年生の女の子、心凪。

この二つの家族が同居を始めた経緯は、祖母松子のあるひと言が始まりだった……』

ショートカットで目がくりっとした女の子は、確かに心凪だ。今より頬がふっくらしていて、仕草や表情も幼いが間違いない。

浜辺で子どもたち四人が遊ぶシーンが映っている。美しい青い海と空、眩しいほどの太陽の下、みんな日焼けしていて健康そうだ。初めて見る心凪と透真の生き生きとした姿だ。

子どもたちの一人、蘭は車椅子に乗っている。他の子たちは蘭を気遣いながらも自然に接しているようだ。

駒之介は引っ越してきた人たちが出演する番組に興奮を抑え切れなかった。画面を一時停止して、階段から店の様子をうかがう。

父の声とお客のしゃがれ声が聞こえた。まだ当分父は上がってこないだろう。リビングの扉を閉めて再生ボタンを押す。音量を少し上げてソファーに座り直し、本格的に番組に向き合った。

(再現ドラマ)というテロップが画面の隅に映し出された。どうやら役者が演じる過去の再現場面が始まるようだ。駒之介は食い入るように画面を見つめた。

『前年の夏休み、二家族は一条若文の所有する船に乗って、一条家の祖父母が住む華ヶ島に泊まりがけで遊びに行った。その島は元々無人島だったのだが、松子の夫、篤治郎が購入して、自給自足生活を目指し、何年もかけて開拓したのだった。太陽光発電、海水の淡水化設備、バイオトイレ、野菜畑に鶏小屋など、現在はそれなりの生活基盤が整っている。子どもたち四人は、数日間楽しく過ごす』

数人の子役が海でたわむれているが、どう見てもさっきまで映っていた海とは綺麗さが違う。華ヶ島で撮影していないのはバレバレだ。字幕でそれぞれの名前が出るが、子役の演技も何となくわざとらしい。

駒之介は少しテンションが下がったが、松子を演じる女優のセリフに再び前のめりになった。

「ここちゃんは小さい頃の桜子によく似ているわ」

松子が何気なく発した一言で、二家族に波紋が広がる。

それを受けて桜子は、ずっと心に溜めていた疑念を吐き出した。

「蘭とここちゃんは、病院で取り違えられたのではないかしら」

二人は同じ日に生まれていた。

晴恵は「そんなのあり得ないわ」と相手にしない。

若文も「蘭と透真は似ているじゃないか」同調するように言った。

だが出産に立ち会った松子が顔を曇らせる。

「実は思い当たる節があるの」と言い出す。二人が生まれたのは、一条若文の父、篤治郎が開いていた病院で、当時松子も看護師として働いていた。四年前に町立病院が開設されたのを機に閉院し、二人は華ヶ島に移住した。

出産当日は近づいている台風のため、厚い雲が一日中空を覆っていた。二人の妊婦の出産予定日は二週間ほど離れていたが、桜子が破水して出産が早まった。

「看護助手の子はまだ来たばかりで慣れていなかった。立て続けに生まれた赤ちゃんを受け取って世話していた。桜子の出血が多かったから、私はその処置につきっきりだった。看護助手に『足の裏に産婦の名前を書いた？』と訊いたら、頷いていたけど、何だか様子がおかしくて、ずっと気になっていたの」

松子役の女性がうなだれる。二組の夫婦の表情が深刻になった。

「モヤモヤしたままじゃ嫌だわ」

桜子は感情を抑えられないように声に出した。

「ＤＮＡで親子鑑定が可能よ。検査キットが送られてきて、自分たちで気軽にできるからやってみたら？」

松子が進言した。

「事実を知りたいだけ。取り違えがあったかどうかをとにかく確認したい。それでいいわよね」

桜子がみんなの顔を見回した。

数日後、送られてきた検査キットを前にみんなが集まる。全員が緊張の面持ちだ。

「何かドキドキしちゃうわね。上手くできるかしら」

晴恵が不安そうに言う。

「痛くない？」

心凪は本気で怖がっているようだ。

「大丈夫よ。採取の仕方は、華ヶ島の父に教えてもらったから、私に任せて、心配いらないわ」

桜子が胸を張る。

数週間後に送られてきた鑑定結果は、「心凪は一条夫婦の子、蘭は鴻ノ木夫婦の子」という、取り違えの事実を示すものだった。

結果を知り、当時の院長だった篤治郎は、松子を伴って華ヶ島から鴻ノ木夫妻を訪ねた。

「こんなことが起きていたとは申し訳ない」

涙を浮かべながら、頭を下げた。病院を閉め隠居している篤治郎を責めることは、誰にもできなかった。

真実を本人たちに伝えるかどうかを含めて、両家の話し合いが続いた。

娘を手放したくない、という点で母親二人の意見が一致する。

「みんなで一緒に暮らしましょうよ」

桜子の発案に鴻ノ木夫婦は戸惑いを隠せない。

「そんなことできるかしら」

「大丈夫よ。みんなで二人の娘を守っていきましょう」

桜子が力強く言う。

両家は、戸籍は二人が成人したときに改めて相談し、全員の同意のもとに進める、と約束した。

共同生活は、鴻ノ木家の四人が、広い一条家の洋館に越してきて始まった。

心凪に説明する晴恵の声は、時折、涙交じりになる。

「あなたを産んだお母さんは、桜子さんだったの。生まれたときに蘭ちゃんと病院で入れ替わってしまっていたの。でも私もお父さんもあなたと離れるなんて絶対無理。一条さんも同じように蘭ちゃんを手放したくない。それだったら、みんなで一緒に暮らそうと決めたの」

役者の過剰な演技にたじろぎながら、駒之介は衝撃を受けた。

鴻ノ木浩と晴恵の子どもとして育った心凪は、実は桜子が産んだ子どもだった。引っ越し当日の晴恵と桜子の心凪に対する呼びかけの謎は解けた。心凪には二人の母親がいるということになる。

（再現ドラマ）のテロップが消えて、また実物が登場した。


「ただいまー」

子どもたちが帰ってきた。二家族の日常が映し出される。優しく迎える桜子と晴恵。晴恵が蘭に向ける視線、桜子が二人の娘に話しかけながらおやつを勧める様子。二組の母娘の間に漂う微妙な空気を強調するようなカメラワークだと、駒之介は感じた。

「ただいま」

鴻ノ木家の長男、晄も帰ってきて、学生服の上着を脱ぎ、「行くぞ」とみんなに声をかけた。心凪が先頭を歩き、蘭の車椅子を晄が押している。その少し後ろを「僕も行く」と透真が走り出す。三十分程歩いて到着したのは、浩が経営する食堂の隣の将棋教室だ。


『この島は昔から将棋が盛んだった。江戸時代に、御城将棋に出仕したことのある家元の門弟の一人が、この島に移り住んだのが始まりだと伝えられている。その将棋指しが島民に将棋を教え広め、現在まで継承され、島では毎年子ども将棋大会が開催されるようになった』


教室では他に数名の子どもたちが、それぞれ将棋を指している。慣れた様子で、晄が車椅子から蘭を抱きかかえ、席に座らせた。正面に心凪が座り、将棋盤を挟んで向かい合う二人は凄く真剣だ。透真は蘭の後ろに立ち、じっと見守っている。

浩は教室内を歩きながら、それぞれの対局を見回る。勝負がついた生徒たちに指導の言葉をかけているが、駒之介は、その中でも晄に対する視線と声に含まれる厳しさを感じ取った。父親の期待を一身に受けた晄の真剣な表情が印象的だった。

洋館では夕食の準備の真っ最中、桜子と晴恵が楽しげに調理している。

「私より桜子さんの料理が子どもたちに人気なのよ」

晴恵がおどけて口を尖(とが)らせる。隣で桜子が微笑む。

夜になり、心凪が宣言した言葉が穏やかだった二家族に波紋を投げかけた。

「私、映画に出るのやめたい」

心凪は五歳の頃にコマーシャルに出て人気になった子役だった。

当時のコマーシャル映像が流れる。乳酸飲料を飲み干した女の子が「もっとちょうだい」と可愛く訴える。その姿に見覚えがあった。

あれが心凪だったのか、とびっくりした。

その後も雑誌で子ども服のモデルなどをやっていたが、今回、映画出演の話がきているという。

次回、心凪の映画出演はどうなるのか?

その時、生みの母と育ての母は……。

二人の父と兄弟たちは何を語るのか。

次回は来年十一月放送予定。お楽しみに。

軽快な音楽と共に予告のテロップが流れ、番組が終わった。

引っ越してきたのは、テレビで放送された『離島のシェア家族』の人たちだった。

駒之介は、人物相関図を作り、複雑な家族構成を整理してみる。（図１）

番組に出ている人の中で、一条家の父・若文と蘭、そして鴻ノ木家の晄は泉荘での生活に加わっていない。若文は一度来たが、一日滞在しただけで今はいない。

そもそも島を出て引っ越してきた理由はなんだ。

ここでは、人目を忍んで、ひっそりと生活しているように見える。

何かこの人たちにはまだ秘密がありそうだ。

そして、テレビに出ていた人たちが、隣に住んでいる事実に胸が高鳴る。テレビ番組のことに同級生は誰も気づかず、自分だけが知っている優越感に浸る。

図１

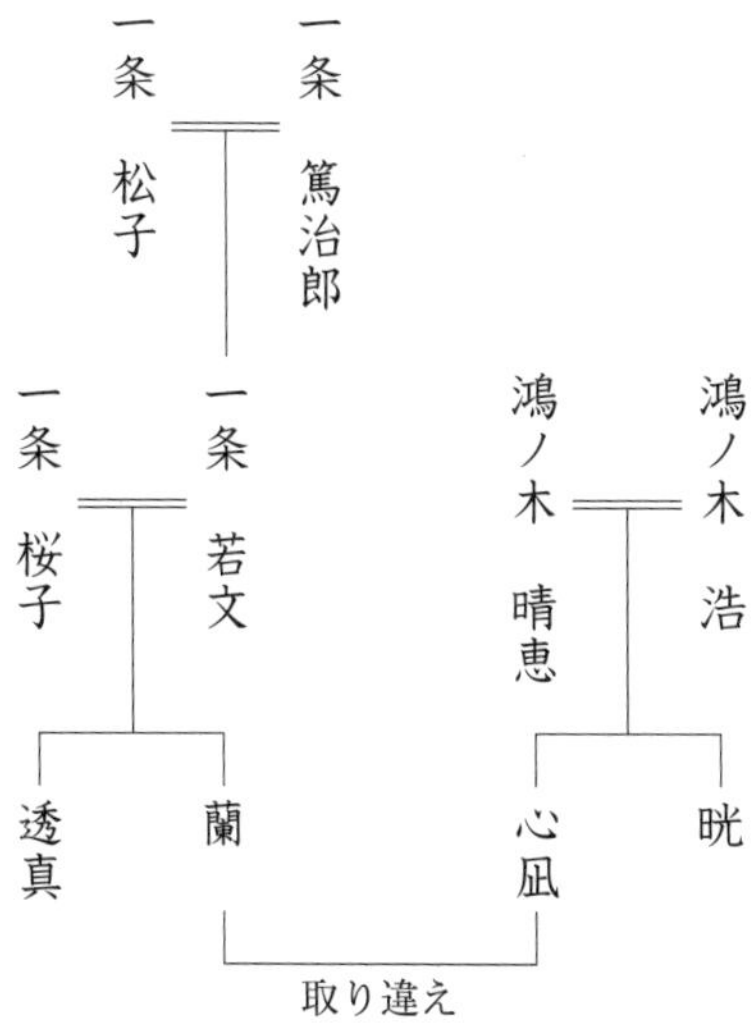

鴻ノ木　浩　＝　鴻ノ木　晴恵
晄
心凪

一条　篤治郎　＝　一条　松子
一条　若文　＝　一条　桜子
蘭
透真

取り違え

　あの番組は今はどうなっているのだろう。もしかしてここで続きを撮影されたりするのだろうか。番組の続きも気になる。ネットで検索すればいろいろ情報を得られるのは知っていたが、ネタバレが嫌であえて目にしなかった。

　父が、二家族の事情を駒之介に隠そうとしているのは明らかだ。こうなったら、自分がこの家族に興味津々だと父に悟られずに探ろうと決めた。

「おい、店閉めるぞ。手伝ってくれ」

　下から声がかかった。番組の続きを早く

ワクさせた。

観たいが、また父がいない隙を狙わなければならない。いつになるのだろう、と駒之介は胸をワクワクさせた。

鎌倉の冬もいよいよ厳しさを増してきた。爽やかだった海風も今は冷たく頬に当たり、道行く人も肩をすくめて歩いている。

夏ほどではないが、十二月は店が忙しくなる。「将棋が指せるカフェ」を打ち出しているが、太田の爺さんのような客ばかりではない。クリスマス用のメニューを準備したり、飾り付けをしたりして、若い女性客も呼び込みたい。駒之介の出番も多くなる。

普段の手伝いは無給だが、季節休みは報酬がもらえる。駒之介にとっては嬉しい収入なので張り切って店に出る。

年末に東京でコミックマーケットが開催されるからだ。通称コミケは、アニメ界最大のイベントだ。アニメーターを夢見る人たち、同人誌を作っている大学サークル、コスプレイヤーなどが一堂に集まる。

今年こそは絶対行くぞ、と決めていた。グッズやイラスト画なども買いたいので、資金を貯めたい。ただ、そうなると自然と店に出ている時間が長くなり、番組の二回目はまだ観られていない。

夜、父が隣室で寝ているリビングで、気づかれないようにテレビを観るのも難しい。一人になるチャンスを待つしかなかった。

最後の客を送り出し、皿洗いをしていると、心凪がふらっと入ってきた。スウェットの上下にフリースの上着を羽織っている。髪を後ろで結び、眼鏡もかけていないので顔がはっきり見えた。うつむき加減は変わらなかったが、学校のときとは違う感じについつい見つめてしまった。

「駒之介、冷蔵庫の横にある段ボール箱を心凪ちゃんに渡して」

将棋の駒を一個ずつ拭いていた父が、顔を上げて言った。

目に入ったのは、段ボール箱に入った野菜だった、大根、人参、白菜、椎茸(しいたけ)、ジャガイモ、まだ他にも入っているみたいだ。泉荘の住人は相変わらず姿を現さない。もう越してきて一ヶ月以上になるが、ひっそりと身を潜めるような生活は変わっていない。近所の人たちですら、泉荘に新たな家族が越してきたことに気づいていないだろう。二家族の謎は未だに解明されていない。

父が表に出ない隣人の代わりに買い出しをしているのか。駒之介は重たい箱をカウンターに載せた。

「運ぶの手伝おうか?」

親切心から聞いたが、

「大丈夫」

素っ気ない答えが返ってきた。心凪は、駒を磨く父の様子をしばらく眺めていたが、テーブル席に視線を動かした。三つのテーブル席には、それぞれ将棋盤と駒箱が置かれている。

「こっちの駒はもう拭き終わったんですか?」

心凪が父に尋ねた。

「まだだけど」

「私に拭かせてください」

心凪は、テーブルに布を二つ折りにして置き、その上に駒を一つずつ優しくスライドさせていく。

ひと目見て慣れた手つきだとわかる。

「駒之介くん、何歳から将棋始めたの?」

図2

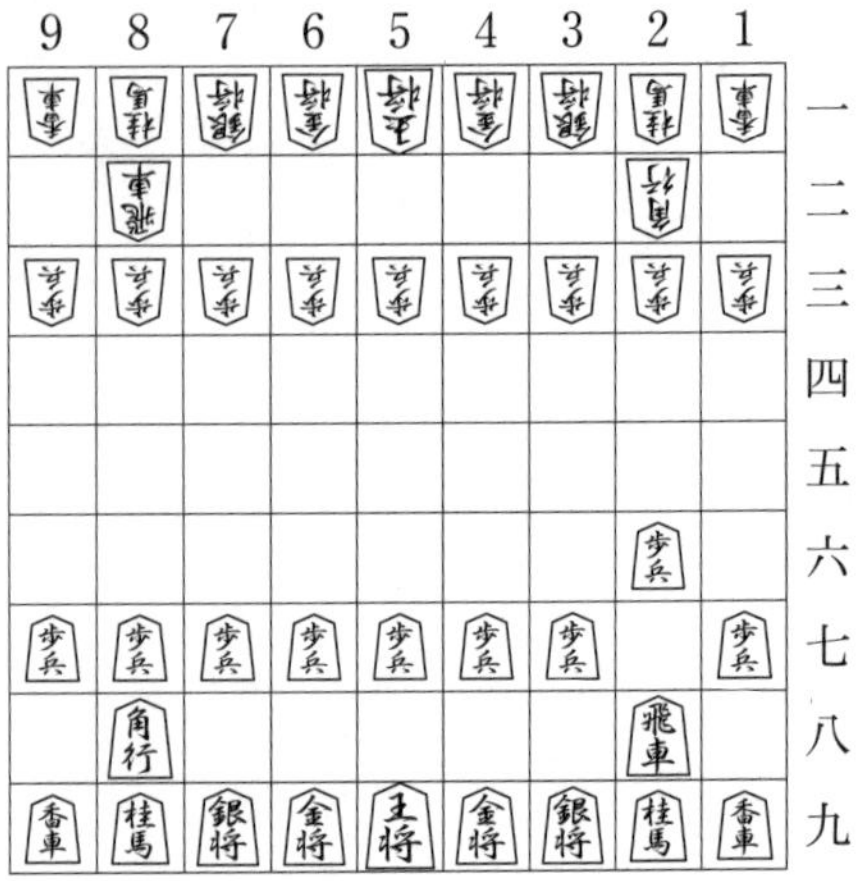

	9	8	7	6	5	4	3	2	1	
	香車	桂馬	銀将	金将	玉将	金将	銀将	桂馬	香車	一
		飛車						角行		二
	歩兵	歩兵	歩兵	歩兵	歩兵	歩兵	歩兵	歩兵	歩兵	三
										四
										五
								歩兵		六
	歩兵	歩兵	歩兵	歩兵	歩兵	歩兵	歩兵		歩兵	七
		角行						飛車		八
	香車	桂馬	銀将	金将	王将	金将	銀将	桂馬	香車	九

手元をじっと見ていると、心凪に訊かれた。

「始めたのは幼稚園のとき」

最初から父は厳しかった。将棋盤に向き合い、正座させられた。

「駒は玩具(おもちゃ)じゃない。丁寧に扱わなければいけないよ」

次々と出てくる父の言葉を、少し緊張しながら聞いていた。

「駒はそれぞれ動かし方が決まっている。相手と交互に駒を動かして王将を取った方が勝ちだ」

歩兵、飛車、角行、金将、銀将、桂馬、香車、そして王将、それぞれの動かし方を教えられるまま、一生懸命覚えた。

段々将棋を指すのが面白くなってきた頃、それまで将棋に口を挟まなかった母に尋ねられた。

「駒之介は、どうしていつも初手(しょて)は2六歩を指すの？」（図2）

「お父さんに教わったから」

そう答えると、母は駒之介の目を真っ直(ます)ぐに見ながら言った。

「お母さんの誕生日は二月六日。2六歩を指すときは、お母さんを思い出してね。『2六歩はお母さん』って言ってみて」

「2六歩はお母さん」

乞われるまま、何度か繰り返した。母は優しく頭を撫でて、抱きしめてくれた。なぜ言わされるのか理解できなかったが、母が喜んでいることだけはわかった。そして次の日、母は家を出た。駒之介に何も告げずに。小学校に上がる一年前のことだ。

今でも必ず、初手は2六歩を指す。その度に頭の隅を母の姿がよぎる。母の思惑は成功した。

「指してみるかい」

父が心凪に言う声で我に返る。

「駒之介、こっち来い」

「え……僕が……」

「早く早く」

父に背中を押され、将棋盤の前に座った。成り行き上、仕方ないと思ったのか、心凪は駒を並べ始めている。

嫌々なのか楽しみなのか、自分でもわからないまま、駒之介も手を動かした。

「先手は駒之介で」

姿勢を正して前を向くと、心凪と目が合ってドキッとした。

「よろしくお願いします」

互いに頭を下げて、対局を開始した。

先手の駒之介は迷わず2六歩を指した。後手の心凪は8四歩、その後、数手進むうちに心凪がただ者ではないとわかった。

でも、将棋部ではエースと自他共に認めている手前、簡単に負けるわけにはいかない。

互角の序盤が過ぎ、中盤に差しかかったとき、予想外の一手を指された。

「お……」傍らの父が声を上げた。

それからはもう太刀打ちできなかった。駒之介が懸命に絞り出した手にノータイムで返される。チラッと目線を上げると、心凪は背筋を伸ばし美しい居住まいをしていた。駒の音が響く度に、どんどん追い込まれた。

「負けました」

潔く頭を下げた。同年代でこんなに強い人は初めてだった。

「駒之介くん、ありがとう。楽しかった」

心凪はニッコリ笑って立ち上がった。

「浩ちゃんから聞いていたが、大したもんだ」

段ボール箱を抱えて出ていく後ろ姿を見送りながら、父が呟いた。

「駒之介、ありがとうな。今日はバイト代、奮発しとくよ」

なぜか父の目はうるうるしていた。

将棋を一局指しただけなのに大袈裟だなと思いながら、久しぶりに潔く負けて、むしろ気持ちがよかった。

ふと、ある考えが浮かんだ。もしかして心凪は女流棋士を目指すために島を出てきたのではないかと。不思議家族は心凪の夢を叶えるために同行した。取り違えという出来事の末、両方の親から一心に期待され、思い詰めて暗い雰囲気を漂わせているのか。

さっき目にした心凪の笑顔が、いつまでも頭から離れなかった。


次の日、父は年末年始の餅つき大会などの行事、見回りの担当決めなどのため、町内会の集まりに出かけた。

　第二回を観る絶好のチャンスが訪れた。父を送り出すとすぐにテレビの前に陣取った。放送日は第一回放送の一年後の十一月だった。

　第二回『離島のシェア家族』は軽快な音楽と共に始まった。

＊＊＊

『第一回の放送から年が明け、美波島に春が訪れた。シェア家族は一つの大きな出来事を乗り越え、皆で気持ちを新たに歩み始めていた。その出来事とは、第一回放送のラストで放った心凪の意志表示だった。密着取材を続けていたカメラは、その後の家族の様子を捉えていた』

「やっぱり映画に出るのやめたい」

　心凪が言い放つ。

「一度は出るって言ったじゃない」

　晴恵は困った様子だ。

「最初は可愛い服を着て写真を撮られたりするのが楽しかった。でも小学校でも友達にいろいろ言われるし、淋しい想いもしてきた。蘭だけはいつも味方をしてくれた。学校も休みたくないし、小学生最後の将棋大会に蘭と一緒に出たい」

　一生懸命訴える心凪を、

「今になってやめるなんて周りに迷惑をかけてしまう」

　晴恵は何とか説得しようとしている。

「こんなチャンスを手放すなんてもったいない。ここちゃんならきっと上手にできる。大きなスクリーンに映るここちゃんを私観てみたいわ。一回だけでも挑戦してみたら。将棋大会だけは出られるように頼んであげるから」

桜子も熱心に勧めた。

でも心凪の決意は揺るがなかった。結局、今回の映画はキャンセルして、今後の芸能活動に関しては、将棋大会が終わってからもう一度話し合おうと決めた。シェア家族は、お互いに想いを分かち合いながら、家族としての形を少しずつ作り上げている。

心凪と蘭が真剣な表情で盤を挟む姿が映し出され、駒之介はまぶしいような気持ちで見つめる。

場面は変わって、いよいよ将棋大会の日を迎えた。

大会には近隣の五島の小学生代表が集まった。六年生の蘭と心凪を含めて十六名のトーナメントで行われる。

蘭と心凪はトーナメントの両端に名前があった。三回勝てば決勝戦で当たる。絶対勝ち上がろうと二人は約束を交わす。

番組では、順調に勝ち進む心凪と蘭の姿が映し出される。勝ち上がる度に、二人が想いを語る場面が差し込まれる。

「心凪が映画への出演をやめたのは、きっと私のため。心凪が出ない大会で、もし私が優勝したとしても全然嬉しくないって言ったから」

「蘭とは小さい頃からずっと一緒、私にとっては姉妹みたいな存在。小学生最後の大会には絶対に二人で出たかった」

心凪は圧倒的な強さで勝ち上がっていく。晄が真剣な眼差(まなざ)しで見守っている。

一方、蘭は追い詰められながらも大逆転で準決勝に進む。

蘭が心の内を語る。

「将棋は足が悪くても関係ないから好き。アキくんが私に将棋を勧めてくれたの。私は幼い頃階段から落ちて脊髄を損傷して歩けなくなった。アキくんは心凪と仲良しの私にとても親切にしてくれる。力持ちだしいつも助けてくれるから、つい頼っちゃう。『リハビリをすれば歩けるようになる可能性があるんだから頑張れ』と弱気な私を励ましてくれる。アキくんが本当の兄だったとわかって不思議なの。嬉しいような気もするけど、正直どんなふうに接したらいいかわからない。お母さんは、『血の繋がりがないとわかってもあなたは私の娘。いつまでも甘えていいのよ』と言ってくれた。でも、私はみんなに面倒をかける存在。どうしたらいいかわからない」

続いて心凪は顔を曇らせる。

「まだ取り違えのことは戸惑っている。若文のおじさんも桜子さんも優しいけど、お父さん、お母さんとはまだ呼べていない。桜子さんは『ゆっくりでいいのよ』って言ってくれている。鴻ノ木のお父さんは元々将棋の先生という感じが強かったから、あまり変わらないけど、鴻ノ木のお母さんには気持ちをぶつけてしまったり、本当の親じゃないから遠慮しなくちゃいけないと思ったり……」

駒之介は一旦、番組を一時停止した。

母は幼い自分を置いて家を出てから、一度も会いに来ない。今になって突然「私がお母さんよ。会いたかったわ」と現れてもきっと戸惑ってしまう。

心凪と蘭は、普通に両親がいる家で育った。実の親が別にいると聞かされ、二人の困惑は相当なものだろう。近所のおじさんが血の繋がった親だったと言われても、簡単には受け入れられない。太田の爺さんが本当のお父さんだと告げられたら、と想像してみた。駒之介は嫌な夢を追い払うように二、三度首を振り、再生ボタンを押した。

中学生の部に出場した晄は二回戦で敗退したが、心凪と蘭は準決勝に勝利した。

大勢の人が観戦する中、いよいよ決勝戦が始まる。

先手は心凪、初手は7六歩。蘭は8四歩、次は6八銀と続く。

「どっちを応援するって聞かれても、どっちもとしか言えない。どっちが妹かって聞かれても、どっちもとしか言いようがない」

この時中学三年の少し不良っぽい晄が吐き捨てた。画面越しではいつもふて腐れているようだが、妹を想う心情が伝わってきた。

3四歩、7七銀、6二銀と二人の真剣勝負が繰り広げられる。駒之介も自然と力が入る。

熱戦は九十七手で終局した。優勝したのは心凪だった。負けた悔しさを表すことなく祝福する蘭。抱き合う二人。感動的な音楽が流れて、二人の友情の深さを示すシーンとなっていた。

島に秋が訪れると共に、蘭の体調に異変が起きた。病院へ通い、自宅療養が続く。実の母、晴恵も看病したいと申し出るが、「今回は私に任せて欲しい」と、育ての母、桜子に断られてしまう。

複雑な想いを隠しきれない晴恵と、それを理解しながらも蘭の世話を譲れない桜子。

同居から一年半が過ぎようとしていた。何とかバランスを取っていた二家族に、軋みが見え始めた。

それぞれの想いが交錯する二家族は、これからどんな道を進むのか。

シリーズ化が決定！　次回は来年秋に放送予定。

次回予告が流れて番組は終わった。

駒之介は、大きくため息をついた。

今回は心凪と蘭の将棋大会、友情をメインにしていたが、暁の敗退したあとの仏頂面が心に残った。父親の期待に応えられない辛さを隠す姿が、自分を見ているようだった。端に映り込む透真の淋しそうな様子も気になった。

それにしても、蘭と暁は、なぜ泉荘に一緒に来ていないのだろう。番組放送時の暁の年齢は十五歳、二年前だから現在は十七歳になっているので、島に残って一人で生活していてもおかしくはない。でも蘭は心凪と同い年で、今、中学二年生だ。母、桜子と離れて父、若文と島で暮らしているのだろうか？　そもそも蘭の実の母は晴恵、父は浩だ。

番組では取り違え家族が、様々な問題を乗り越えながらも、良好な関係を築いているように見せている。でも現実には、その生活が続かなかったことを駒之介は知っている。何があって変わってしまったのだろう。リアルシェア家族に興味は尽きない。何だか探偵になったような気分でゾクゾクする。

冬休みが近づいてきた。最初は上手くクラスに馴染(なじ)んだように見えた心凪だったが、教室に一人でいる姿が多くなっている。転校生に関心を持った女子たちも、あまり社交的でない心凪と次第に距離を取り始めたようだった。

駒之介は将棋部で心凪の将棋の腕前を話し、女子部員の一人に勧誘してみたらとけしかけた。

心凪が笑顔になったのは将棋を指したあのときだけ。もしかして本心ではもっと将棋を指したいのではないかと勝手に考えた。駒之介にも経験があるが、対局している間は集中するので、悩みを忘れられる。

自分で誘えないのは情けないが、女子に誘われた方が入部しやすいのではないかと目論んだ。

放課後、教室にやってきた女子部員の一人が心凪に声をかけた。

「泉くんから聞いたんだけど、将棋強いんだって？　ねえ将棋部に入らない？」

心凪は小さな声で断ると、去り際に駒之介を睨んだ。

何かいけないことをしてしまったかと後悔し、学校から帰っても何となく心が沈んでいた。心凪のためにと思ったのに、迷惑だったようだ。店に顔を出したが忙しくなさそうで、「今日は手伝わなくてもいいぞ」と言われ二階に上がろうとしたとき、店の扉が開いた。

「すみません、駒之介くんいらっしゃいますか？」

覗き込んでいるのは司波ディレクターだ。

「何ですか」

なぜ名前を知っているのだろう。訝りながら、店の外に出た。

「私、司波という者です。泉荘へ直接行かずに駒之介くんに取り次いでもらうよう、松子さんに言われてまして」

「そうですか。わかりました。今、松子さんを呼んできます」

司波に背を向けて泉荘へ向かう。この前、盗み聞きした後ろめたさが足を速めさせた。

玄関で声をかけると、松子が出てきた。

「司波さんという人が店の前で待ってます」

「あら、今日だったかしら……。勝手に取り次ぎを頼んでごめんなさいね。ちょっと、浩さんたちに会わせたくないのよ。ありがとう」

そう言うとスタスタと歩いていった。

好奇心を抑えられずに、またあとを追った。二人は前回と同じベンチに座り、駒之介も同様に石灯籠の後ろで息を潜める。

「これ、お蔵入りした最終回のＤＶＤです。きちんと全部は編集してないですけど」

「ありがとう」

「全国大会へ行く心凪ちゃんを見送るシーンで締めくくる予定でした。あんな事件が起きるとは……。放送できないのは仕方ないけど、惜しいよな。話題になるのは間違いないのに。何も悪くない一条家サイドを取り上げれば続編もあり得るんだけどな。とにかく観てくださいよ。今回も松子さんと桜子さん、とってもいい感じに映ってますよ。三回目までも、桜子さんはいいお母さんだと好評でしたからね」

「仕方ないでしょう。人が一人死んでいるのよ」

松子の言葉に、思わず唾を飲み込んだ。慌てて首をすくめたが、二人は何も気づかなかったようだ。

「ではまた。何かあれば連絡ください」

司波が立ちあがった気配がした。しばらくそのままじっとしていた。石灯籠の陰からそっと覗くと、遠ざかる松子は手にＤＶＤのケースを持っていた。

人が一人死んでいる……。

飛び込んできた予想外の発言に、駒之介はぶるっと背筋を震わせた。

家に戻ってすぐに、テレビのリモコンを手に取る。居ても立ってもいられず、第三回放送を観ることにした。

ワクワクする気持ちではなくて、なぜか義務感を伴っていた。シェア家族には、やはりまだ何か重大な秘密がある。それを見届けなければいけない。リモコンのボタンを押すと、もう聞き慣れたテーマ音楽が流れ、『離島のシェア家族』が始まった。

＊＊＊

心凪と蘭は中学生になって初めての夏休みを迎えた。

蘭の体調は日によって変わった。寄り添う桜子の様子が映し出される。

中学に入り、心凪は完全に芸能活動をやめた。プロダクションにも引き留められたが、心凪の決意は固かった。本格的に将棋に打ち込みたいという希望を皆に伝えた。心凪の将棋の才能を見出していた浩は喜び、女流棋士も夢ではないと熱く語る。

その反面、中学を卒業した晄は、期待される心凪を横目に、目標を失い荒れた生活を送っていた。高校へは進学せずに、同級生、竜太郎(りゅうたろう)の父親の船で漁師の見習いを始めたが、悪い仲間や先輩との付き合いが深くなっていた。彼らは旅行者たちと喧嘩をしたり、オートバイを乗り回したり、島でも厄介者扱いされている。

一条篤治郎が亡くなり、華ヶ島に住んでいた松子も共同生活に加わった。松子が、息子に手を焼く鴻ノ木夫妻に代わって晄に大らかな態度で接している場面もあった。晄も松子にだけは素直になれるようだった。

二家族の両親は、実の親と育ての親の間で遠慮しながら過ごす心凪と蘭を気遣っていた。

「どっちが本当のお母さんかなんて、簡単には言えない。育ててもらったことと、産んでもらったこと、どっちが大事かなんてわからない。今はみんなで仲良く暮らしたいだけ」

司波の質問に二人は同じように答える。

番組は予期せぬ事態をもたらしてしまう。心凪と蘭の人気に火が付いた。元々、心凪は子役として知られていたが、健気（けなげ）な蘭の姿にも注目が集まり、自然体の二人にジワジワとファンが増えてきた。

「ひと目会いたい」と島を訪れる人たちも出てきたが、一緒に写真をという要望は、桜子が対応し、すべて断っていた。特に蘭はカメラを向けられるのを嫌がり、番組内でも不機嫌な表情ばかりだった。

家を見物にくるファンは、家族の動向にも関心を寄せ始める。洋館の周りをウロつく人たちと晄との間で、トラブルも幾度となく発生した。騒動を撮影するテレビスタッフと地元の不良たちとのいざこざも、煽（あお）るような演出で流された。

ある日、浩が提案した。

「密着取材を次の回で最後にしよう」

子どもたちへの影響を考えて、もう終わりにしたいと浩は説明した。いきなりの提案に皆が驚くが、晄も賛成した。

「俺はもうカメラを向けられるのは、うんざりだ」

「もう少しだけ続けたら」松子が取り鎮めるが、「私ももうテレビに出るのは嫌」蘭が珍しく自分の気持ちを打ち明けた。それを機に、次の回を最後にすると決めた。

『番組としては、家族の皆さんの意向を大切にするため、この結論を受け入れることにしました』

というナレーションが流れ、予告に続く。


いよいよ次回が最終回。

取り違え家族が共同生活で見つけたものは？

現在密着取材継続中。感動のフィナーレをお見逃しなく！

でも……。
最終回は放送されなかった。録画されているのも第一回から第三回までだけだ。
『お蔵入りしたＤＶＤです』司波の言葉が頭から離れない。放送できなかった理由は何か、松子の
『人が死んでいる』という意味が気になって仕方ない。

日曜日の昼過ぎ、珍しく浩が店にやってきた。ランチのお客さんが引けた時間だった。

「コーヒーでいいか？」

「ああ」

「この間、心凪ちゃんと駒之介が指したんだ。強かった」

「そうか」

浩は一瞬、得意顔になった。

「また店に来るように言ってくれ」

「ありがとう。心凪に伝えておくよ」

二人の会話はポツリポツリと続いた。

「久しぶりに一局どうだ？」

そう問う父に、浩の返事は聞こえなかったが、すぐに駒の音が聞こえてきた。

「そう来たか」とか「それはどうかな」と二人は楽しそうだ。駒之介も近くの席に座って対局を眺めた。互角の情勢から一気に差が広がり、結局は父が勝った。

「哲ちゃん、ずいぶん腕が上がったな」

「そうかい？」

父は満更でもなさそうだ。

「もう一局だ」

浩が着ていた上着を脱いで、駒を並べる。

「そう言えば、透真くんはまだ小学校に通えていないのか？」

「ああ、あの子は繊細だから心配だ。桜子さんは慌てなくていいって言ってるけど、どんどん元気がなくなっている気がしてな」

「そうか、鎌倉に慣れるのを見守るしかないか……」

浩は「そうだな」と頷いて、初手を指した。

うすうす察していたが、透真は学校に行けていないと知った。

一緒に夕飯を食べたとき、漫画の単行本に熱中していた透真の姿を思い出した。その漫画の次号を持っている。

駒之介は駒の音が響く中、席を立った。

「こんにちは」

泉荘のロビーで声をかける。

少ししてエプロン姿の桜子が出てきて、甘い匂いが微かに鼻をつく。

「あら、駒之介くん、こんにちは」

「透真くんに、漫画を持ってきたんですけど」

父と浩の会話を聞いて、透真を元気づけられたらと、漫画を貸してあげようと思いついた。

「どうぞ上がって。透真、駒之介くんが来てくれたわよ」

桜子は階段の上に向かって呼びかけた。階段を上り始めると、後ろから桜子もついてくる。

廊下を挟んだ部屋には晴恵がいるはずだが、物音一つしない。

「お邪魔しまーす」

明るい声を出し襖(ふすま)を開けると、少し戸惑ったように透真が立ちすくんでいた。

「続きが出たんだ。面白いよ」

手提げから漫画を取り出すと、透真はもじもじしながら受け取った。

「これ読みたかった」

「あら、よかったわね」

桜子が横で微笑む。テーブルの上には食べかけのホットケーキがあった。甘い匂いの正体だ。知らず知らずのうちにホットケーキを凝視していた。

「駒之介くんも食べる？　作ってあげるわ。ちょっと待ってね」

返事も聞かずに、桜子はいそいそと階下の台所に向かう。

透真は早速、漫画のページを捲っている。

駒之介は何気なく部屋の様子を見回した。越してきてもうすぐ二ヶ月になるが、室内はガランとしていて殺風景だ。

一条家は三間続きの和室を使っている。仕切りの襖は開け放たれていて、奥の部屋に松子の服がハンガーにかかっていた。小さな作り付けの戸棚の上に、目が釘付けになる。

そこには、この間司波が手渡していたＤＶＤのケースが置いてあった。急に胸がザワザワして、悪魔の囁きが聞こえた。

『今なら盗めるぞ』

駄目だ駄目だと打ち消すが、観たくてたまらない。

「松子さんは、どこかに出かけているの？」

「ここちゃんと買い物に行ってる」

透真は視線を漫画に向けたまま答えた。ちょっとだけ借りて、家のパソコンに保存して返せばバレない。駒之介は完全に誘惑に負けた。

さりげなく戸棚に近づいて、ＤＶＤケースを素早く手提げに入れた。

「そうだ、僕が描いた絵を見てもらえないかな？　今持ってくる」

咄嗟に思いついた言い訳を一方的に告げて、部屋を出た。透真が返事をしたかどうかはっきりとはわからなかったが、気にせず階段を駆け下りる。

中庭を飛ぶように走って勝手口から自宅のリビングに向かう。父と共用のデスクトップのパソコンを起動してＤＶＤのデータをダウンロードした。急いで自分の部屋からスケッチブックとＤＶＤを入れた手提げを持って駆け戻る。

泉荘に入ると、ホットケーキが焼けるいい匂いが漂っていた。桜子の鼻歌が聞こえる。

階段を一段飛ばしで上がり、透真のいる部屋に入った。走っただけでなく、緊張がピークに達し、息が苦しい。透真はチラッと駒之介を見たが、すぐにまた続きを読み始めた。

あとは桜子が上がってくる前に、ＤＶＤを戸棚の上に置くだけだ。松子の部屋にそれとなく近づこうとした時、パタンと本を閉じる音がした。

「ああ、面白かった」

透真が顔を上げる。

駒之介は焦った。桜子が上がってきたら、ＤＶＤを戻せなくなる。「ただいま」という声が下から聞こえた。松子と心凪が帰ってきた。いよいよピンチだ。

「これ僕が描いたキャラクターの絵なんだ」

慌ててスケッチブックを透真に渡した。

話し声と階段を上ってくる足音が近づく。

透真は受け取ったスケッチブックに視線を落としていた。今しかない、とＤＶＤを手提げから摑み出し、戸棚の上に置いた。

よかった、無事に戻せたと胸を撫で下ろした瞬間、

「駒之介くん、いらっしゃい」

松子が廊下から入ってきた。背後から心凪が顔を覗かせる。

「透真くんに漫画を持ってきたんです」

訊かれてもいないのに、早口で説明する声は震えていた。

「あら、ありがとう。ちょっと着替えちゃうわね」

松子の部屋で立ちすくんでいる駒之介をチラリと見た。

そそくさと透真の傍に移動すると、松子は自分の部屋の襖を閉めた。

何とかバレずに済んだとほっとしたからか、力が抜けてしまった。

「ねえ、これ全部駒之介くんが描いたんだって。女の子ばっかりだけど格好いいよ」

廊下にいる心凪を透真が手招きしている。

ちょっと、待って。考えていなかった展開にたじろぐ。心凪に見られるのは想定外だった。そこに「お待たせ」と桜子がホットケーキを運んできた。心凪は部屋に入って透真の横に座り、スケッチブックを見始める。

「いただきます」

ホットケーキを口に入れたが、心凪の反応が気になって味がわからない。

心凪はスケッチブックを閉じた。その表情からは何もうかがえなかったが、女の子の絵ばかりを描いていることを知られてしまった。恥ずかしくて顔が真っ赤になる。

女の子の絵を描くのが好きだなんて、気持ち悪いと思われる。きっと神様が、悪魔の誘惑に負けた罰を与えたんだと駒之介はうなだれた。

そのとき心凪がもう一度スケッチブックを開いて言った。

「凄いよ。私には絶対描けない。とっても丁寧に描かれてるし、素敵だと思う」

その瞬間、胸が熱くなった。馬鹿にされるどころか、凄いと褒めてくれた。

「全部、駒之介くんが作り出したキャラクターなの？」

透真にキラキラした目を向けられて、勢いづいて話し出した。

最初に物語の世界観を想像する。悪の組織に破壊された瓦礫の街に一人佇む女戦士。長い間封印していた力を再び使う決心をする。家族のため、世界の平和を取り戻すために。

ページを捲りながら「格好いい」とか「可愛いね」と二人は楽しそうにしている。日頃父親から「漫画なんか下らない」と言われて不満を抱いていたこともあり、有頂天になって、つい口走った。

「今度アニメのイベントがあるんだ。コスプレイヤーもいっぱい来るよ。一緒に行く？」

「ほんと？　僕行きたい」

駒之介は心凪にも視線を送った。だが心凪は首を振る。

「私はやめとく」

何となく寂しげに見えた。

「ママ、駄目だって言うかな？　僕訊いてくる」

透真は、今までにない素早さで部屋を出ていく。

心凪と二人だけになって、急にドキドキしてきた。

「あんなに嬉しそうな透真は久しぶり」

心凪の表情が心なしか明るくなった気がした。

「行ってもいいって」

すぐに透真が部屋に駆け込んできて、喜びを弾けさせるように言った。

話はトントン拍子に進んだが、果たして小学生の透真を誘ってよかったのだろうか。イベントの中には過剰な露出で刺激的なコスプレイヤーもいる。群がるカメラ小僧、通称「カメコ」と呼ばれる人たちの中には盗撮などを狙っている者も存在するようだ。急に心配になったが、コスプレ会場に近づかなければ大丈夫だ、と自分に言い聞かせた。

「じゃあ、他の漫画も、また貸してあげるからね」

駒之介は立ち上がった。

「うん、ありがとう」

「じゃあね」

一緒に廊下に出た心凪は、向かいの部屋の襖を開けて入った。

「お帰り」

晴恵のか細い声が聞こえた。心凪は鴻ノ木の親と一緒の部屋なんだ、と思った。透真とは姉弟みたいにしているから、頭がこんがらがる。

「ごちそうさまでした。とても美味しかったです」

台所の桜子に挨拶した。

「そう？　よかったわ。駒之介くん、イベントに透真を誘ってくれたんですって？　透真が自分の希望を言うなんて珍しいの。ありがとう。そのときは私も行くわ」

桜子のにこやかな様子に安堵して、家へ戻る足取りは軽かった。

勝手口から入ると店から楽しげな声が聞こえてきた。

「浩ちゃんは昔から早指しが強かったよな」

駒を片付け始めた二人に声をかけず、駒之介はそっと部屋に戻った。


翌朝、父は上機嫌だった。

「昨日、二人で指してたね。どうだった？」

駒之介が尋ねると、「負け越した」悔しかったようにも楽しかったようにも取れる口振りだ。

「今夜、ちょっと出かけてくる。浩ちゃんと飲みに行く」

嬉しそうに父が言った。浩が鎌倉にやってきて、初めてのことだ。

店を閉めたあと、二人連れだって出かけていった。

駒之介はすぐにリビングにあるパソコンの前に座る。

放映されなかった誰も知らない最終回、特権を得たようで期待は最高潮に膨らんだ。その中に、心凪たちが美波島を離れなければならなかった理由が映されているのだろうか。

＊＊＊

始まりは満開の桜の映像からだった。花びらが舞う中、心凪が一人で道を歩いている。制服姿の心凪は中学二年になったと紹介された。八ヶ月前の、今より髪が短い心凪の姿だ。

「蘭のお見舞いに行く。早く退院できるといいんだけど」

心配そうに、病院の自動ドアの向こうに入っていった。

場面が変わって、洋館の様子が映し出される。

「二人とも娘です。どちらか一人を選ぶなんてできません」

洗濯物を干し終わった桜子が娘への想いを語る。病弱な蘭を支え、心凪との繋がりも少しずつ築いてきた。そんな桜子を松子と若文は支える。

「将棋に打ち込みたいという気持ちを大事にしたい」

浩は自分の指導を受け、将棋を頑張る心凪を応援している。ますます反抗的になった晄については、今はうるさく言わず、少し様子を見ようと考えている、と語った。

第三回まで放送されたものとちょっと違うのは、音楽とテロップがないせいだと気づいた。やはり放送されなかったものだからか。それでも駒之介の興味が薄れることはない。

季節が夏に変わったのか、着ている服が半袖になっている。日差しもどこか強くなっている感じがした。

二人の母親は、子どもたちへの想いを語る。

晴恵は眉間に皺を寄せながら心のうちを吐き出す。

「桜子さんはこれまで病気がちな蘭の面倒を立派にみてきた。正直、私に務まるか自信がなくて、桜子さんには感謝と申し訳なさでいっぱいです。一緒に住むようになって、少しでもお手伝いができれば、と考えていたけれど、自分の不甲斐(ふがい)なさに情けなくなる。自分の娘なのに、蘭とちゃんと向き合えていない。自己嫌悪の毎日です」

対照的に、桜子はにこやかに語る。

「蘭の世話をするのは、ちっとも苦じゃないの。本当に可愛いんだもの。あの子が歩けなくなったことに、責任を感じている。私が目を離した隙に転落してしまったから。血の繫がりがないと知ってもあの子は私にとって大切な娘。知り合いに、『今まで大変だったけど、これからは向こうの親に任せればいいわよ。実の子が元気な子どもの方でよかったわね』なんて言う人がいたの。私思わず言い返したわ。『子どもに優劣なんてない。蘭を手放すなんてありえない』と」

そして声のトーンを落とした。

「でもここちゃんも凄く大切。一緒に暮らすようになって一日一日、愛情が増してくるの。この気持ちを抑えるのは無理そうだわ。いつの日かお母さんと呼んでもらえたら嬉しいけど」

そのあとは、繫がりのない映像が続いた。不自然に揺れたりピントが合っていない箇所もあったりして、きちんと編集されていないものだとわかる。その中で心凪が将棋の地方大会予選を突破して、全国大会への出場が決まった様子も映されていた。

場面は変わり、今度は車椅子に乗った蘭が同年代の少年と一緒にいるところが映った。どこかの中庭なのか、花壇の傍にいる二人を遠くから撮影しているようだ。カメラに気づいた蘭が両手で大きくバツを作ると、「蘭ちゃん、ごめん」カメラマンの声が入って、その場面は終わった。

続いて、フェリーに乗り込んだ心凪が、島の人々に手を振る映像に変わった。傍らには浩がいる。

映像は一転して、マイクを向けられ、口々に蘭や心凪への気持ちを語るファンが数名登場した。

その日、見送る人の中には、二人をひと目見ようと島にやってきたファンもいたようだ。

番組としては、全国大会へ出発する心凪を見送るシーンがラストになる予定だったと司波が言っていた。

このあとに何かが起きたのだろうか。「がんばってね～」という声が流れる。そこに徐々に近づくサイレンの音が響く。

「止まりなさい」

大きな声も加わり、緊迫した雰囲気に変わる。

画面に夢中になっている最中に、父と浩の声が外から聞こえてきた。映像を一旦停止して、自分の部屋から中庭をうかがった。

二人は話をしながら泉荘に入っていった。ロビーで飲み直すのだろうか？　駒之介は父が帰ってくる気配を逃さないために、音量を絞って再生を始めた。

「待てー」

叫ぶ声が響き、警官に追われている男の姿が映し出される。逃げているのは、白いTシャツに黒い短パン姿の晄だった。

カメラマンが動揺しているのか、映像が大きく揺れる。カメラが右に動くと二人の警官が走ってきた。

別のカメラに切り替わる。晄が走っているのは、さっき心凪が船に乗り込んだ桟橋だ。警官の怒声が響く。晄の後ろ姿をカメラが追う。必死に追っているのか画面はいっそう激しく揺れる。フェリーは波を立てて港から離れていく。

晄は背後からタックルを受け、地面に転がされて取り押さえられた。

「確保」

警官の大声で映像は終わった。

晄はどうして警察に追われていたのだろう。このあとどうなったのか。

想像もしていなかった結末に、パソコンの前でしばらく呆然（ぼうぜん）としていると、外から物音が聞こえた。父が戻ってきたかと、パソコンの電源を切り、窓を開けて外の様子をうかがった。中庭には誰もいない。ふと木々の奥に何か光っているのが見えた。光はちょこまか動き回っている、父だろうか。もう十時を回って辺りは真っ暗だというのに何をしているんだろう。心がざわついて嫌な予感しかしない。

静かに外に出て、気づかれないように近づいた。二つの人影がヒソヒソと話しながらスコップで穴を掘っている。暗闇に目が慣れてきて、人影の正体がわかった。浩が地面を懐中電灯で照らし、父がスコップで穴を掘っていたのだ。

怪しげな行為に心臓がバクバクする。二人が人目を忍んでいるのは確実だ。

恐ろしくなって、後ずさりして勝手口まで戻った。しばらくじっとしていると、泉荘に入っていく浩の後ろ姿と、スコップを玄関の脇に置き、続いて中に入る父が見えた。

一体何を埋めたんだろう。

駒之介は家族が現れた日から今日までを振り返る。

二ヶ月前、二家族は美波島から越してきた。大きなスーツケースやボストンバッグを持って店の前に立っていた六人は、どんよりとした雰囲気を醸し出していた。何かから身を潜めるように生活しているが、父は詮索するなと今まで見たことのない険しい目を駒之介に向けた。

『離島のシェア家族』というテレビ番組に出演していた人たちだと知り、不思議家族の謎は解けた。でも、他にも何か重大な秘密を隠していると直感した。

さっき観たばかりの、晄が警察に追われている場面が関係しているのか。司波ディレクターが「放送できなかったのは仕方ない」と言っていた。そして、松子の「人が一人死んだ」という言葉が気になる。

駒之介に恐ろしい推測が浮かぶ。

夜中にスコップで穴を掘り、埋めるものといったら……死体だ。

越してきたとき、大きなスーツケースを持っていた。もしかしてあの中に死体が？　そうだとしたら、あれから二ヶ月、冬とはいえかなり腐敗しているはずだ。処置に困って、父に頼んで埋めたのか。

皆が到着した日、「放ってはおけない」と呟いた父の思い詰めた顔を思い出す。

最初からあの家族について、隠したい何かがあったのは明らかだ。もしかして、父はとんでもないことに巻き込まれているのかもしれない。

胸騒ぎを抑えきれず、懐中電灯を持って外に出た。泉荘の玄関脇に父が置いたスコップを、音を立てないように握る。さっき二人がいた辺りに向かい懐中電灯で照らすと、やはり土が掘り返された跡が残っていた。

ここに何かが埋まっている……。

怖くて仕方ないが確認するしかない。地中から現れる物体に怯（おび）えながら、スコップを突き立て穴を掘り返す。予想に反して何も出てこない。不安を煽るように風が木々を揺らす音が聞こえる。

五十センチ程掘り進め、腕が痛くなってきたときだった。

いきなり光を浴びせられ、飛び上がりそうになった。

「駒之介か？　そんなところで何してる？」

眩しさに細めた目に、懐中電灯をこちらに向ける父と浩の姿が映った。慌てて後ずさる。

「なんで穴なんか掘ってるんだ？」

単に不思議がって質問しているように見える父を見返す。

どうしてそんな平気な顔をしていられるんだ。張り詰めていた気持ちを吐き出すようにぶつける。

「父さん、ここに何を埋めたの？」

「いや、何も埋めていないが」

「嘘（うそ）だ、僕はさっき見ていたんだ。死体を埋めたんでしょ？」

「死体？　何を言っているんだ。ちょっと、落ち着け」

落ち着けと言う父が明らかに戸惑っている。

店で話そう、と促されるまま、三人で店に入り椅子に座った。父が犯罪に巻き込まれているとしたら、何としても止めなければならない。強い覚悟で二人に向き合った。

「一体どういうことだ？」

父が困惑顔で問いただす。

「おじさんたちがテレビ番組『離島のシェア家族』の人たちだと知っています」

浩に向き合った。

「番組のこと以外にも何か隠しているんでしょ？　僕は松子さんと司波ディレクターの会話を聞いたんだ。『人が死んだ』と言っていた。夜中に穴を掘るなんて変だよ。親友を庇いたいから協力してるの？　でもそんなの間違ってる」

今度は父に言葉を飛ばした。道を踏み外そうとしている父を救わなければとの想いが溢れて、今にも泣きそうだった。

「俺たちが死体を埋めていたと思ったのか？」

父が素っ頓狂な声を出す。

「駒之介くん、埋めていたんじゃなくて、これを掘り起こしていたんだよ」

テーブルに、土まみれの四角い缶が置かれた。

「中学三年の夏に、奨励会試験に落ちて、俺たちは二人とも棋士になる夢を諦めた。強い人はたくさんいる、とても太刀打ちできないと悟った。卒業後の春休みに、浩ちゃんが会いにきてくれて、泉荘で夜まで語り合った。そのとき、夢を叶えられなかった悔しさを紙に書き殴って缶に入れて埋めたんだ。よく、将来の自分に向けてって、何年かしたら取り出すタイムカプセルっていうのがあるだろう。あれみたいなものだ」

父が缶の蓋を開けると、何枚もの紙が入っていた。

「今日、哲ちゃんと二人で飲んでいるうちに、掘り起こしてみようって盛り上がったんだ。久しぶりに飲んだからかなぁ」

浩が苦笑いをする。

「でも、俺たちが書いたのは将来の夢ではなかった。悔しさや怒りを二人で書きまくった。泣きながら書いたのを、今でも鮮明に覚えている。この缶に封印して、前を向いて歩いて行こうって誓ったんだ。掘り出して読み返したら、見るに堪えられなかった。恨みごとばかり書いてあって、情けなくてもう一度埋めちまえって戻ってみたら、お前がいたんだ」

父が頭を掻いた。

「だけどお前も早とちりだな。死体だなんて」

「だって、夜中に怪しすぎるよ。父さんたちが悪いんだからね」

必死になっていたのが恥ずかしくて、言い返した。でも疑惑がすべて解消したわけではない。

「人が死んだ」とはどういうことだ。

「死んだっていうのは誰なの？」

勇気を出して訊いてみた。「それは……」父が口籠もると、浩がそれを制した。

「私がきちんと説明するよ」

「浩ちゃん、いいのかい？」

「ああ、こんな父親思いの息子を持って哲ちゃんは幸せだ。駒之介くん、心配させて申し訳なかった」

浩が頭を下げた。父は厨房に向かった。お湯を沸かす音がする。温かいお茶をテーブルに三つ置き、ゆっくりと席に着いた。

「長男の暁が殺人容疑で逮捕された」

いきなり投げかけられた、殺人という言葉にショックを受けた。鼓動がスピードを増す。

お茶を一口飲んでから浩がおもむろに話し始めた。

「五ヶ月前、私は心凪と共に、大阪で開かれる将棋大会に出場するため、港に向かった。フェリーが出港してすぐに、パトカーのサイレンが聞こえて、暁が走ってくるのが見えた。そのあとのことは何もわからず、気を揉みながら心凪と二人でフェリーに乗っていた。大阪に着いて、晴恵から『暁が警察に捕まった』という電話を受けた。友達の父親の車を勝手に乗り回していたと聞いたので、『一度警察のお世話になって、懲りればいいんだ。心配いらない』と軽い気持ちで答えた。でもしばらくして今度は『殺人容疑がかかっている』と。将棋大会どころじゃない。心凪には可哀想だったが、すぐに島へ帰ることにした。にわかには信じられなかったが、暁が運転していた軽トラックの荷台シートの下から、男の死体が発見されたと聞かされた。弁護士を通じて、暁が『車を勝手に借りたのと無免許運転は認めるけど、俺は人なんか殺していない。荷台に死体があるなんて知らなかった』と言っていると知った。暁は今も無実を訴えている。そして私たちはそれを信じている」

浩はその言葉を残して、重い足取りで泉荘へ戻っていった。

知られたくなかったことを話させてしまったと、申し訳なく思った。あまりにも深刻な事実を突きつけられ気分が沈む。

どこかの離島で未成年による殺人事件があったというニュースを、以前見たような気もする。あの事件の犯人が暁だったなんて。

後片付けを終えた父が、改めて駒之介に向き合った。

「隠していて悪かったな。島で生活するのに困っていた鴻ノ木家族を泉荘に誘ったのは父さんだが、いざとなったらどう対応すればいいかわからなかった。あの人たちにお前が偏見を持ったりしたらいけないと思ったし」

「それって犯罪者の家族だからって意味？」

「まあ、暁くんが逮捕されているのは事実だ」

「父さんは今どう思っているの？」

父の本音を知りたかった。父はしばらく腕組みをしたままじっとしていた。

「正直、気持ちが揺れてる。先日知り合いの弁護士に訊いてみたが、状況や証拠から、無罪を勝ち取るのはかなり厳しいのではないかと言われたよ」

乗っていた車に死体があったのだから、疑いを晴らすのは簡単じゃないと想像できる。

「さっき、浩ちゃんは『私たちは信じている』と言っただろう？　でもな『晴恵は暁が人を殺すはずがないと最初から断言した。でも俺は不安なんだ。もしも暁が犯人だとしたら、と考えてしまうときがある』と父さんに打ち明けた。『信じる』って、とても難しいんだ」

「そうだね」

心凪はどう思っているのだろう、とふと考えた。兄として一緒に育った暁の無実を信じているのだろうか。

「でも一つだけ決めている。暁くんが犯人であろうとなかろうと、浩ちゃん家族に寄り添って、できる限り支えていこうと」

父は自分に言い聞かせるように強い口調になった。真っ直ぐな父らしいと思った。

「もう一つ訊きたいことがあるんだけど。蘭ちゃんはどうして一緒に来ていないの？」

ずっと引っかかっていた謎だ。

父はかみ砕くように説明してくれた。

暁が逮捕された直後から、共同生活の場だった一条邸はマスコミや野次馬に取り囲まれた。鴻ノ木夫妻は、一条家に迷惑をかけるのを恐れ、心凪を連れて以前住んでいた家に移った。そこもすぐ知れ渡り、三人は息を潜めるような生活が続いたが、容疑者家族に世間は冷たく厳しかった。

一条家の五人は、人のいない華ヶ島に行って、騒動が落ち着くまで留（とど）まろうと考えたらしいが、病弱な蘭はいつ病院に行く必要が生じるかわからない。そこで桜子と蘭は美波島に残り、ひとまず松子と透真を若文が華ヶ島へ連れていった。

その後、鴻ノ木夫妻は哲平を頼って心凪と鎌倉に引っ越すと決め、桜子も松子と透真を連れて同行した。

「駒之介も番組を観たならわかるだろうけど、蘭ちゃんの実の親は浩ちゃんと晴恵さんだ。当然、暁くんと蘭ちゃんは血の繋がった兄妹になる。蘭ちゃんは容疑者家族の一人だと知られるのが耐えられないらしい。だから浩ちゃんと晴恵さんと離れて暮らすことを選び、若文さんと島に残ったというわけだ。悲しい話だ」

心凪と蘭の取り違えからシェア家族は始まった。実の親と育ての親、実の姉弟や育ちの兄妹、全員が混乱の中、今度は家族の一人が人を殺した容疑で逮捕された。それぞれが暁に複雑な想いを抱えているだろう。

暁が浩と晴恵の息子なのは間違いない。

桜子と若文にとっても、育てた娘、蘭の実の兄であり、実の娘、心凪が兄と思ってきた暁を、他人だと切り捨てられないのかもしれない。

本当の心境はわかりようもないが、シェア家族が必死にそれぞれに想いを寄せ、生きているのは確かだろう。

「お前もこれから大変かもしれないが、協力してくれないか?」

「うん、わかった」

珍しくくたびれた様子の父に、そう答えた。

「晴恵さんは息子を信じているんだね」

さっきの話を思い出して確かめた。

「ああ、母親とはそういうものなんだろうな」

父が遠くを見るような目をした。

「お母さんのこと知りたいか?」

「何だよ急に。いいよ別に」

突然の質問に、反射的に答えていた。

今まで父と二人の生活の中で、母に関する話題は口にしてはいけない気がしていた。離婚の理由を、無理に聞こうとは思わない。きっと息子に言いたくないことがあるのだ。それは駒之介を傷つけたくないからなのかもしれない。ただ、もしも自分が警察に捕まるような事態に陥ったら、母は息子を信じてくれるだろうか、そんな想いをふと抱いた。

駒之介は、母親というものがよくわからない。

答えの出ない問題を考えても仕方ないとわかっていても、いつまでもグルグルと頭の中を巡り続けた。

父が店の電気を消して階段を上っていった。駒之介は暗くなった店に、そのまましばらく佇んでいた。

泉荘にいる人たちの秘密を知ってから十日が過ぎた。これまでの「一夫多妻」とか「死体を埋めた」などという勝手な妄想に自分でも呆れてしまう。疑問は解けたが、新たに知った事実が心に重くのしかかった。

殺人容疑で逮捕された人の家族が隣に住んでいる。しかもかつてテレビで放送された密着番組に出ていた人たちだ。誰にも気づかれたくないという心境が身に沁みてわかった。自分もこの秘密を守らなければならない。ここ数日はため息ばかり出る。

学校から帰ると、心凪が中庭にいた。

「全部聞いたんだってね。ごめんね、いろいろ迷惑をかけて」

うつむいた姿に心が痛くなった。

心凪が謝る必要などない。悪いことなど何もしていないじゃないか。悔しくて切なくて、腹立たしいような、それでいて無性に悲しくて、心がかき乱される。

今日の心凪はやけに小さく見える。

これまで、謎めいた家族に興味本位の目を向けていた。疑問を解きたくて盗み聞きまでして、探偵ごっこみたいでワクワクしていた。まるでドラマを観ているように『離島のシェア家族』の続きが気になった。でも心凪にとっては、すべてがリアルなんだ。取り違えがわかった日から、悩みや不安を抱えた生活が、ずっと続いていたに違いない。

「僕にやれることがあれば、何でもする」

精一杯、自分は味方だという気持ちを込めた。

「ありがとう。でも大丈夫」

心凪は素っ気なく背中を向けて、泉荘へと小走りに去っていった。

同情されているようで嫌な気分になったのだろうか。もっと上手く伝えられる言葉があったかもしれないのに。もどかしくて胸が痛い。「あー」と叫びたくなる。

どうすることもできずに、自分の部屋に向かった。その夜は、食欲もなく、

「具合でも悪いのか?」

父にそう聞かれる有様だ。

次の日も学校では心凪が気になって仕方ないが、話しかけられなかった。

帰宅して、部屋の窓からぼんやり外を眺めていると、松子が中庭に現れた。咄嗟に階段を駆け下り、板塀の門から出ようとしている松子に追いついた。

「こんにちは。どこかに行くんですか?」

「ええ、今から散歩に行くところなの。駒之介くんも一緒にどう?」

誘いの言葉に少し面食らったが、ちょうどいい機会だ。告白する決意を固めた。

「家にばかりいると運動不足になるでしょう? かといってふらふら遊び歩くわけにもいかないしね」

松子は、駒之介がすべて知ったのは承知している、とほのめかすような目線を送ってきた。

「駒之介くんのお父さんには感謝しているのよ」

腕を大きく振って、思いのほか早足で歩く松子に、遅れないようについていく。

「この辺は緑が多くていいわね」

とりとめのないおしゃべりを聞きながら歩いた。

死んだ祖母のことはほとんど覚えていないが、父の話だととても厳しい人だったらしい。松子はいつ会っても穏やかで話し好きなのかよくしゃべる印象だ。何か特別な力を持っているみたいに、

松子を前にすると心が和み、こちらの緊張感が薄れていく。その雰囲気のおかげか、海岸沿いのベンチでひと休みしたとき、言い出しにくいことだったのに、すーっと口にしていた。

「僕、ＤＶＤを持ち出しました。ごめんなさい」

司波との会話を盗み聞きして、どうしても『離島のシェア家族』の最終回を観たかったと正直に白状した。

松子は目をきょときょとさせたが、次の瞬間、プッと噴き出した。

「駒之介くんには、たくさん心配をかけちゃったみたいね。隣に住まわせてもらうんだから、最初からちゃんと打ち明けた方がいいと、私は思っていたんだけどね。あの子たちみんな、まだ余裕がないのよ」

松子がため息を漏らした。でもすぐにいつもの柔らかな微笑みに戻り、

「ＤＶＤの件は気にしなくていいわよ。ただあのＤＶＤのことはみんなには内緒にして。観ても辛い想いをするだけだから。私と駒之介くんの秘密ね」

おどけるように、唇の前に人差し指を立てた。駒之介はようやく胸のつかえが一つ取れたような気がした。

「実は私も一昨日観たばかりなの。浩さんのパソコンを借りるわけにはいかなくて、結局司波さんを呼び出して、観せてもらったわ」

続編を期待する司波ディレクターが、松子を頼りにしているのは、盗み聞いた二人の会話でわかっていた。司波が松子の言いなりなのが、何だか可笑しい。

「司波さんと松子さんて随分親しいんですね」

二人の関係に興味が湧いて尋ねた。

いた」

「司波さんのお父さんは、私が若い頃に働いていた病院の先生だったの。とても親切にしていただ

昔を振り返っているのか、少し間を空けて話を続けた。

「美波島に行くと決めたときにもお世話になったの。私は島で新しい人生を手に入れた。司波先生のおかげよ。亡くなったという知らせを受けて、お葬式で息子の司波さんと会ったとき、先生とよく似ていて驚いたわ。懐かしくなって、いろいろお話をしたの。『今どうしているんですか？』と訊かれてつい、『孫の取り違えがあって大変なの』と口を滑らせてしまった」

松子が渋い顔になる。

「テレビ局のディレクターをしていた司波さんは、聞き逃してくれなかった。あの人本当に話が上手いのよ。あれよあれよという間に、番組の企画が進んでしまったの」

視線を足元に向けた。

「でも、私が口を滑らせなければ密着番組は始まらなかったわけだし、被害者が島を訪れることもなかった。事件だって起こらなかった。今になって考えると、私が悪かったのよ」

「被害者は島の人ではないんですか？」

あのとき以来、事件の詳細を父に訊けずにいた。

「番組を観て、私たち家族に興味を持って島に来た人よ」

確かに番組の中でも暁と揉めていた人たちが映っていた。その中に被害者がいたのか。

「松子さん一人が責任を感じる必要はないですよ」

気の毒になって、思わず声に出していた。

「まあ、テレビ局からの謝礼は、鴻ノ木さんには助かったのは間違いないけど……。後悔してるの

よ」

そう言ったあと、松子は「よっこらしょ」と立ち上がった。

帰り道も松子は大きく腕を振って歩いた。

「透真をイベントに連れていってくれるんだって？」

「はい」

「凄く楽しみにしているようよ。あんなに元気な透真はいつ以来かしらね。絵が上手な駒之介くんを尊敬しているんだって。透真をよろしくね」

尊敬してるなんて言われたのは初めてだった。どちらかというと、一人で絵を描いていることや、アニメオタクなのを隠していたのに。くすぐったい気分だ。

透真が少しでもイベントを楽しめたらいいなと心から願った。


江ノ電は年末でも結構混んでいた。向かいの席に並んで座っている桜子と透真の後ろに江の島が見えた。

桜子はつばの広い帽子にサングラスをかけていた。透真はキャップを被り、うつむいている。こうして見ると透真はやっぱり幼い。背は低くないが、母の手を握っている姿は小学六年生とは思えない。

終点の藤沢で湘南新宿ラインに乗り換えた。透真ははぐれないように、いっそう桜子にピタリとくっついている。大崎駅で最後の乗り換えを終えると、ほっとした表情になった。

ようやく会場の最寄り駅、国際展示場に到着したのは、家を出て二時間後だった。駅は人で溢れ、係員が拡声器で「ゆっくりお進みください」と叫んでいる。

「凄い人の数ね。こんなに人気なのね」

桜子が辺りを見回して驚きの声を上げる。実は駒之介もこんな大規模なイベントに来るのは初めてだった。

三人は列の最後尾に並ぶ。開場時間になり係員の誘導に従い、やっと会場に入れた。

「コミケ」の愛称でアニメ好きやオタク層に長年慕われているコミックマーケットは、年末の三日間で五十万人を集める世界最大級のイベントだ。

個人が出展しているブースには、自作のイラストや同人誌が並べられて、積極的に売り込む声が飛び交っているかと思うと、無言の人もいて様々だ。駒之介は、いつか自分が描いた作品をこんなふうに並べて、たくさんの人に見てもらえたらなぁ、などと空想する。

企業のブースではアニメやゲーム、コミケ限定グッズなどが販売され、購入するための長い列ができている。参加サークル数は三万にも及び、一日で全部回るのはとても無理だ。

駒之介は二人を連れて、人混みに揉まれながら歩き回った。一時間くらいしたところで桜子が音を上げて、飲食スペースで休んでいるから二人で回っておいでと送り出された。

透真は混雑にも慣れたのか、目をキラキラさせて時折歓声を上げた。桜子がいなくなって堰(せき)を切ったように、駒之介も一緒になって興奮した。好きな者同士にしかわかり合えない胸の高鳴り。好きなものに対する純粋な熱意を共有していると実感する。

きっと参加者全員がこの日のために準備をして、期待を膨らませてきた。出展者だけでなく来場者だって同じだ。この日を楽しみに、つまらない、あるいは辛い日常をやり過ごしてきた人も多いだろう。

透真だってその一人だ。大人の事情で生活が変わり、落ち着かない日々を送っている。

駒之介は、透真がはしゃぐ姿を目にして、連れてきてよかったと心から思った。二人の距離があっという間に縮まり、気がつくと透真に「駒くん」と呼ばれていた。

「駒くん、あっちに行こう」

手を引かれ引きずり回されても、楽しくて仕方がなかった。

桜子と合流してそろそろ帰ろうとしていたとき、

「コスプレ会場も覗いてみたいわ」

桜子が急に言い出した。コスプレとは漫画やゲームなどの登場人物やキャラクターに扮することだ。コスプレをする人はレイヤーと呼ばれる。ただ、露出の激しい衣装もある。まさか桜子が興味を持つとは。少しばかり心配しながらも、三人でコスプレ会場に向かった。実は駒之介も恥ずかしくて、じっくり見たことがなかった。

コスプレ会場では写真撮影の列に多くの人が並び、賑わっていた。

確かにちょっと独特の雰囲気だが、レイヤーが真剣にキャラクターに成りきろうとしているのが伝わってきた。衣装やメイクだけでなく立ち姿が格好よくて、キャラクターへの愛を感じる。

日頃、女の子のキャラクターを描くのが好きな駒之介は、あるレイヤーの前で足が止まった。目を奪われてその場から動けなかった。

緑色の長い髪にゴールドのメッシュ。剣を肩に担ぎ、真っ黒の鎧を着た女戦士。ちょっと前に自分が描いた絵に似ていた。

「駒くんの描いた女戦士に似ているね」

透真が耳元で囁いた。

勇気を出してレイヤーに撮影を申し込んだ。本格的なカメラを持っている人が多い中、駒之介は小さいデジカメしか持っていなかった。それでも女戦士のレイヤーはにこやかに応じてくれた。自分で何枚か撮ったあと、透真とレイヤーを挟む形で、桜子にシャッターを押してもらった。

「いつか、駒くんが描いたキャラクターを、誰かがコスプレしてくれたらいいね」

透真が急に大人っぽい目を向ける。

「うん」

少し照れながら頷いた。

実現するなんて夢みたいな話だ。でも駒之介は密かにそれを望んでいる自分に気づく。

カメラを持った二人連れの女性が近づいて、いきなり透真の顔を覗き込んだ。

「わあ、この子、凄い綺麗な顔してる。めちゃくちゃ美少年。写真撮ってもいい？」

透真は恥ずかしそうに桜子の後ろに隠れた。その様子は、また以前の引っ込み思案の姿に戻っていた。

「ほら、撮らせてあげたら？」

ニコニコしながら、桜子が透真を前に押し出した。シャッターの音が響いた。

「笑ってみて」

透真は、乞われるまま引きつった笑顔を作った。

「あ、八重歯がある。もう少し大きくなったら、この子にミカエラのコスプレさせてみたい」

「それ、いいね。僕、覚えといてね。きっと似合うよ」

駒之介も好きな漫画の登場人物の名前を、女性たちはあげた。二人は勝手に盛り上がって、バイバイと手を振って離れていった。

「ねえ、ミカエラって何？」

桜子が囁くように駒之介に訊いた。

「ええと、吸血鬼が出てくる漫画の主人公の一人で、人気があって……。あ、今度貸します」

上手く説明するのがもどかしくて、駒之介は途中で切り上げた。

「あの人たち、透真のこと、綺麗だって。ママも何だか嬉しいわ」

桜子は透真の手を握り、うっとりと目を輝かせた。

年が明けた。駒之介の家では、近くの神社に初詣に行くくらいで、特別なことはしない。形ばかりのおせち料理とお雑煮を食べて正月を過ごした。泉荘も静かだった。

松子と会話をしたり、桜子と出かけたりして、泉荘の人たちとの関係が近くなった気がする。

時折、中庭で煙草(たばこ)を吸っている浩は、駒之介を見つけると必ず手を上げてくれた。桜子はときどき、カップケーキやプリンなど手作りのお菓子を持ってきてくれる。

その度に、「絵を描いたら、今度は私にも見せて。あれからコスプレに興味が湧いちゃって、今度私もやってみようかしら」と、本気だか冗談だかわからないことを言う。少しずつだが、明るくなっている様子に、父も胸を撫で下ろしているようだった。

ただ、晴恵は相変わらず姿を現さない。おしゃべりするような気持ちになれないのだろう。

三学期が始まっても、心凪とは学校ではお互いに声をかけたりしない。でも家に帰ると、中庭や店では会話を交わすようになった。きっかけは松子だ。店に心凪と一緒に来ては駒之介を巻き込んでおしゃべりを始める。そして心凪を残して松子は散歩に出かける。将棋の駒を磨くのが好きだという心凪は、いつしか駒磨きの係になり、自然と駒之介と将棋を指す機会も増えた。

何度やっても勝てなかったが、楽しそうな顔を見るだけで嬉しかった。透真も店に来て、漫画を読んだり、ゲームの話をしたりして時間を過ごした。店に客が増えると、二人はそっと出ていく。人目を気にする態度がすっかり身についてしまっている。

透真は学校には通えずにいたが、毎日のように駒之介に会いにきた。コミケ以来二人の間はぐっと近づいた。年が二つ下なのも、楽しさに拍車をかけた。中学ではついつい大人ぶった態度を取りたくなる。でも透真の前では本当の自分でいられた。二人でいる時間は、とても居心地がよかった。

「蘭、どうしてるかな」

定休日に一局将棋を指したあと、心凪がぽつりと言った。店には父もおらず、二人きりだった。

「蘭ちゃんは島にいるんだよね」

静かに問いかける。

「うん。今は、美波島に若文さんと二人で暮らしてる。元気にしているかどうか気になるけど、何となく連絡しにくくて」

透真が「パパ」と駆け寄った大きな男、若文の姿が頭に浮かんだ。心凪にとっては血の繋がった父になるけれど、「若文さん」と呼んでいるんだな、と改めて関係の複雑さを思い知らされる。

「蘭はずっと私の親友だった。取り違えを知ってからも友情は変わらない。私、蘭には謝っても取り返しのつかないことをしてしまったの。まだ四歳くらいのとき、蘭の家で一緒に遊んでいたの。階段の下から私が呼んだ声に、急いで下りようとした蘭は一番上から転げ落ちてしまった。歩けなくなったのは、私のせい。でも蘭も桜子さんも一度も私を責めなかった。『誰のせいでもない』って、ずっと変わらず仲良くしてくれた。でも、アキ兄ちゃんの事件があって、私たちはすっかり離れてしまった」

心凪がこんな話をするのは初めてだ。駒之介は黙って聞いていた。

「お父さんとお母さんは今でもアキ兄ちゃんを信じている。私も無実だと思いたい。でも乗っていた車から死体が出てる。他に犯人がいるなんて考えられる？」

「そうかもしれないけど……」

息子を信じたいという親の心情がわかるだけに、何て答えればいいのか悩んでしまう。

「蘭は殺人犯の妹になりたくないのよ。正直言えば私も同じ。学校で知られるのが怖い」

シェア家族に何が起きたのかは知ったつもりでいたが、真情を吐露する心凪を目の前にすると、ぐんと胸に響く。

一時（いっとき）、テレビ番組で注目された末、家族の一人が殺人容疑で逮捕されるという厳しい現状に陥っている。

「それでもこうして鴻ノ木さんたちと一緒にいるじゃないか。おじさんたちはそれだけできっと嬉しいに決まってる。蘭ちゃんとは違って、心凪は逃げていない」

思わず言ってしまった。するとすぐに言葉が返ってきた。

「蘭は悪くなんかない。気持ちはよくわかる。私だって本当は、お母さんたちと同じようには信じていないのに、それを隠している。私の方がずるいのよ」

涙を溜めて、蘭を庇って自分を責める姿を見ているのが辛い。

「ずるくなんかないよ」

気持ちを上手く言い表せずに、こんなひと言しか出てこなくて情けなくなる。

父から聞いた浩の「もしも晄が犯人だとしたら、と考えてしまうときがある」という言葉を思い出した。親だって子どもを信じ切るのは難しい。兄の無実を確信できないのは無理もない。

「血が繋がっていないんだから私は関係ない、なんて考えたくなかった。だからお父さんたちについてきた。家族として、一緒に苦しまなければいけない気がして……」

心凪はずっと鴻ノ木家の娘として生きてきた。大変なときこそ支えてあげたかったのだろう。

「桜子さんは、私の好きなようにすればいいと言ってくれた。ただ、『あなたが鴻ノ木さんたちの傍にいてあげたい、と思うのと同じで、私は心凪の傍にいてあげたい。だから一緒に行くわ』って。桜子さんがここに来たのは私のせいなの。蘭のことも心配に決まってるのに。私は桜子さんを困らせてる」

「心凪のせいじゃないよ。来ると決めたのは桜子さんの意思なんだから」

「桜子さんは私に凄く優しい。お母さんはお兄ちゃんのことで頭がいっぱい。何かというと『お兄ちゃんは辛い思いをしている』って泣く。私だって辛い毎日を送っているのに。だからつい反発してしまう。桜子さんは、蘭を置いて私の傍にいてくれる。やっぱり本当のお母さんだからなのかな、って感じちゃう。でもそんなふうに思ったら鴻ノ木のお母さんに悪いと考えたり……。なんかもうグチャグチャなの」

心凪は両手で髪をかきむしる。

「僕にやれることがあったら、何でもするよ」

「ありがとう。そんなふうに言ってもらえて嬉しい」

ゆっくり顔を上げて、そう答えてくれた。以前同じ言葉をかけたときは、「大丈夫」という素っ気ない返事だった。ほんの少しだが近づけた気がした。頼ってもらいたいし、頼れる存在になりたい、と駒之介は思った。

登下校で出入りするのだから、バレるのは時間の問題だなと思っていたが、心凪が泉荘に住んでいると、同級生に知られてしまった。

転校してきてから、三ヶ月以上もなぜ黙っていたのかと、予想外に駒之介への風当たりは強かった。どうやら、心凪は密かに男子から人気があるようだ。

「別にどうでもいいだろ」とはぐらかしたが、全く安心はできなかった。心凪への関心が高まれば、正体に気づかれる可能性は高くなる。ヒヤヒヤしながら毎日を送っていたが、嫌な予感は当たってしまった。

将棋部の男子が、一年以上前にいきなり終了した番組『離島のシェア家族』の中に将棋が強い女の子がいた、心凪はその子なんじゃないか、と騒ぎ出した。一旦、噂(うわさ)が広がると、視線が容赦なく注がれた。同学年だけでなく、他の学年の生徒まで覗きにくるようになってしまった。

「心凪は将棋が強い」と、うっかり話したことが、テレビ番組と結びつけられてしまったと、今になって後悔する。

「密着番組に出てたよね?」

面と向かって質問する人も現れた。

心凪は弱々しく微笑んで、否定も肯定もしなかった。そっとしておいて欲しいという無言の訴えは受け入れてはもらえなかった。

「最初から教えてくれればいいのに」

「ショートカットの方が断然可愛いよ」

「あの番組ってヤラセじゃないの? 取り違えって本当なの?」

「蘭ちゃんは島にいるの?」

「うちの親が言ってたけど、高い出演料もらってるって本当?」

「えー、そうなの? うちも密着してくれないかな」

「普通の家じゃ、意味ないでしょ」

「あ、そうか」

心凪が何も答えない中、周囲で勝手な会話が繰り広げられる。

「でも大変だよね。取り違えなんて」

「あたし、実は大金持ちの子どもだったなんて言われたら嬉しいけどな」

「今の親よりマシならいいけど、逆だったら悲惨だよー」

「あ、そうか。それはヤダよー」

「ねえ、どっちの親のところに行くか決まったら、また番組の続き、やるんじゃない?」

「そしたら私も出たい」

「きゃー、私も」

歓声が飛び出し、女子たちは盛り上がっている。

「そのときはよろしくね。友達だもんね」

心凪の表情が硬くなった。

「有名人が同じクラスなんて嬉しい」と言う子もいたが、「テレビに出ていたからって気取ってる」「自分は他の子とはレベルが違うと思ってる」などという陰口は、嫌でも耳に入っただろう。

クラスメートにいろいろなことを隠していたと、駒之介は「秘密主義者」と呼ばれた。でもある意味「口が堅い奴(やつ)」と評価が上がる結果になった。

過去を明かさなかった心凪が責められ、不用意な発言でバレるきっかけを作った自分が褒められている状況にモヤモヤした。諦めて耐えている心凪を見ると胸が痛む。せっかく近づいた距離が、どんどん離れていくのを感じた。

数日後には晄の事件も知られ、もう心凪に話しかける者はいない。まるで見えないバリアがあるみたいに、周りには誰も近づかなくなった。

「殺人犯の家族っていうことを知っていて隠してたのか」

「いくら何でもそれはないだろう」

口々に非難された。

「たとえ犯人の家族だとしても、みんなに危険があるっていうのか。関係ないだろう？」

ムキになって言い返した。

「駒之介は平気なのか。犯人の家族を匿(かくま)っているお前の家族も普通じゃない」

クラスメートは駒之介にも冷たく接するようになった。

駒之介は憤った。なんて馬鹿な奴らなんだ。少し考えれば、心凪は何も悪くないことくらいわかるだろう。興味本位な見方しかしないクラスメートに腹が立った。

でも不意に、容疑者家族を泉荘に住まわせていたら、我が家に禍があるのではないかと恐れを抱いた。悪い噂話が広がって、カフェの集客にも影響がでたら、自分たちの生活が危うくなるかもしれない。足元がぐらぐら揺さぶられる。

世間の偏見と闘う覚悟が、果たして父や自分にはあるだろうか。

クラスメートを愚かだと断罪したものの、興味の対象が全くの他人ならば、自分も同じかもしれない。犯罪者やその周辺に近づきたくないのは自然な感情だ。現に、一度は父が犯罪に巻き込まれているのではないかと心配した。

でも父は、浩との長年の友情ゆえに、支えると決めた。

自分も今、心凪を特別な存在だと感じている。だから味方になって守る。それでいいんだと自分を納得させた。


三学期も終わろうとしていた。心凪は店にも現れなくなって、駒磨きはまた駒之介の仕事になっていた。中庭で会話する機会もない。

「心凪ちゃんが島に帰ることになった。桜子さんと透真くんも泉荘を出る。浩ちゃんと晴恵さんは今まで通りここで暮らす」

突然父から告げられた言葉に愕然（がくぜん）とした。

反射的に体が動き、気がつくと泉荘の玄関に立っていた。

「心凪ちゃんはいますか？」

階段を下りる足音が聞こえ、心凪が出てきた。二人で無言のまま中庭に向かう。

石のベンチに腰かけた心凪の隣に、少し間を置いて座った。

「父さんに聞いたんだけど、島に帰るって本当？」

「うん」

うつむいたまま小さく頷いた。

「心凪は将棋が強いって、ついしゃべっちゃったから、シェア家族の番組と繋がってしまった。僕のせいだ。ごめん」

「いいよ、そんなの気にしないで」

「でも、知られたのが帰る理由でしょう？」

「それもあるけど、前から考えていたの。みんなともずっと相談してた」

落ち着いた様子で続ける。

「桜子さんに言われたの。もうこれ以上頑張らなくていい、島に帰って一条のお父さんと暮らしなさいって」

フッと笑みが浮かんだ。

「それを聞いて、体中に力が入っていたのが、すっと楽になった気がした。私が一番辛かったのは、アキ兄ちゃんの事件が知られたらどうしようってビクビクしていたこと。そんな毎日がたまらなく嫌だった。島にいた頃の自分と、こっちに来てからの自分があまりにも違いすぎて、何だか疲れちゃった。一度、戻ってみるのもいいのかなって」

心凪の中で、何かが変わったのがわかった。

「それに、蘭は桜子さんと一緒にいたいみたい。でも鴻ノ木の両親がいるところへは来たくないって。私がここにいたら桜子さんもここから離れられない。だから島に帰ろうと決めたの」

「島で一条家のみんなと住むの？」

「最初はそう考えたんだけど、蘭は『島から離れて、誰も知らないところに行きたい』と言ってるらしい。だから桜子さんと透真は蘭と三人で違うところで暮らすことになった。私は島に帰って若文さんと一条の家に住む」

何だか複雑だが、みんながバラバラになるということはわかった。

「桜子さんは、私のわがままに付き合って、蘭と離れて鎌倉に来た。今度は蘭の希望を叶えてあげる番だと思っているみたい。私が一条のお父さんと一緒なら、桜子さんも安心する。みんなにとってこれが一番いいの。お父さんとお母さんは二人きりになってしまって淋しいかもしれないけど

「……」

少し下を向いたが、すぐにスッキリした顔つきに変わって言った。

「でも今はアキ兄ちゃんのことで頭がいっぱいだから、他のこと心配しないですんで、ちょうどいいかもしれない」

「じゃあ、松子さんは？」

「松子さんは私と島に帰る。一時は蘭たちと一緒に暮らす案も出たけど、一条のお父さんが帰ってきて欲しいと頼んだみたい。食事や家事が苦手だから、今までも蘭と二人の生活が大変だったらしいの。それに……、今度は私と二人きりになるのが困るんじゃない？」

ふふっと笑い声を上げた。

「私もいきなりお父さんと二人で住むなんてちょっと気まずい。松子さんが一緒なら楽しそう」

駒之介も松子とは話しやすかったので、心凪の気持ちはよくわかる。それに、お父さんという言葉が出て、新しい生活に対して前向きな気分が表れているのが嬉しい。

「あのね、駒之介くんに頼みがあるんだけど」

「何？」

「私が島に帰ったあと、お母さんたちの様子を教えて欲しいの。駄目かな？」

「もちろん、いいよ」

二人でメールアドレスを交換した。ドキドキして浮かれた気に一瞬なったが、遠く離れてしまうという事実に心が沈んだ。

数日後、桜子と透真は泉荘を出ていった。駒之介が学校に行っている間だったので、別れの挨拶も交わせなかった。

桜子たちが東京で暮らすと聞いて、大人しい透真のことが少し心配になった。でも、新しい生活が、透真にとっていい方向になるようにと願うしかなかった。

とうとう心凪が島に帰る日がきた。

駒之介が中学の終業式に出ている間に、心凪は行ってしまう。いい思い出などない学校生活で、終業式など出たくないのもわかるが少し残念だ。最後に一緒に帰り道を歩きたかった。見送りに行きたかったが、学校をサボってはいけないと松子と心凪の二人にきつく言われて、諦めた。

メールで『気を付けてね』とだけ送った。『いろいろありがとう』と返信が来た。

終業式が終わり、いつもの帰り道を一人でとぼとぼ歩いていると、普段は登校時に会うゴールデンレトリバーとすれ違った。珍しく駒之介に体を寄せてくる。生暖かい感触に、何だか慰められたような気がした。

自然と海に足が向いた。こんなに近くに海があるのに、一度も心凪を連れてこなかったことを後悔する。

砂浜を歩き始めると、波打ち際に女の人が一人で立っていた。風で髪が揺れている。なぜか気が急いて、砂に足を取られながら近づいた。

じっと水平線を眺めているのは晴恵だ。駒之介が近づいたことにも気づかず、思い詰めたような横顔だった。

ゆっくりと声をかけた。

「こんにちは」

晴恵はハッとしたように駒之介を見た。

「ええと、駒之介くんだったわね。学校の帰り？　早いのね」

晴恵のちゃんとした声を聞いたのは初めてのような気がした。

「はい、終業式だったので」

「ああ、そうだったわね」

そう言うと、再び目を海に向けた。

そして独り言のように呟く。

「心凪、行っちゃった」

「はい」

「あの子には可哀想な思いをさせちゃったわ。きっと私を恨んでるでしょうね」

「そんなことはないです。自分が島に帰ったあとの浩さんと晴恵さんのこと、心配してましたよ」

それは本当だ。最後まで両親を気遣っていた。

「取り違えがあったと知らされたとき、どうしても信じられなかった。心凪は私の子だと自信があったの。ＤＮＡがどうだろうと親子として過ごした絆は消えないと想っていた。でも暁の事件があって、私は心凪のことを考える余裕がなくなった。段々心凪が疎ましくなってしまった。血が繋がっていないから、暁を信じられないんだ。私たちとは違うと」

晴恵の声は震えていた。かける言葉が見つからず、駒之介はただしばらく傍にいた。

「あの子だって辛いに決まっているのに、気遣ってあげられなかった」

波の音に混じって、晴恵のすすり泣く声が聞こえ続ける。

水平線に浮かぶ小さな船が見えた。波間にゆらゆらと揺れている船を眺めているうちに、いつの間にか涙がこぼれていた。

慌てて手で拭う。

自分の涙はいったいどういうものなのか。晴恵への同情に違いない、と思い込もうとした。決して好きな人に去られて泣いているのではないと。

でも、胸の奥底がしんと静まりかえり、この気持ちは紛れもなく淋しさで、駒之介は自分の中にある心凪への想いを、改めて噛みしめていた。

第二章

「駒之介、見てみろよ。凄いぞ」

健吾がスマホを差し出した。

杖を振りかざし、ポーズを取る魔女。オレンジ色の長い髪をなびかせ、大きな褐色の瞳には人を射すくめるような冷たさがある。

スマホに映し出された人物は、コスプレイヤー、RANだ。コスプレ界に颯爽と現れ、その完成度と美しさで注目を浴びている。駒之介と同じ藤浜高校二年生、アニメ研究会のカメラ小僧、相田健吾もRANの熱狂的なファンだ。

RANが蘭だと知ったときの驚きは今も忘れない。教えてくれたのは心凪だった。

二年余り前、心凪が島に帰るのと入れ替わるように、蘭は桜子と透真と東京で生活を始めた。ただ、暁の事件のショックは大きかったようで、高校へは進学せずにひっそりと暮らしていた。そんな中、透真の影響でコスプレに興味を持ったらしい。

心凪から蘭がコスプレを始めたと知らされたのは一年前だ。

『蘭が好きなことを見つけてよかった』と、その日のメールは音符の絵文字と共に心凪の喜びが溢れていた。驚いたことに、蘭はリハビリの末、自分で立てるところまで足の機能が回復したという。

「蘭が立っている姿の写真を見て、本当に嬉しかった」

そのときは、とても興奮した様子だった。「蘭が歩けなくなったのは私のせい」と以前、心凪から聞かされた。子どもの頃、蘭が階段から落ちたときのことを、きっと今までずっと負い目に感じていたに違いない。心凪にとって、これ程嬉しいニュースはないだろう。

コスプレイヤーＲＡＮは、イベント等には出演せずにインスタグラム上で人気が出ていた。アニメだけでなく、ゲームや映画のキャラクターのコスプレも得意としていた。

ＲＡＮのコスプレは、八頭身の抜群のスタイルとリアルなコスチュームが際立っていた。奇抜なメイクとミステリアスな雰囲気が、若者をより惹きつけているようだ。

決してメディアに出ることはなく、素顔は公にしていない。

ただ、ＲＡＮが『離島のシェア家族』の蘭だという噂が、いつしかネット上で広まった。本人はその件に関して何もコメントしていなかったが、母、桜子がインスタのＤＭで依頼してきたアニメ雑誌のインタビューを受け、認めてしまった。

『取り違えと、血の繋がった兄が殺人を犯したショックを乗り越えて、ＲＡＮは輝きを取り戻した』

数奇な運命を歩んできたＲＡＮは、一部の若者のカリスマ的な存在になっている。今ではオタク層だけでなく幅広く支持されるようになり、フォロワー数は百万人に届く勢いだ。

心凪は蘭がコスプレを始めてから、メールのやり取りも再開できたと喜んでいた。

健吾には『離島のシェア家族』に出ていた人たちと知り合いだとは伝えていない。ＲＡＮと多少なりとも繋がりがあるなんて知られたくなかった。実際、蘭とは会ったこともないから、繋がりがあると言えないかもしれないが……。

どこでどんな問題に発展するかはわからない。中学の頃、心凪は将棋が強いと不用意に言ってしまった苦い経験で身に沁みていた。

でも名前は内緒にしているものの、遠くの島に好きな人がいるということは、いつしか白状させられていた。

「遠距離片想いの彼女とはどうしてる?」

ときどき健吾に訊かれる。

『遠距離片想いの彼女』とは、健吾が勝手に付けた名前だ。腹立たしいが、図星だったのであえて否定はしていない。

心凪が島に帰って二年余り、メールのやり取りは続いている。

新しい生活について細々と知らされる中には恋愛話も出てくる。告白されたけど、自分が好きなタイプじゃないからどうしようなどと、あっけらかんと相談してくる様子から、駒之介を男として意識していないのは明らかだ。どうやら心凪には親友扱いをされているようだ。自分の気持ちを打ち明けられず、モヤモヤは募るが、駒之介はこの関係を壊したくない。

約束通り、定期的に浩と晴恵の様子も伝えていた。

浩は近くの中華料理店で働いている。高齢の夫婦で経営している小さな店だが、地元の家族連れに人気がある。昼時には近くで働く人たちも多く訪れる。人手が足りなくて困っていると聞いた父が浩を紹介した。

浩は奥の厨房で、黙々と働く。接客はしないので、余計な気を遣う必要もなくて好都合な職場だ。元々食堂をやっていて調理師免許を持っている浩は、今ではすっかり頼りにされているらしい。

晴恵は早朝、スーパーの品出しのパートに出ている。相変わらず伏し目がちで表情も暗い。

鴻ノ木夫婦以外の皆が、泉荘を出ると決まったとき、浩は父に、「自分たちもここを出て、どこか余所（よそ）で暮らす」と申し出た。泉荘の住人が殺人犯の家族だという噂が広まったりして、迷惑をかけたくないという配慮からだろう。

「水くさいこと言うな。そんな軽い気持ちで来いと誘ったんじゃないぞ」

父は怒りを表し、浩を説得した。駒之介はそんな父に尊敬の念を抱いた。

閉店後に、父が浩と酒を酌み交わしながら、いろいろな相談に乗っているのを度々目にした。父も浩も駒之介をその場から遠ざけなかったので、事件の詳細を知った。


密着番組が三回の放送を終え、最終回の撮影が行われている最中に、事件は起きた。その日は朝から激しい雨が降り、午後からは雷が鳴り出した。

スピード違反をしている軽トラックがあると通報があり、パトカーが追跡した。港近くで車を乗り捨てた男を警官が取り押さえる。それが当時十七歳の鴻ノ木晄だ。晄は未成年で無免許、車の持ち主に確認すると、「気づかぬうちに無断で持っていかれた」と証言した。無免許運転、スピード違反に窃盗罪と思われたが、車を調べた警官が荷台シートの下から男性の死体を発見した。晄は勾留され、事情聴取が始まる。

事件の被害者、澤辺勇矢（さわべゆうや）は三十二歳、テレビの密着番組『離島のシェア家族』で知った心凪や蘭をひと目見ようと美波島までやってきた人物だった。カメラが趣味で、二人の姿を撮影しようと、二家族が共同生活をしている一条邸の周りをウロついていた。番組のファンが時折訪れるが、その中でも許可なく家の中を覗いたりと、澤辺の行動は悪質だった。他の過激なファンやカメコと呼ばれる人たちとも揉めごとを起こしていた。

晄が度々注意をしても聞かず、事件前日には晄が澤辺に殴りかかり、警官が駆けつける事態となっていた。

死因は後頭部を鈍器で殴られたことによる脳挫傷、犯行現場は一条邸のガレージと判明した。

晄は殺人については否定し、車を盗んだ理由をはっきりと説明した。


【美波島には古い言い伝えがある。山頂の美波神社にある大杉に落雷があると、飛び散った焦げた木片には勝負の神が宿るという伝説だ。

その日激しい雷鳴を耳にした瞬間、心凪が勝負に旅立つ日に雷神様が降臨した、と確信した。何としても心凪のために焦げた木片を届けようと決意した。心凪が乗るフェリー出港時間まで、あと二時間だ。バスを待っていたのでは間に合わない。そこで同級生、竜太郎の父親の軽トラックを借りることにした。前にも何度か竜太郎と勝手に乗り回していたから、運転には自信があった。

漁師である竜太郎の父親は、悪天候の日はいつも昼から酒を飲む。そしてキーを車につけっぱなしにしていると知っていた。家の中を覗くと、父親は酔っ払って寝ていた。当分車は使わないだろう。心凪に木片を届けたらすぐに返せばいいと、軽い気持ちで車を走らせた。

神社の駐車場に車を停めて、吊り橋を渡って境内まで走り、木片を拾って急いで港に向かった。途中でパトカーに追われたけど、出港まで時間が迫っていたから、心凪に木片を届けようと必死だった。木片は警官に押さえ込まれたときにどこかへ落としてしまった。車に死体があるなんて知らなかった。車を離れたのは、神社の駐車場に停めて木片を取りに行ったときだけだ。その間に死体を入れられたに違いない】

事件当日、神社の大杉に落雷があったのは事実だが、晄の目撃情報はなかった。仮に神社に行っていたとしても、それは犯行を否定するアリバイにはならない。晄が乗っていた軽トラックの荷台に遺体があり、前日に被害者とトラブルになっていたこともあり、圧倒的に不利な状況だった。

犯行現場が判明するのに時間はかからなかった。まず、被害者が借りたレンタカーが一条邸の裏手で見つかった。そこから林を抜けると、ガレージ脇に出られる。澤辺が近くに来ていたのは明らかだった。近辺を捜索すると、ガレージの内壁から被害者の血痕が認められた。床には血痕を洗い流した跡が見られたが、壁に飛んだ血には気づかなかったと思われている。凶器は発見されていない。

裁判でも検察の主張は明白だった。

晄は前日喧嘩をした澤辺とガレージで再び鉢合わせした。怒りのあまり澤辺の後頭部を何かしらの鈍器で殴打し死に至らしめた。

遺体をどこかへ運ぼうとした晄は、歩いて三十分程の友人宅へ行き、軽トラックを盗んでガレージに戻り、死体を荷台に乗せた。床についた血痕を設置されたホースで洗い流してから、軽トラックを走らせる。死体を一刻も早く遺棄しようと焦って、スピードを出した。パトカーに追われ、港近くで軽トラックを乗り捨てて逃走した末、警官に取り押さえられた。

晄の無罪を証明するものは何一つ出てこなかった。盗んだ車の荷台に死体、殺害現場は住居のガレージ、動機もある。その上パトカーの追跡から逃げている。提示された証拠は重かった。

罪状は傷害致死、計画性はなく突発的な事件とされたが、最後まで無罪を訴える晄に、裁判長からは、反省をしていないと厳しい言葉が投げかけられた。

判決は五年以上九年以下の不定期刑だった。

それでも晄は今も罪を認めていない。そして、晴恵は晄を信じ続けている。冷静に考えれば、晄の犯行を疑う人はいないだろうと、駒之介自身も思っていた。

裁判には父も傍聴に行っていた。弁護士からも無罪を勝ち取るのは難しいと聞かされていたようで、浩は比較的冷静だったという。目を真っ赤にした晴恵を抱えるように泉荘に帰ってきた。その後控訴も棄却され、刑が確定した。

心凪は鴻ノ木から離れ一条家に身を寄せて、犯罪者の妹と見られることから解放された。ただ、少しずつ穏やかな生活を送れるようになる中で、ときに心に影が差す。育ての父母を見捨てて自分だけ逃げ出した罪悪感。兄だと信じていた晄への想い。優しい晄が本当にあんな事件を起こしたのか。

そんな胸のうちを駒之介に吐き出した。メールに綴られる心の揺らぎを、自分なりに受け止め、共感を伝えることしかできないのがもどかしい。

浩は一区切りついたと割り切って仕事に向かっているが、晴恵はますます沈んでいる。晴恵の様子を心凪にどう伝えるべきか、駒之介は悩みながら、結局今の状態を正確には言えずにいた。


夏休みが近づき、秋の文化祭に向けて準備が始まっていた。今年も部誌を作って配布するため、美術室の一角を借りてイラストを描いている。アニメ研究会にとっても文化祭は重要なイベントだ。日頃は部員だけでひっそり活動していて目立たないが、文化祭では人気のブースだ。子どもたちを中心に大勢の人が訪れ、自分たちの存在意義を確認できる大切な時間になる。

駒之介も昨年味わった高揚を忘れていない。二年生になった今年は、展示ポスター作りにも参加できる。当然、部誌に載せる作品にも力が入る。やはり得意な女の子のキャラクターを描くことにした。絵の上手(うま)さだけは部員の誰にも負けないと、多少の自信は持っていた。

アイドルや女戦士などオリジナルのキャラクターを描き進める。

「駒之介の絵には何かを訴える力があるよ」

いつも寡黙な三年生の部長が褒めてくれたのも嬉しかった。

帰りの江ノ電で、まだ二歳くらいの女の子が、母親にしきりに話しかけていた。駒之介には何を言っているのかわからなかったが、母親は聞きとれているのか、「うん、そうね」と笑顔で相づちを打っている。母子だけが理解し合える言語が存在するんだろうなと、おしゃべりが止まらない女の子を見ながら思った。幸せそうな様子に自然と頬が緩む。

改札を出て夕陽（ゆうひ）を浴びながら線路沿いを歩いていると、家への曲がり角に晴恵が立っていた。手提げを持っていたので買い物の帰りだとわかった。すぐ傍に男がいる。

「やめてください」

弱々しい声が耳に届き、慌てて駆け寄った。

「シェア家族の鴻ノ木さんですよね」

男がカメラを構えたので、咄嗟に二人の間に入って、レンズを手で塞いだ。

「失礼じゃないですか」

晴恵はしゃがみ込み顔を両手で覆っている。

「ＲＡＮさんはご活躍ですね。娘さんと連絡は取ってるんですか？」

男は駒之介を無視して問いかけた。

「息子さんは一度も被害者にお詫びの言葉を言ってないようですけど……」

「息子は無実です」

晴恵がうつむいたまま小さな声で返した。

「へえ、まだ信じてるんだ」

「行きましょう。相手にすることない」

駒之介は晴恵の腕を取って歩き出す。

無礼な男に怒りが湧き上がるが、まずは晴恵をカフェに避難させるのが先決だ。ふらつく体を支えながら店に飛び込んだ。

「どうした」

父が驚いたように声を上げた。

「カメラを持った人が晴恵さんを」

それを聞いた父が店を飛び出していった。外から父の大きな声が響いた。

真っ青な晴恵を席に座らせて、水を入れたコップを置く。晴恵は両手でコップを持ち一口飲んだが、その指はまだ小刻みに震えている。

外から激しい口論が聞こえてきて、駒之介は晴恵を残し、外へ出た。

「こんなことして何が面白いんだ」

「元々、私生活をテレビ番組に晒していた家族じゃないか。都合が悪くなると撮るなっていうのは身勝手だ。大体、犯罪者の親として謝罪もしてないのはおかしい」

「とにかくそっとしておいてくれ。頼む」

「そう言われても、こっちも仕事なんで」

男はほくそ笑んだ。

「知る権利ってものがあるでしょ？　我々はニーズに応えているだけなんだ」

「人を傷つけるのもいい加減にしろ！」

父は怒鳴り声を上げて、男に摑みかかった。駒之介は後ろから父の背中に腕を回し、必死に止めた。

普段穏やかな父がこんなにも険しい形相になるのは初めてだ。男は乱れたシャツを直しながら、立ち去った。

一瞬、晄の事件が思い起こされた。晄は家族を守るため、今の父のように我を忘れてしまったのだろうか。我慢の限界を超えてしまい凶行に走ってしまったのか。何だかやるせなかった。

「浩ちゃんが帰るまで、ここで休んでいてください」

父は温かいコーヒーを淹れて、晴恵の前に置いた。

しばらくすると、浩が中華料理店から息を切らして帰ってきた。父が連絡を入れ、早めに上がらせてもらったようだ。浩は頭を下げると、晴恵を抱えるようにして店を出ていった。

閉店間際に、太田の爺さんがふらりと店に来た。

「何だか騒がしかったが、大丈夫か？」

「わしもこれからは周辺を気にかけるようにするよ。パトロールでもするか？」

今では近所の人たちのほとんどが、晄の事件を知っている。それでも太田の爺さんは、変わらぬ態度で店に通い続けてくれている。浩が中華料理店で働いているのも知っていて、ときどき食べに行っているらしい。

「ありがとうございます」

父は改まったように頭を下げた。

太田の爺さんはひらひらと顔の前で手を振り、照れたように笑い、父がサービスで淹れたコーヒーを飲んだ。太田の爺さんもいいとこあるじゃないか、と駒之介も黙ってクッキーを皿に入れて出した。

爺さんが帰り、看板をしまおうとしたとき、浩が入ってきた。

「今日はお世話になりました。さっきはちゃんと礼も言えなくて」

「そんなのはいいさ。晴恵さんはどうだ？」

「ああ、今は落ち着いて、横になっている」

「酷い奴がいるんだな」

「しょうがないさ。元はと言えば密着番組を引き受けたのが間違いだった。金をもらえるならいいか、なんてあまり深く考えなかった。裕福な一条家と違って、うちには有り難い話だったから」

浩は自嘲気味に言った。

「後悔してるんだ。テレビなんかに出なかったら、晄もあんなことしなくて済んだのに」

浩の言葉に驚いた。判決が確定した今は、もう息子の無実を信じていないのかと。「息子は無実です」ときっぱり言った晴恵との違いを突きつけられた気がした。

「浩ちゃんの責任じゃないよ。密着番組を受けるのはみんなで決めたんだろう？」

父が慰める。

そう言えば、松子も司波に取り違えの話を漏らさなければと悔やんでいた。誰もが自分を責めているんだなと、駒之介は思う。

「知らない人たちが洋館を覗きに訪れるようになると、晄は密着番組なんかすぐにやめようと言ったんだ。心凪や蘭にもしものことがあったら大変だと……」

「晄くんが一番家族を心配していたのかもしれないね」

「後悔は他にもいっぱいある。将棋だって、晄に自分が叶えられなかった夢を押しつけた。今になってみると、自ら望まなければ本気にはなれないし、楽しくはなかっただろう。それでも父親の期待に応えようと頑張っていた。晄が結果を出せず苦しんでいる頃、心凪の才能を目の当たりにして、嬉しくて夢中になった。晄を蔑ろにしてると、晴恵にも注意されていたんだ。ああ見えて晄は人一倍傷ついているんだからと」

浩は自分の太ももを強く叩いた。悔しさと悲しみが伝わってきた。

父も慰める言葉が見つからないようだった。

時を刻む秒針の音だけが店内を包む。

浩が席を立つと、父が、「ちょっと待って」と、冷蔵庫からメロンを一つ出した。

「よかったら、晴恵さんと食べて」

「晴恵の好物だ。ありがとう」

肩を落とし、泉荘へ戻っていく後ろ姿は痛々しかった。

その日の夜は眠れなかった。

頑なに無実を信じている母親と、どこかで息子の罪を認めながら自分を責める父親、どちらも晄を愛しているのは間違いないが、そこには大きな隔たりがある。

晄の話はすべて嘘なのか、本当に澤辺を殺したのか、そんなことを考えていたとき、携帯が鳴った。心凪からだ。慌てて携帯に手を伸ばす。

「駒之介くん、今大丈夫?」

「うん。電話なんて珍しいね。何かあった?」

そう答えたあと、すぐに悔やんだ。これでは、何かなければ電話したらいけないと受け取られるかもしれない。何もなくてもじゃんじゃんかけて欲しいというのが本音なのに……。

「お母さんにメールしたんだけど、返信がないの。いつもはすぐ来るから心配になって」

親子の見えない繋がりを感じて、駒之介は一瞬黙った。

「駒之介くん？」

「ああ、うん。実は、晴恵さんが記者みたいな人に写真を撮られたんだ。父さんが追い返した」

迷ったが、隠しても仕方ない。今日の出来事を伝えた。

「お母さん大丈夫？」

「動揺していたけど、おじさんがすぐに帰ってきて、落ち着いたよ。きっともう眠ってて、メールに気づいていないんだよ」

「それならいいけど……。この頃、島にも変な人が来るの。私の写真を撮ろうとしてるみたい。嫌な感じ」

「RANが話題になっているからかな？」

頭に浮かんだそのままを口にした。晴恵に突撃取材した男もRANの名を挙げていた。

「そうなのかな？　でも私、蘭が元気に活動していること喜んでるの。インスタもよく見てる。綺麗だよね」

「連絡取ってるの？」

「たまに素っ気ない返事がくる」

心凪は笑った。

「なんか蘭はもう違う世界にいるみたい。いつか会えるのかな？」

今度は淋しげな声になる。

「きっといつか島に帰るときもあるよ」

「うん、そうだね。島にいると自然な自分でいられるの。私にはやっぱり島が合ってる。蘭も都会に疲れるときがきっとある。海はいいよ。眺めているだけで心が落ち着く。駒之介くんにも見せたいな」

これはもしかして誘われている？　急に胸がドキドキしてきた。

「やだ、駒之介くんのうちの近くにも海があるんだったね。ふふふ」

その声に被せるように思い切って言った。

「美波島に行ってみたいな」

「おいでよ。もうすぐ夏休みだからちょうどいいじゃない。松子さんも喜ぶよ」

「じゃあ、行っちゃおうかな」

「そうしようよ。楽しみ」

弾むような声に心が浮き立つ。電話を切ったあとも頰が緩んだままだ。

心凪に会いに美波島に行く。駒之介はそう決めた。


急に思い立った美波島行きの旅費は父に借りた。アルバイトでコツコツ貯めていた貯金は、昨年末のコミックマーケットで結構使ってしまっていた。向こうでは一条の家に泊めてもらえるので宿泊費がかからないのは有り難い。帰ったら店のバイトを頑張るからと言うと父はうん、うん、と頷いた。行き方を詳しく説明され、子ども扱いされているようで少し嫌だったが、幾つになっても心配なのだろう。素直に有り難く聞いた。

出発前日の夜、ワクワクした気分で高校の入学祝いに父からもらったノートパソコンを開いた。『離島のシェア家族』の幻の最終回が保存してあるので、そこに映る美波島の様子を見てみようと考えた。

美しい砂浜が映し出される。画面の中の風景に重ねて、心凪と自分が砂浜を並んで歩くシーンを想い浮かべた。

ニヤニヤと笑みが広がる。

未編集の映像が流れていくのを眺めていた。やがてフェリー乗り場へと走る晄の姿に、いやがうえにも緊迫感が増して、画面に見入った。

必死に走る晄をカメラが追っている。揺れる画面の中で、晄は腕を前後に振って力強く走るが、次第に警官に迫られ、倒れ込んだところを取り押さえられた。両脇を二人の警官に抱えられ、うなだれて歩き出す晄をカメラは追い続ける。

もう一つ、引いた映像もあった。走る晄と追う警官、晄は必死に走っている。

あれ……。

晄の動作に、どうしても引っかかるところがある。ノートパソコンに顔を寄せて、走る姿を何度も何度も見返した。

もしかしたら、美波島に行くのは、大きな意味があるかもしれない。駒之介は、明日持っていくリュックにノートパソコンを入れた。

瀬戸内海の美波島までの道のりは確かに遠い。今の心凪と自分の間にある距離のようだ。

新幹線と在来線を乗り継ぎ、最後の乗り物となるフェリーに乗った。家を出発してから、八時間経っていた。だけどたとえ時間がかかっても、こうして辿(たど)り着ける。乗船時間は三十分足らずだ。

部活を一週間休んで美波島に行くと伝えたとき、健吾に言われたことを思い出す。

「羨ましすぎるぞ、船酔いで苦しんでしまえ」

「遠距離片想いを卒業してこいよ」

毒舌のあとで励まされた。

「ああ、もちろんだ」

自信はなかったが、強がって見せた。

瀬戸内海は波も静かで、幸い船酔いに悩まされる事態にはならなかった。フェリーのデッキで、吸い寄せられるように入港する様子を眺める。もうすぐ心凪に会える。リュックを背負い、誰よりも素早く下り口に向かう。

歓迎の幟(のぼり)があちらこちらではためき、島全体が観光客を歓迎している雰囲気に溢れていた。

そう言えば、桜子の夫、一条若文は篤治郎から譲り受けた船を使い、観光客向けに釣りやウエイクボード、シーカヤックなどのマリンスポーツ関係の仕事をしていると、心凪に聞いたことがある。

ただ心凪のメールには、あまり積極的に仕事を受けていないと書かれていた。その理由は、どうやら一条家には若文の父、松子の亡き夫の篤治郎が残した遺産がかなりあるらしい。桜子と蘭、透真が東京の一等地のマンションに住んでいられるのも、遺産のおかげかもしれない。中華料理店で働いている浩の鴻ノ木家と一条家の財政基盤の違いを改めて感じた。

美波島に足を踏み入れた瞬間、汗が噴き出てきた。夕方に近いのにまだ太陽は容赦なく照りつける。迎えに行くと言ってくれていた心凪の姿はなかった。少し不安になって携帯を覗く。

『ごめん、ちょっと遅れる』

心凪からの連絡が入っていた。緊張感がふっと緩み、少し港を散策しようと足を踏み出す。港の前のメインストリートには土産物店やお洒落なカフェが並んでいる。どこか異国情緒漂う街並みは、観光客で賑わっていた。

少し行くと、美波警察署があった。洋風な二階建ての建物の前に、パトカーが二台停まっている。遠くに、立派な病院が見えた。屋上に大きな看板が出ている。確か十年前にこの町立病院ができるまでは、一条篤治郎が開いていた個人病院が、島の医療を支えていたと聞いた。ようやく肩の荷が下りたと言って、所有していた無人島の華ヶ島に移り住んだ。篤治郎は松子より十五歳年上で、医師をやめたときは七十を超えていた。心凪にとっては実の祖父だが、取り違えが発覚して間もなく亡くなってしまったので、余り思い出はないらしい。

歩き進めると所々に民宿やペンションが現れた。目を惹くデザインの建物を眺めながら海沿いを進み、道路脇の階段を下りると、真っ白な砂浜が広がっていた。家族やカップルが何組か砂浜に座っている。沖の漁船の汽笛が耳に心地よい。何となく自分を歓迎してくれているような気がした。

ピコンと通知音が耳に届き、メッセージを開いて読む。

『ごめん、港に着いた。今、どこ?』

慌てて船着き場へと駆け出した。潮の香りがする風を頬に受ける。海が近い鎌倉で育った駒之介だが、風の匂いは全く違う、と思った。海に浮かぶ島にいるんだと考えると、なんとなく心許(こころもと)ない気分になる。

来た道を戻ると、フェリーの切符売り場の前に女の子が立っていた。真っ白のTシャツにブルーの涼しげなロングスカート、肩まで伸びたストレートの髪が太陽に照らされ輝いている。

ドキドキする胸を押さえて近づく。気がついた心凪が大きく手を振った。本当に会えた、と駒之介は改めて美波島の澄んだ空気を思いっきり吸い込んだ。ちょっとだけ甘い香りを感じ、目の前の心凪を見た。『遠距離片想いの彼女』との約二年半ぶりの再会だ。

「駒くん、背伸びたね」

いきなり駒くんと呼ばれたのに戸惑って、あたふたしてしまう。

「う、うん。二年半で十五センチ伸びた」

交わす目線の位置が、以前と違う。心凪の頭を見下ろすアングルが新鮮だ。

心凪の背は中二の頃からそれほど伸びていないようだ。

でも記憶のままの姿とは確実に変わっていた。前髪を眉毛の上でパツンと切りそろえ、黒々とした瞳とほんのり赤い頬が、とても元気そうに見えた。

電話で話すのは数少なく、メールのやり取りばかりで、イメージは中二のままで止まっている。遠慮なく駒之介に向けてくる眼差しを、気恥ずかしくてまともに見返せず、チラチラとうかがう。しばらく、無言の時間が過ぎた。脳内に留まっているかつての姿を、目の前にいる人物にアップデートする時間が必要だった。

「おじさん、元気?」

バス停へ歩き始めると、心凪が口を開いた。

「うん。前に松子さんがたくさん送ってくれたレモンで、レモネードを作ったら、お客さんに好評で新しいメニューに加えたんだよ」

「へえ、それ聞いたら松子さん張り切って、またどんどん送っちゃうかもね」

楽しげな心凪を見て、何が一番変わったのかわかった。真っ直ぐ前を向いて、はっきりした声でしゃべっている。つまり堂々としている。背だけは伸びたが、中身が成長したかどうか自信が持てない駒之介は、少しばかり物怖じする。

「片想いを卒業してこいよ」と言った健吾の声が蘇る。

無理かも……。いきなり強烈なボディブローを食らったように戦意を喪失した。

バスに乗り込むと、駒之介を窓側に座らせ、心凪は外を指さしながらときどき島のあれこれを説明してくれた。港の近くには観光客目当てのお洒落な店もあったが、段々自然豊かな風景に変わっていった。

民家は平屋か、二階建てが多い。自転車で走っている少年をバスが追い抜く。振り向くと、後ろの窓から、真っ赤な顔をした少年が、バスを追いかけるように立ちこぎを続けているのが見えた。

バスは次第に上り坂を進んでいった。窓ギリギリに木の枝が通り過ぎる。二十分くらい過ぎた頃、心凪が「次で降りる」と小声で言った。

降りたところは、周囲に民家は見当たらず緑に囲まれていた。バスのエンジン音が遠ざかると、静けさが辺りを包み、木々の葉がサワサワと揺れる音が聞こえた。

上り坂を少し進んで脇道に入ると、石の門柱が左右に立っていた。二本の門柱の間に門扉はないが、横の立て札に『ここからは私有地です。無断で立ち入った場合、警察に通報します』と書かれている。

前を見ると、せり出した木のトンネルの中を、石畳の道が真っ直ぐに延びていた。葉が風に吹かれ、木漏れ日がキラキラ光っている。

少し上り坂になっていて、息が切れる。ようやく突き当たりに建物が現れた。二階建ての立派な洋館だ。重厚な赤煉瓦の外壁に縦長の窓が印象的だった。

それにしても、脇道の門柱から一条家の敷地だとしたら、とんでもない広さだ。一条家は資産家と聞いていたが、ここまでとは予想していなかった。心凪は今、この広い洋館に、父の若文と祖母の松子と三人で暮らしている。

アーチ型の入り口には見覚えがあった。ここがテレビ番組で映っていた家かと、キョロキョロと見回す。

玄関前で松子が出迎えてくれた。

「いらっしゃい。あら随分男前になったわね」

お世辞だとわかっていても照れくさい。松子の持つ雰囲気は、以前と全く変わっていなかった。

促されて家の中に入ると、広い玄関ロビーが広がっていた。スリッパに履き替え、リビングや風呂、トイレを案内され、続いて、泊まらせてもらう二階の奥の部屋に通された。畳敷きの和室だった。障子を開けると木々の向こうに海が見える。この建物が山のかなり高い位置にあるのを実感した。

松子が押し入れを開け、花柄の布団一式と浴衣やタオル類を示す。まるで旅館みたいだ。

「家にある物は自由に使って。冷蔵庫に飲み物もあるから、好きに飲んでね。そうそう、日焼けしすぎには気を付けて。男性だってお肌の手入れは大事よ」

松子は頬をパンパンと叩いて化粧する真似(まね)をして、駒之介に目配せした。七十近い女性に失礼だが、時折見せる仕草はユーモラスで可愛らしい。松子の明るさは、心凪にとってきっと救いになっている、と駒之介は思った。

夕陽を見に行こうと心凪に誘われ、裏の林を抜けて進む。

近くの高台からは美しい円形の入り江が一望できた。遠くに小さな島が幾つか見えたので、何気なく訊いた。

「篤治郎さんの華ヶ島はどれ？」

「遠いからここからは見えない。もしかして華ヶ島に行ってみたい？」

無人島だったという華ヶ島には少し興味があった。

無人島という響きにどこか惹かれるものがあり、答えあぐねる。

「でも、お父さんは明日仕事があるから無理か……。そうだ、竜太郎くんなら船出してくれるかもしれない」

「竜太郎くんって、漁師の？」

その名前には聞き覚えがある。確か、晄の同級生で一緒に漁師の父親を手伝っていたと聞いた。事件の日に晄が盗んだ軽トラックは、竜太郎の父親のものだ。

「アキ兄ちゃんが凄く迷惑をかけたんだけど、今でも『困ったことがあれば、何でも言ってくれ』って気にかけてくれるの」

「二人は仲がよかったんだね」

「私と蘭みたいに、アキ兄ちゃんたちも小さい頃からずっと一緒だった。中学ぐらいから、二人とも不良っぽくなっちゃったけど、私にはいつも優しかった。竜太郎くんはお兄ちゃんと同じように無口なんだけど……」

心凪は話すのを少し止めた。駒之介はじっと待った。

「『出てきたら、また一緒に漁師やろうって晄に伝えてくれ』と言ってくれた」

胸が詰まった。父にとっての浩みたいに、晄にも親友がいた。少し心が温かくなる。

「華ヶ島には行かなくてもいいよ。美波島で見たいところいっぱいあるし」

「そうだね、華ヶ島は海の綺麗さは格別だけど、釣りくらいしかやることがないから退屈だよ。お祖父（じい）ちゃんが作ったハンモックで本を読むのは素敵な時間よって松子さんは言ってたけど」

海を赤く染めながら、太陽が隠れようとしていた。二人でしばらく、変わっていく景色を眺めていた。

「あ、誕生日おめでとう。少し過ぎちゃったけど……」

心凪は七月十八日で十七歳になった。

「ありがとう。でも誕生日は好きじゃない」

「どうして？」

「だって私と蘭は生まれた日に取り違えられたんだよ。間違いが起きてしまった日でもあるんだもの。誕生日は暗い気持ちになるの」

誕生日に対する心凪の思いを初めて聞いた。

「でも、複雑な気持ちだったのは、私だけじゃなかったのよね。家族みんなにもいろいろな想いがあったはず。それでも明るく祝ってくれた。毎年アキ兄ちゃんが風船をたくさん膨らませて部屋を飾りつけてくれた。十四歳の誕生日が、みんなで祝った最後になった。そのあとすぐに事件が起きてバラバラになっちゃったから……」

かける言葉が見つからず、黙り込んでいると、

「こっちの生活は悪くないよ。日に焼けて、元気そうでしょう？」

気を取り直したように、白い歯を見せた。

日が暮れて洋館に帰ると、松子がキッチンから声をかけてきた。

「ご飯の前に、順番にお風呂入っちゃいなさい」

「はーい。駒くんお先にどうぞ」

何となく複雑な心境で浴室に向かった。シャワーを浴びて全身を洗う。清潔なお湯がたっぷりの浴槽を横目で見る。心凪たちが泉荘に住んでいたときは、同じ敷地とはいえ、建物は別々で、もちろん浴室も共用したわけじゃない。今夜からしばらく同じ屋根の下で寝泊まりするのだと考えると、落ち着かない気分になる。

結局、湯船には浸からなかった。このあと心凪が入ると想像して、躊躇してしまったからだ。

浴衣姿でリビングに戻ると、入れ替わりに心凪が浴室に向かった。

「何か手伝いましょうか?」

駒之介はキッチンに顔を出して、松子に声をかけた。心凪がいない隙に松子に話しておきたいことがある。

「あら、じゃあ、大根おろし、やってもらおうかしら」

ガシガシと手を動かしながら思い切って告げた。

「最終回のDVDを心凪さんに観せたいんです」

松子は一瞬怪訝そうにしたが、すぐに穏やかな表情に戻った。

「事件から三年が過ぎて、心凪も落ち着いてきたからね。まあ観る必要もないとは思っていたけど、駒之介くんがそうしたいなら反対はしないわ」

以前、観たら辛くなるだけだから、と言っていた松子に無断で踏み切れない。許しをもらえてよかった。

夕飯を食べていると若文が帰ってきた。駒之介は丁寧に、宿泊させてくれるお礼を伝えた。若文と会うのは二回目だが、やはりでかくて威圧感がある。

心凪から「一条のお父さんは、優しい人よ」と聞かされていたが、口数の少ない、少し冷たい印象を受ける。

若文がリビングでビールを飲み始めたタイミングで、「私の部屋に行こう」と心凪に誘われた。女の子の部屋に入るなんて初めてなので緊張する。若文と松子に軽く会釈して立ち上がった。

二階には長い廊下を挟んで幾つか部屋がある。心凪は階段を上ってすぐのドアの前に立った。

「反対側が透真の部屋。蘭の部屋は一階なの。どうぞ、入って」

心凪に続いて中に入ると、正面の壁際に配置されたベッドがまず目に入った。その上には心凪の身長くらいありそうな抱き枕があった。隣にはスヌーピーのぬいぐるみが幾つか寝かせてある。よく見るとベッドカバーも小さいスヌーピーが散らされた柄だ。可愛いな、と頬が緩む。

「今、ぬいぐるみ見て笑ったな」

心凪がほっぺたを膨らませた。「まあね」と笑って返す。一気に女子の部屋で二人きりになる緊張感が薄らいだ。自分もそうだが、子どもっぽい部分と大人になりかけの部分が共存する年齢だと自覚する。

勉強机の横に本棚があった。小説の文庫やコミックスが並ぶ中、一番下の棚はすべて将棋関連の本だ。窓には白いカーテンがかかり、赤い大きなクッションがあった。

心凪は勉強机の椅子に腰かけ、勧められるまま駒之介は大きなクッションに座った。ふわふわして座り心地がいいのか悪いのか微妙だ。

「駒くん、学校はどう？　アニメ研究会楽しい？」

「うん。秋の文化祭の準備が始まってる」

「イラスト描いてるの？」

「うん。今度、写真撮って送るよ」

心凪は部活には入っていない。前に男子に告白され、結局断ったという話は聞いたが、それ以外、友達関係について詳しくはわからない。

「そっちはどうなの？　学校で上手くやれてる？」

「うん。みんな事件のこと全部知ってるから気は楽。陰で何か言う人もいるらしいけど、隠しごとしてるわけじゃないから、私は普通にしてる。たまに『あの犯人と血が繋がってないんだから気にするな』なんてわざわざ言ってくる人もいる。何か変だよね。血が繋がってたらアウトって意味なのかな？」

乾いた笑いが駒之介の耳に届いた。

「晄さん、のことなんだけど」

晄をどう呼んだらいいかわからなくて、結局こんなふうに切り出した。

「アキ兄ちゃんのこと？」

「実は、放送されなかった最終回の映像を観たんだ。司波さんが松子さんに渡したものなんだけど」

駒之介は、司波と松子の会話を聞いて、どうしても観たくてこっそり持ち出したこと、父と浩が地面を掘っていた一件についてもすべて正直に告げた。

「駒くんの想像力って凄いのね」

心凪が笑ってくれたのでほっとした。

「映像には、晄さんが警察官に確保されたところも映ってるんだけど、気になることがあって、心凪に観て欲しい」

　次第に困惑したような表情が浮かび上がる。

「どうしても嫌なら……」

「ううん。私、観る」

　駒之介は、自分の荷物からノートパソコンを持ってきて起動させた。『離島のシェア家族』が始まる。心凪は、映し出される自分や蘭、透真の姿をじっと見つめる。小さく微笑んだり、ため息をついたりしながら。

「途中からは編集もされてないんだけど」

　画面に晄が走っている姿が映ると、心凪が息を呑むのがわかった。警官に転がされて晄が取り押さえられる場面になると、目を覆った。

「晄さんの手を見て」

　少し前からもう一度映像を流す。

　何度見てもやっぱり手の形がおかしい。左手は開いているのに右手は拳を握っている。片手だけ握って走っている姿は不自然だ。

「ほら、何か握ってるだろう?」

「うん。確かに何か持っているみたい」

　警官に倒されたあと、晄はしきりに地面に視線をさまよわせている。何かを探すみたいに。

「この手はどう見ても不自然だよ。絶対に何か持っているし、落として探している様子もある。晄さんはこのとき、木片を持っていたと思うんだ」

　心凪は黙って聞いている。

「あの日、晄さんは勝ち守りの木片を取りに神社へ行ったと警察に話している。目撃者もいないから警察は信用していないけど、木片を心凪に届けたくて急いでいたというのは本当なんじゃないかな?」

「そうだとしても、アキ兄ちゃんが運転していた車に死体があったのは事実だよ」

「晄さんは死体があるなんて知らなかったと言ってる。無断で車を借りたことも無免許運転も、もちろん凄く悪いことだけど、あとでバレても謝ればいいと考えたからじゃないかな。でも殺人となったら話は別だ。もし死体を積んだなら、人のいない場所に向かうのが自然だ。殺害現場のガレージから港と逆方向に行けばすぐに山がある」

「アキ兄ちゃんは、車に死体があるのを知らなかった……?　ただ私に勝ち守りの木片を届けるために無謀な行動をしただけで、殺人犯じゃない?」

心凪が呟いた。

「だって、わざわざ神社まで行って木片を拾い、スピード違反までして人が集まっているフェリー乗り場に急ぐなんて、死体を盗難車に積んだ犯人の行動としては、どう考えたっておかしいよ。もしも晄さんがあの日神社に行った証拠が見つかれば、今からでも何かが変わる可能性があるんじゃないかな?」

心凪は何も言わず、じっと何かを考えるようにうつむいている。

「大丈夫?」

声をかけると、うんと頷いた。それ以上会話は続かなかった。

「もう部屋に戻るね。おやすみ」

駒之介は立ち上がった。

「駒くん、ありがとう」

背中から聞こえた小さな声は、心細げな響きがした。

うっすらと光を感じ、両手を上げて伸びをする。枕元に置いた腕時計を見ると針は五時二十分を指していた。窓を開け、朝の空気を思い切り吸い込む。四時間くらいしか寝ていない割りには、体はシャンとしていた。服を着替えると部屋を出て静かに階段を下りた。まだ誰も起きていないようで、リビングもキッチンも静まりかえっている。

改めてリビングを眺めた。番組で流されていたシェア家族の日常は、ここで撮影されていたのだと思うと、不思議な感覚になる。

まだ小学生だった心凪と蘭や透真がここで生活していた。確かに広い建物なので、二家族が暮らしても余裕だ。元々この家に住んでいた一条家と違って、鴻ノ木家の人たちは、どんな心境で生活していたのだろうか、と想像してみる。

泉荘で静かに毎日を過ごしている浩と晴恵は、決して楽しそうには見えなかった。それはもちろん晄の事件があったせいだが、この家で暮らしていたときも、居心地がよかったとは思えない。対等ではなく、居候のような気分で、遠慮がちな部分もあったのではないか。いつも肩を落としている浩の姿が目に浮かんで、たまらなく気の毒になった。高校生の自分が、大の大人を気の毒がるなんて不遜かもしれないが……。

心凪も鴻ノ木の両親に対して、同じような感情を持ったかもしれない。子どもだって、一条家が鴻ノ木家より裕福だと気づく。

まして晄が逮捕され、どん底に落ち込んでいる両親を見捨てられなかった、当時の心凪の胸のうちがわかる気がする。

音を立てないように玄関に向かうと、吹き抜けの窓のステンドグラスが、朝日を受けて色とりどりに光っていた。そっと扉を開けて外に出る。昨日は気づかなかったが、ここには塀はない。高い木々に囲まれているだけで、入ろうとすれば誰でも敷地に入れる。大らかな島ならではかもしれないが、少し不用心だ。

敷地の外れ、建物に並ぶように、片流れの屋根の大きなガレージがあった。胸がザワザワした。そこが澤辺が殺された現場だと、駒之介は知っている。

外から見るとかなり広さがあり、薄暗いガレージの静寂さが不気味に感じた。車が二台停まっている。小さい方の一台は軽自動車で、松子のものかもしれない。

奥の壁にはサーフボードとカヤックが立てかけてあり、その横にウエットスーツが三着干されている。他にも子ども用の自転車や折りたたみの椅子などで雑然としていた。幾つかの棚に、工具類のケースなどが並んでいる。人が亡くなった場所だと思うと恐ろしい。咄嗟に手を合わせて拝んだ。

心凪が島に帰ってから、事件に関する話を耳にする機会が増えた。一条邸で起きた事件に関わる人たちの行動も、裁判を通して把握していた。

被害者澤辺は、その日の午後二時頃、車で出るところを宿泊していた旅館の主人に目撃されている。死体が積まれた軽トラックの追跡をパトカーが始めたのは、午後五時五十分。殺害時刻は午後二時から五時五十分の間と推定された。

シェア家族の人たちは、誰一人としてガレージで起きた殺人に気づいていない。

当日は朝から雨が降っていた。昼過ぎからは雷雲も広がって時折稲妻が光った。大阪で開催される将棋大会に出場する心凪のために、午後四時から公民館で壮行会が開かれることになっていた。

公民館では、司波と番組のスタッフが撮影の準備をしていた。壮行会に出席する町長の挨拶を映すことが決まっていたらしい。会場は、心凪を激励する目的と共に、テレビカメラに映りたいと考える人々で溢れていた。

心凪と浩は壮行会に出席するために、晴恵の運転する車で、午後三時過ぎに家を出た。

松子と桜子、透真、晄が玄関で見送った。若文は仕事で不在、退院して間もない蘭は部屋にいた。そのとき、ガレージから車を出した晴恵は、澤辺を見ていないし、何も異変は感じなかったと証言している。

桜子は若文が仕事から帰ってきてから、二人でフェリー乗り場へ行った。門で若文を待ち構えていた桜子が、若文が乗ってきた車に同乗して港へ向かったので、ガレージには近づかなかったという。

透真は少し風邪気味で微熱があったため、松子と蘭と家に残った。蘭と透真は自分の部屋で寝ていて、松子は二人の部屋を行き来していたらしい。

晄は一際大きな雷鳴を聞き、神社に向かったと供述した。

神社の大杉に落雷があったのは、午後三時五十分と記録されている。ただ、心凪たちを玄関で見送ったあと、家族の誰も晄の姿を見ていない。

桜子は、若文が帰る時間まで、台所仕事やアイロンがけなどをしていて、晄が出かけたことに気づかなかったという。その日は雨が酷かったので窓を閉め切っていて、物音なども聞いていない。

その後、桜子と若文は、晴恵と共に港でフェリーを見送り、晄が警察に確保されたのを現場で目撃している。

あの映像に映る暁の姿を見て、心凪はどう思っただろう。駒之介は、ガレージに背を向けて、玄関へと戻っていった。


朝食を済ますと、心凪が島の観光へと誘ってくれた。バスが島をぐるりと回っているらしい。東南方面へと進むバスに二人で乗り込んだ。

「夏祭りが終わって、秋になるとミカン狩りが始まるから、今はその隙間。それでも夏休みだから観光客は結構多いね」

心凪の言葉通り、座席はほとんど埋まっていた。空いている席に分かれて座る。グループごとに楽しげな会話が交わされる中、駒之介は一人、窓から景色を眺めていた。

しばらくすると、腕を突（つつ）かれた。ハッと顔を向けるといつの間にか心凪が横に立っていて「降りるよ」と言った。白い帽子にレモンイエローのワンピース姿に改めて目を惹かれた。「やっぱり心凪は可愛いな」と心の中で思う。二人並んで歩くのが誇らしい気分になる。

最初の行き先は、百年以上前からある今も現役の灯台だった。真っ白な灯台は、美しい海と相まって、見事な風景だ。映画やコマーシャルの撮影にも使われているらしい。その後は昭和初期に作られた手掘りのトンネルや、島に住んでいる人の手芸品やガラス製品など様々な作品が展示、販売されている「美波島マルシェ」を見て回った。昼食をとるために途中で寄った食堂でも、心凪は当たり障りのない会話しかしなかった。昨日見せた暁の映像のことには触れない。


帰りのバスは空いていた。一番後ろの座席に並んで座る。

木立の中に、細長い四階の建物が見えると、心凪が指をさした。建物の前の駐車場には立ち入り禁止と書かれた看板が立てかけられていて、ひと目で随分使われていないとわかる。

「あそこ、昔、一条のお祖父ちゃんが開いていた病院」

一条篤治郎が院長をしていた病院は思っていたより立派だった。十年くらい前までは使っていたのだから廃墟というわけではないが、全体的に寂れた雰囲気を漂わせていた。

ここで心凪と蘭は生まれ、取り違えられた。バスでこの場所を通る度にどんな気持ちになるのかと考えたら、何も言えなかった。

「あのね、私と松子さん、とっても仲良しなの。松子さんの話は面白いよ」

心凪が話し出した。その中には、松子と若文と桜子を巡る、驚きの話もあった。

心凪の祖母、松子は、若文を産んだ母ではなかった。若文は生まれてすぐ母を亡くしていた。

松子は、乳飲み子を抱えて途方に暮れていた若文の父、一条篤治郎と再婚した。松子は一度離婚していて、そのとき一歳の娘がいた。その娘というのが桜子だ。つまり子連れ同士の再婚だった。

桜子が一歳、若文がゼロ歳のときから、二人は姉弟として育った。

『若文には幼い頃から、実の母ではないと告げていた。だって産んでくれたお母さんに申し訳ないもの。若文は私を慕ってくれた。今思うと、桜子への遠慮があったかもしれないけど、一つ違いの二人はとても仲がよかった。私は冗談で、大きくなったらお嫁さんにしてあげて、と若文に言ったの。でも実際に二人が結婚したいと言い出したときは驚いたけど』

そんなふうに松子は、楽しげに昔の話をしたという。

「血が繋がっていないとはいえ、姉弟として育った二人が結婚したことにびっくりしちゃった。それに私たちの取り違えがあったりして、一条家は複雑な家族関係になる宿命を持っているのかもね」

驚いたが、心凪があっけらかんとしているので安心した。公民館の前のバス停で、お婆さんの二人連れが乗ってきた。一番前の席に座って、何やら大きな声で話し始めた。

心凪は耳元に口を近づけた。

「桜子さんはいつも幸せそうにしている。たとえ悲しいことがあったときでも。それが不思議だった。蘭の具合が悪いときも、『大丈夫。お母さんがついているからね』といつも明るく励ましていた。取り違えが発覚したあとも『二人の娘を持てたみたいで嬉しい』とニコニコしてた。桜子さんは、複雑な家族の形の中で、幸せを見つけてきたんだな、とわかったの。松子さんともとても仲がいいのは、嫁姑ではなく、本当の親子だったからなんだ、と納得した。私は、松子さんと桜子さんの血を引き継いでいると考えると、心強い気がする」

帰ってきた美波島で、着々と新しい家族の形を作っているとわかった。今更あの映像を見せて、晄が無罪の可能性があると伝えたのは、心凪がやっと手に入れた穏やかな日常をかき乱してしまうだけではないか。

必死に走る晄が何かを訴えている気がして、どうしても伝えずにいられなかったのだが、もしかしたら余計なことをしてしまったのか。急に不安に駆られる。

二人で過ごした一日を終え、部屋で横になっても、落ち着かない気分を味わっていた。

「駒くん、まだ起きてる?」

廊下から遠慮がちな声が聞こえた。

「うん」

飛び起きて、すぐに返事をした。

「出てこなくていい。そのまま聞いて」

心凪の言葉に、襖にかけた手を止めた。

「わかった。何?」

「明日、一緒に美波神社に行って欲しいの。いいかな?」

襖一枚隔てた心凪の息を詰める様子が伝わってくる。いいに決まっているじゃないか、僕は心凪のためならなんでもする。自分がそう思っていることを自覚した。

「もちろん、いいよ」

口から出たのはそれだけだったけど。

「ありがとう。じゃあおやすみ」

小さな足音が遠くなる。そっと襖を開けると、心凪の姿はもうなかった。


翌日、美波神社まで若文が車で送ってくれるという。空は昨日と打って変わって厚い雲が垂れ込めていた。

低いエンジン音をあげながら、若文が運転する車が玄関前に停まった。車に興味がない駒之介には何という車種なのかはわからなかったが、大きなワゴンタイプの車だった。

「どうぞ」

運転席の窓が開いて、日に焼けた褐色の肌の若文が白い歯を見せた。この人はときによって顔つきが変わる。若く見えたり、酷く年配に感じたりする。一見怖そうだが、話し出すと穏やかな印象に変わった。ただ何となく近寄りがたい威圧感を覚えてしまっていた。元々体育会系の人が苦手なのも影響しているのかもしれない。

若文に促されて後部座席に乗り込むと、心凪も続けて隣に座った。

後部座席の後ろの広いラゲッジスペースには何枚ものバスタオルが入った大きなカゴや、空気が入った浮き輪も幾つか積まれている。他にもマリンスポーツのための道具がたくさんあった。

「三十分くらいで着くから」

車を走らせる若文は、そう言ったきり何もしゃべらない。心凪も黙ったままだ。

「昨日、灯台に行ったんですけど凄く綺麗でした」

駒之介は、車内の気まずい雰囲気を何とかしようと、話し出す。

でも、「ああ、そう」という素っ気ない答えが返ってきただけだった。他に話題はないかと焦る駒之介をよそに、心凪は平然としている。若文が何か操作して音楽が流れ出した。サザンの曲が聞こえて、少し緊張が緩む。車は一本道を進んだ。カーブの先から対向車が現れ、一瞬ひやりとしたが、若文は慣れた様子でスムーズに車を走らせる。三十分ほどで駐車場に到着し、心凪と車を降りた。

「お父さんありがとう。帰りはバスに乗るから大丈夫」

「ああ、じゃあな」

「ありがとうございました」

走り出そうとする若文に、慌てて叫ぶように言った。

グレーの大きな車は器用に方向転換をして、来た道を走っていった。

緊張から解き放たれて、ふうっと息を吐き出した。それに気づいたのか、からかうような目つきを向けられた。

「お父さん、苦手なの？」

「だって黙ってるから、機嫌悪いのかと思って」

「私とお父さん二人だといつもこんなふうだよ。松子さんがいると賑やかなんだけど」

「お父さんって呼べるようになったんだ」

自然な呼び方に、二年余りの年月を感じた。

「うん。いつの間にかね。冷たそうに見えるかもしれないけど、お父さん、私を大事にしてくれてるの。島に戻ってよかったと思ってる。でも、鴻ノ木の両親を忘れたわけじゃない」

最後のひと言に、心凪の揺れる気持ちがこぼれた気がした。

コンクリートで整地された駐車場は想像以上に広かったが、車はぽつぽつとしか停まっておらず、静かだ。

駐車場の端に、綺麗なトイレ施設があった。周りの雰囲気に似合わないモダンなデザインが、つい最近建てられたことを物語っていた。トイレの反対側にある食堂は、打って変わって、歴史を感じさせる古びた外観だ。入り口の前にお土産も並んでいる。手を繋いで歩いていたカップルが、店先で割烹着を着たお婆さんに声をかけられて、食堂の中に入っていった。

「もっと人でいっぱいかと思ってた」

鎌倉の夏はどこも混み合う。美波神社も人気のスポットと聞いていたから人混みを覚悟していたが、予想よりかなり寂しい印象だ。

「春秋は人気のスポットなんだけど、夏の観光客の目的は海だからね。ここまで来るには結構時間がかかるし、レンタカーを借りれば便利だけどバスは本数が少ないから。それに焦げた木片お守りのレプリカは港でも買えるからね」

島に到着した日に覗いた土産物店の店頭に、黒い木片のキーホルダーやお守りが並べてあったのを思い出した。

「ここから神社まで三十分くらい歩く。結構きついから、飲み物買っていこう」

心凪は食堂の入り口横にある自動販売機の前に立った。ガタンと音がして、かがんでペットボトルのポカリスエットを取り出した。

「ありがとうございました」

音に反応したのか、店のお婆さんが出てきた。自動販売機の客にまでわざわざ出てきてお礼を言うなんて、律儀だなと少し可笑しかった。駒之介も続いて小銭を入れていると、その横で心凪がお婆さんに話しかけた。

「すみません、ちょっといいですか?」

「はいはい、何でしょう」

お婆さんは声をかけられて嬉しいのか、張り切った声で応じた。

「三年前、神社の大杉に落雷があったのを、覚えていますか?」

いきなりそう尋ねたので驚いた。

「ええ、ええ覚えとるよ。恐ろしいような有り難いようなことでね」

「大杉に落雷があったあと、駐車場に車が入ってきたのを見ませんでしたか?」

「いやあ、あの日は昼過ぎに店は閉めて帰ったんでね。雨が酷くなると、ぱったりお客さんは来んから、息子たちもこりゃあかん、早う帰ろ言うてな」

お婆さんは食堂の中に視線を移した。

厨房には夫婦と思われる中年の男女がいて、さっきお婆さんに声をかけられて店に入ったカップルと、何やら楽しそうに話をしていた。ほのぼのした雰囲気に、こちらまで穏やかな気分になる。

「ありがとうございました」

心凪は深々とお辞儀をして会話を終えた。

「お兄さん、ボタン押さんと出てこんよ」

お婆さんに言われて、慌てて適当に押した。心凪がした質問に気を取られてぼーっとしていた。受け答えしながらも、駒之介がさっきから自動販売機の前で、お金を投入したまま突っ立っていた様子に気づいていたなんて、このお婆さんはただ者ではないな、などと思った。

取り出し口に落ちてきたのは、よりによって無糖の缶コーヒーだった。ブラックコーヒーは苦手だが仕方ない。黙ってウエストポーチにコーヒーをしまった。

あんな質問をした真意を考えながら、歩き出す心凪についていく。事件について確かめたくなったのだろうか。

向かった先は大きな吊り橋だった。『美波大谷(おおたに)の吊り橋』と書かれた立派な看板と小さなお地蔵さんが並んでいる。心凪は、綺麗な花が供えられているお地蔵さんに手を合わせた。

「このお地蔵さんって何？」

「五十年くらい前、吊り橋から五歳の女の子が落ちて亡くなってるの。だからこの吊り橋を渡るときは、必ず手を合わせるようにって、子どもの頃から教わってきた」

近くを女性のグループがお地蔵さんには見向きもせずに通り過ぎる。地元の人には語り継がれている悲劇だろうが、観光客は目の前に広がる景色に目を奪われている。お地蔵さんの意味を知ることはないのかもしれない。吊り橋をアトラクションの一つくらいに思っているのか、「怖い、怖い」とキャーキャー言いながら歩を進めている。

傍らの慰霊碑には事故が起きた日付『昭和四十年一月二十九日』と記されていた。心凪に倣ってお地蔵さんに手を合わせてから、吊り橋を渡り始めた。

　手すりの隙間から下を見ると、ごつごつした岩が覗く浅い川が流れている。この高さから落ちたらひとたまりもない。しっかりした板敷きだが、一歩一歩進む度に揺れる。向こうから戻ってくる人と、半身になってすれ違うときには一層揺れたが、口元を引き締め無言で渡りきった。前を歩く心凪も渡り終えるまで何も言わなかった。

「さて、ここからが本番」

　心凪が思わせぶりな顔を向けた。今日の心凪はTシャツとジーンズというラフな服装だ。左胸に目立たないロゴが入っているだけのオレンジ色のTシャツだが、姿勢がいい立ち姿は颯爽としている。

「さあ行くよ」

　曲がりくねった一本道を進むと鳥居が現れた。丸太を使った素朴な鳥居の先には、てっぺんが見えないほどの石段が待ち構えていた。

「えー」

　不覚にも声を上げてしまった。心凪はもう石段を上り始めている。ため息を一つついて、覚悟を決めてあとに続く。次第に太股がパンパンになり、息づかいも荒くなる。それでも差をつけられないように、一生懸命上り続ける。

　自転車通学をしているという心凪も、少しスピードが落ちてきた。

「休憩しようか？」

　振り返った顔は赤く上気して、額には汗が滲んでいた。駒之介は頷いて、石段の端っこに座り込んだ。鎌倉も坂が多い街だけど、やっぱり自分は運動不足なんだなと実感した。まだ半分も来ていないのに、ヘトヘトだ。

「久しぶりだから、私もキツい。子どもの頃は何ともなかったのに」

隣に座った心凪は、自分のふくらはぎを揉んだ。ハンドタオルを出して汗を拭う。ポカリスエットをごくごくと美味しそうに飲む。心凪がするいちいちを、息を整えながらぼんやり眺めていた。

ふと目が合って「疲れた？」と訊かれる。

「平気だよ。ここは子どもの頃からよく来てたの？」

やせ我慢をして、何でもないように会話を投げかけた。

「うん。毎年のお祭りではお神輿（みこし）を担いで石段を下りたんだよ」

「お神輿を担いで？　信じられない」

「大人のサポートがつくけど、子どもたちは必死だった。重たいし怖いけど、島の子どもはみんな通り過ぎなければいけない儀式みたいなものだから。力を合わせて頑張った」

法被（はっぴ）姿の幼い頃の心凪が、一生懸命、神輿を担いでいる光景が頭に浮かんだ。きっと晴恵は心配そうに見守り、浩は声援を送っただろう。子どもたちの甲高いかけ声が空に抜ける。賑やかで幸せなシーンがここで繰り広げられていた。

「実はね、私が小学三年でアキ兄ちゃんがリーダーのとき、大失敗しちゃったの」

「え、何をしたの？」

「境内でお神輿を担いでいるとき、私が躓（つまず）いてバランスを崩した拍子に、お神輿を大杉にぶつけてしまったの」

そのくらいなら大失敗ってほどじゃないだろうと思ったが、どうやら大ごとだったようだ。

「神聖な大杉に傷をつけてしまった。周りの大人たちが真っ青になっているのを見て、とんでもない事態になったと怖くなった」

「想像しただけでヤバい状況だね」

「美波島の人たちにとって、御神木として長い間守られてきた大杉は特別なもの。私はしゃがみ込んで泣き出してしまった。そのときアキ兄ちゃんが『僕が押したから心凪が躓いた。僕のせいです。ごめんなさい』って大人たちに謝ったの。私を庇ってくれた」

「優しいお兄さんだったんだね」

心凪は小さく「うん」と言った。心凪が三年生なら、晄は六年生だ。同じ頃の自分は、人の失敗を被るなんてきっとできなかったな、と思う。妹というのは、それ程守りたい存在なのか。

心凪は難しい顔をしながらしばらく黙っていた。

「行こうか」

心凪が立ち上がり、駒之介も再び上り始める。

「いったい全部で何段あるの？」

フウフウ言いながら訊く。

「三百三十三段！」

どこか誇らしげに答える。ひえー、と声にならない息が漏れた。上を見ず、足元だけ見つめて一段一段足を運んだ。いつの間にか後ろに回った心凪が、駒之介の背中を押して進む。楽ちんだが、どうにも情けない。

脇を小学校高学年くらいの男の子が、黙々と力強い足取りで追い抜いていった。その子の両親と思われる男女をやり過ごしてから、「大丈夫」と心凪の隣に並んだ。押してもらったままではカッコ悪すぎる。視線を上げると、ようやく石段の終わりが見えた。イチニ、イチニ、と二人で声をかけ合い、上りきった。腕時計を見ると、吊り橋を渡り始めてから三十分経っていた。

ひと休みして、ウエストポーチに入れた缶コーヒーを飲む。苦かったが渇いた喉には心地よかった。

境内は広く、空気がいっそう澄んでいる。まずは拝殿に向かった。鈴を鳴らし、お賽銭(さいせん)を投げ入れる。二礼二拍手、看板に書かれた通りに柏手を打った。何を願おうか瞬時に想いを巡らせ、口の中で「心凪が幸せになりますように」と唱えた。

最後に一礼して横を見ると、心凪はまだ目を閉じて手を合わせている。駒之介は「あっ」と小さな声を漏らし、もう一度素早く手を合わせて、おまけの願いごとをした。

境内の真ん中に立派な大杉がそびえ立っていた。吸い込まれるように前に立つと、目の前の圧倒的な迫力に気圧(けお)された。

『美波神社の御神木　壱の杉』という木製の看板が立てかけられ、大杉の説明が書かれている。樹齢千年、高さ三十八メートル、幹回り十メートルの立派な杉だ。幹には、しめ縄がかけられている。周りを見渡すと、壱の杉ほどではないが、大きな杉が本殿を取り囲むように立っていた。その厳かで壮大な景色に目を奪われた。

「駒くん、こっちこっち」

心凪が本殿横の大杉の前で手招きした。杉を囲むように人だかりができている。駒之介は小走りに近づいた。すると人が集まっている理由がわかった。

『参の杉』と書かれた横に、落雷があったことが記されていた。日付は三年前の七月二十二日、澤辺殺害事件の日だ。

大杉を見上げると落雷の跡が残っていた。樹皮がえぐられてめくれ上がり、上の方の枝は飛び散ったのかスカスカになっているところもある。雷の威力をまざまざと思い知らされた。

「私も初めて見た」

心凪はそう呟くと、見上げながら大杉をぐるりと一周した。

晄は勝ち守りを手に入れようと、落雷があった七月二十二日、神社に来たと供述している。でも誰もそれを証明する人はいなかった。心凪はどう考えているのだろう。

「この『参の杉』にお神輿をぶつけちゃったの。まだ傷が残ってる」

申し訳なさそうに落雷のあった大杉を指さした。

「この大杉も災難続きだなあ。子どもたちにお神輿をぶつけられたり、雷に打たれたりして、俺だったらぐれちゃうけどな」

そうふざけてみたけど……。心凪の反応をうかがう。

「私には文句があるかもしれないけど、落雷は雷神さまの啓示だから怒ってないよ」

ニコッと笑ってくれてほっとした。駒之介も笑顔を返す。

帰り道は足をガクガクさせながら、注意深く石段を下り、途中休憩なしで吊り橋まで戻ってきた。膝が少し痛かったが、心地よい達成感を胸に吊り橋を渡る。あの日、晄は大雨の中、この往復を走ったのだろうか。それとも嘘を言っているのだろうか、などと考えながら渡り終えた。心凪がまたお地蔵さんに手を合わせるのを見て、ふと尋ねた。

「このお花、死んだ子どもの身内の人が供えにきたのかな?」

「そうね。命日なのかもね」

慰霊碑に目をやる。

「事故が起きたのは一月二十九日だよ。命日に供えたものではないよ」

「もしかしたら、月命日に毎月来ているのかもしれないね」

事故があったのは五十年程前、悲しみを抱えながらずっと供養を続けているのだろうか。そう言えば父も、祖父母の月命日には必ず仏壇に花を供える。

「でも、今日は二十五日だよ。先月の二十九日に供えたとしたら、一ヶ月近く経っている。どう見ても花が新しすぎる」

駒之介の言葉に、心凪は思案顔で首を傾げる。

「子どもの頃から何度も来ているけど、いつも綺麗な花があったような気がするな」

「誰かが頻繁に来てるんじゃないか？　そうだとしたら……」

「何？」

「ちょっと確かめたいことがある」

棒のようになった足を動かして、食堂の前に立っているお婆さんに駆け寄った。

「お地蔵さんにお花を供えているのは誰か、知っていますか？」

「ああ、それは戸倉さんや。小さいお嬢さんをあの吊り橋で亡くして……。毎週必ずうちのお団子をお花と一緒に供えんさる」

突然そんな質問をされて驚いていたが、気の毒そうに答えた。

「毎週ですか？」

「そうや。仕事の休みの日に」

戸倉という人物は、毎週日曜日に必ずここに来ていた。

心凪に小声で尋ねる。

「事件の日は何曜日だった？」

「ええと、月曜日だったけど、それがどうかしたの？」

思わずため息をついた。それでは望みはない。

「駒くん？」

心凪が怪訝そうな目を向ける。

「ごめん。もしかして、その人が事件の日に来ていたら、軽トラックを見たかもしれないと期待したんだけど」

お婆さんにお礼を言おうとしたとき、心凪が口を開いた。

「事故が五十年も前なら、戸倉さんはかなりのお年ですよね。それなのに、今でも毎週来られてるなんて凄いですね」

「ああ、もう八十近いけど、偉いもんや。まだ仕事も続けとる」

「何のお仕事なんですか？」

「床屋さんや」

その言葉に二人で目を見合わせた。床屋なら休みは月曜日なんじゃないか？

「お店の場所、わかりますか？」

勢い込んで声が裏返った。

「港の近くの『戸倉理容店』や」

「ありがとうございます」

心凪と一緒に飛び出すように食堂をあとにした。

「話を聞きに行こう」

二人は疲れも忘れてバス停へ向かった。

戸倉理容店の場所は、港の土産物店の店員に訊くとすぐにわかった。海沿いから少し入ると、赤青白のサインポールがクルクル回っているのが見えた。古い木造の家の一階が戸倉理容店だった。

駒之介が扉を開けると、チリンチリンとドアベルが鳴った。店には誰もいない。

「いらっしゃい」

奥から白衣を着たお爺さんが出てきた。心凪に不思議そうな目を向ける。きっと若い女性客など珍しいからだろう。

「戸倉さんですか？」

「そうやけど？」

警戒するようにこちらを見ている。

「いきなりすみません。僕は泉駒之介と言います」

心凪を紹介しようとしたが、名前を知られるのは嫌かもしれないと思い留まった。

「少しお聞きしたいことがありまして」

「何だかわからんが、そっちへどうぞ」

ソファーを指さされ、心凪と並んで座る。戸倉は少し離れたスツールに腰かけた。

「実は、今日美波神社で、戸倉さんが娘さんを事故で亡くされたと聞きました。僕たちもお地蔵さんに手を合わせてきました。お休みの日には必ずお花を供えていると、食堂のお婆さんに教えてもらったのですが」

「ああ、かれこれ五十年、一回も欠かしたことはない。以前は女房も一緒に行ってたが、十年前に亡くなってからは一人で行ってる」

五十年もの間、毎週行っているという話に娘への愛情の深さを感じる。

「花が枯れると淋しいじゃろ。娘へのせめてもの償いに、絶対にいつも綺麗な花をあげようと妻と誓ったんじゃ」

目尻の深い皺は長年の苦悩を物語っていた。

お悔やみの言葉を言おうとしたが、上手く言葉が見つからない。

「私、子どもの頃から、あのお地蔵さんの傍を通る度に手を合わせました。いつも綺麗な花だな、と思ってました」

心凪が話し始めた。

「そんなふうにお父さんがいつもお花を持ってきてくれていたなんて知らなかった。娘さんもきっと喜んでいます」

「ありがとう」

戸倉の優しげな目が心凪に向けられる。

「あの子は花が大好きで……。『父ちゃん、父ちゃん』ちゅう声が今でも聞こえる気がしてな。ほんの五歳じゃ……。あんたみたいに可愛い娘さんになってただろうに……」

洟(はな)を啜(すす)って、今度は駒之介に向き直った。

「わしに何が訊きたいんじゃろ?」

駒之介は深々と頭を下げてから、改めて尋ねた。

「三年前の七月二十二日のことです。その日は月曜日でした」

戸倉はただ困惑したように眉をひそめている。

「美波神社の大杉に落雷があった日です」

「もしかして、あの事件に関係しとるんか？」

何かを想い浮かべたのか、訝しげな表情になった。

「あの日、駐車場で車を見ませんでしたか？」

「面倒ごとに関わりたくないのでな。すまんな」

不機嫌な態度を隠そうともしない。すぐにでも追い出されそうな気がした。

「突然こんな質問をしてすみません。でも事件の日のことで少しでもお話を聞かせて欲しいんです。お願いします」

答えはなく、首を捻りながら思案を重ねているようだ。

「私は捕まった犯人の妹です。兄の裁判の判決は確定しましたが、どうしても兄が人を殺すなんて信じられないんです。どうか、教えてください」

心凪がいきなり身許を明かしたので、驚いた。

その瞳には熱意が籠もっている。気圧されたのか、戸倉が顎を撫でながら答えた。

「まあ、わしが知ってることなら、話すが」

「ありがとうございます」

二人の声が揃った。

「雷が落ちた日やな？　確か朝から酷い雨やった。でも行かずにはおられん。駐車場に着いたのは午後四時少し前。でっかい雷鳴がして恐ろしくてしばらく車の中におった」

「駐車場で他に停まっている車はありましたか？」

「いやあ、一台も停まっておらんかった。店も閉まっていたし、人の姿も見えんかった。いつもの団子の代わりに、家から持ってきた饅頭を供えた」

「そうですか」

「事件のあと、警察にも聞かれたな。もちろん今と同じ答えをした」

晄の目撃証言を得られればという願いは、残念ながら完全にへし折られた。肩を落としてうつむく心凪を見て、安易に期待を持たせてしまったことを後悔する。

「もうええか?」

もう帰ってくれという意味だと受け取った。心凪が立ち上がった。駒之介は、他に何かないかと頭を巡らせるが、浮かばない。諦めて腰を上げようとして、ふと閃いた。

「もう一つだけ教えてください。あの日、駐車場から出たあと、どこかで車とすれ違いませんでしたか?」

山の麓から神社までの道は一本道、もしすれ違う車があれば、その車の目的地は神社しかない。

「そういえば、飛ばしてる車とすれ違ったかもしれん。危ないなと思ったが、あの日やったかな?」

「すれ違った車があったんですか?」

「そうや、あの日やった。ぎりぎりをすり抜けていったのを覚えとる」

「青いシートが被せられた軽トラックではなかったですか?」

「雨で視界が悪かったから車種まではわからんよ」

晄は軽トラックから離れたのは、神社の駐車場に停めたときだけだと証言している。誰かが荷台に死体を入れたのは駐車場しかあり得ないとも言っていた。もしも神社に向かっていた車が他にもあったら。

「他にもすれ違った車がありましたか?」

「いやあ、どうだったかな……」

懸命に記憶を辿ってくれているのは伝わってきた。期待しながら待つ。

「駄目や、やっぱり猛スピードの一台しか思い出せんわ」

頭を振りながら呟いた。

「ありがとうございました」

駒之介が頭を下げると、心凪がおずおずと尋ねた。

「車とすれ違ったこと、警察に話しましたか?」

ドアベルが鳴り、客が一人入ってきた。

「いや、聞かれてないからな。それにわしも今、思い出したんやから」

戸倉は早口でそう答え、すぐに「どうぞ」と客を鏡の前に促した。

もう一度礼を言って、外に出た。

晄が運転していた軽トラックと決まったわけではないが、あの日神社に向かってスピードを上げて走る車があった。これは小さな希望の光となるのか。

港に向かって二人並んで歩き出す。

やがて心凪は静かに話し始めた。

「私は今まで事件のことを深く考えてなかった。死体という証拠もあったし、警察が間違えるはずない。だからアキ兄ちゃんが犯人なんだと決めつけていた。だけど、あの映像を観て疑問が出てきた。確かに手に何かを握って必死に走っていた。木片を私に届けようとしていたのは本当だと思えた。人を殺したあとに、そんな行動するかな。それにアキ兄ちゃんは、カッとしたら暴力を振るうかもしれないけど、自分がしてしまったことは、正直に話す人だよ。私、アキ兄ちゃんの真っ直ぐなとこ忘れてた」

真剣な眼差しを受け止める。

「今からでも何か私にできるかな?」

「うん。実際に今、車の目撃情報が得られた。これは警察が知らなかった情報だ。他にも何か見つかるかもしれない。僕も力を貸すよ」

「ありがとう」

心凪の目が潤んでいる。

「お腹空いた。私たちお昼ご飯まだだった。どこかで食べようよ」

心凪は急に元気のいい声を出して、足を速めた。

背筋が伸びた後ろ姿は、凛(りん)として見えた。

一条邸に戻ると、早めにシャワーを浴びさせてもらい、汗と疲れを流した。足のだるさは取れず、もう動きたくない気分だ。

明日は帰る日だ。心凪に幻の最終回の映像を見せるという目的は果たした。それがいいことなのかどうかはわからないけれど。

「久しぶりに将棋を指さない?」

夕食が済んだあと、蘭の部屋に将棋セットがあるはずだから、と言う心凪についていった。一階の角部屋は、広さは心凪の部屋と同じだが、雰囲気は違った。花柄のカーテンは薄いピンク、ベッドカバーなども全体的にパステルカラーでまとまっている。いかにも女の子の部屋という感じだ。

ベッドの上の棚にはぬいぐるみが並んでいた。机だけは実用的な無機質のスチール製のものだが、現在のコスプレイヤーRANのクールなイメージとはかけ離れた部屋だった。

「確かここにしまってたと思う」

ベッド脇のサイドテーブルの引き出しを開けて、「あった、この将棋セット懐かしい」と折りたたみ式のプラスチック製の将棋盤と駒箱を取り出した。

「ずっと指してないから弱くなってるかも」

そう言いながら、折りたたみの将棋盤を開く。

図3

9	8	7	6	5	4	3	2	1	
					ま				一
			は	く	く	か			二
		が				こ			三
	ろ	か	ら	み	は	た			四
	ん		て				ら		五
		こ	さ	が	こ	る	さ		六
		の				で			七
		ふ	し	め	わ				八
		し	だ						九

将棋を指すときは無心になる。心凪は心を静めたいのかもしれない。

「何これ」

眉間に皺を寄せて、心凪が声を上げた。その目はじっと将棋盤を注視している。傍に行って覗き込むと、将棋盤のマスに平仮名の文字が幾つも書かれていた。**（図3）**

「誰かのいたずら？　透真かな」

縦に読んでも横に読んでも意味が通らない目茶苦茶な文字列だった。幼かった透真が書いたのかもしれない。そう思うと可笑しくなった。誰にも気がつかれなかったなんて、いたずらのし甲斐がない。透真に会うことがあったら見せてやろうと、スマホで将棋盤の写真を撮った。

「これ、蘭の字だ」

心凪が断言したとき、轟音が聞こえた。

「そうだ。今日は花火大会だった」

窓を開け放つと、山の向こうに大きな花火が広がった。

次々と、暗い闇に赤や青の鮮やかな光がきらめく。轟音の激しさと打ち上がっては消えてゆく儚さが二人を包んだ。心凪と眺めた花火を、駒之介はいつまでも覚えていられるようにと、脳裏に刻んだ。

打ち上げの音の合間に、エンジン音が近づいて来た。若文が乗った車がガレージに入っていくのが見える。車のライトが消えて、ガレージから若文が出てきた。

「お父さん、お帰りなさい」

心凪の呼び声に、若文がビクッとして足を止めた。

「花火始まったな。今夜は海岸にも人がたくさんいた。どうして蘭の部屋にいるんだ？　二階からの方がよく見えるぞ」

ちらっと夜空を見上げて、玄関の方へ歩いていった。

花火が始まったことと、盤にいたずら書きがしてあったことで、結局将棋は指さなかった。元通りに盤と駒箱を引き出しにしまい、島での最後の夜が過ぎていった。

午前十時のフェリーの出港時間まで、心凪と海岸を散歩した。

「鎌倉の海岸とは全然違うな」

「私、一度も鎌倉の海に行かなかったな。もったいないことした」

心凪がしみじみと呟いた。

「またおいでよ。そのときは一緒に海岸を歩こう」

「うん」

頷く仕草がとても可愛かった。

今がそのときなのか。駒之介の心臓はこれまで経験したことがない速さで波打っている。さあ、言うんだ。ひと言でいい。「好きだ」と言え。

「心凪……」

正面に向き直ったとき、心凪の後方から人影が近づいてくるのが見えた。心凪が後ろを振り返ると、いきなりシャッター音が響いた。

「やめてください」

叫ぶ心凪を庇って、咄嗟に前に立った。

「おたく、ここちゃんとどういう関係？」

三人の男がにじり寄ってくる。皆カメラを手にしていた。後ろに隠れた心凪が、駒之介のシャツの背中をギュッと摑んだ。

「な、何ですか」

情けないことに、声が掠れていた。

「俺らはここちゃんを見守ってるんだ。『離島のシェア家族』の頃からのファンなんだからな」

周辺をうろついていたのはこいつらか。急激に怒りがこみ上げてくる。

「ファンなら、心凪を怖がらせるなよ。勝手に写真を撮ったりして……。嫌がってるじゃないか」

「何だって。俺らがいつ怖がらせたっていうんだ。『心凪』なんて呼びやがって気に入らねえな」

「とにかくもう心凪に近づくな」

「何だと。この野郎」

いきなり頬にパンチが飛んできた。よろけて転びそうになったが、何とか耐えた。拳を握ったが、人など殴った経験がない。ただプルプルと握り拳を震えさせたまま、男を睨んで立ち尽くす。それしかできなかった。

「もう行こうぜ」

別の男が、駒之介を殴った男に声をかけ、三人は背を向けて遠ざかっていった。

「駒くん、大丈夫？」

心配そうな声がするが、目を合わせられない。殴られたまま、やり返せなかったのが恥ずかしい。

「守ってくれてありがとう」

思いがけない言葉が降ってきて、息が止まりそうになった。

「鎌倉の海岸を一緒に歩こうね。約束」

心凪が小指を差し出した。駒之介は頷いて自分の小指を絡めた。

殴られた頬がひりひりしている。目尻には涙が浮かんでいる。きっと酷い顔をしているだろう。

今じゃない、ともう一人の自分が叫ぶが、「僕は、心凪が好きだ」弱々しい声が口からこぼれ出た。

心凪は驚いたような困ったような表情を浮かべている。

「フェリーに遅れちゃうよ」

指切りげんまんを解いて、心凪は歩き出す。駒之介は、黙って後ろについていった。美波島でのひとときは、思いもしないフィナーレを迎えた。駒之介のほろ苦い夏が終わった。

島から帰ってひと月の間、駒之介は文化祭の準備に追われる日々を送った。心凪とは、これまでと変わらないメールを何度かやり取りしている。心凪が何も言わないのが、告白を受け入れたという意味になるのか、あるいはなかったこととスルーされているのか、駒之介は判断できずにいる。根ほり葉ほり聞きたがる健吾にも話していない。「結局告白できなかったのか～」と勝手に残念がられている。

九月の末、文化祭が無事に終わってすぐに、心凪から電話があった。「お願いがある」とやけに生真面目な声だ。話を聞くと、晄の面会に行きたいけど少し心細い、ついてきてくれないか、ということだった。すぐに承諾したが、正直驚いていた。あの映像を観たのをきっかけに、心凪がこんな行動を取るなどと予想していなかった。自分が無実の可能性を示したくせに、何となく心配になる。晄に会ってどうするつもりだろうか。

面会できるのは親族である心凪だけかもしれないが、せめて行き帰りの道中だけでも傍にいて不安を取り除いてあげたい。何と言っても行き先が刑務所なのだ。心細いに決まっている。どういうわけか、面会は鴻ノ木の両親と一緒ではなく、一人で晄と話をしたいらしい。心凪が面会に行くことさえ内緒にして欲しいと頼まれた。

晄が収容されているのは、埼玉県内の少年刑務所だ。金曜日の朝一番のフェリーで島を出て新幹線を乗り継いだ心凪を新横浜駅で待ち受けた。時刻は正午過ぎだ。緊張したような面持ちに、胸が締め付けられそうだった。面会は平日だけなので、二人とも今日は学校を休んだ。今夜、心凪が泉荘に泊まるのは、父も若文も了承済みだ。

今朝、少し調子が悪いから学校を休むと言った駒之介を、父は笑って見逃してくれた。昼前に、心凪を迎えに行くと正直に伝えたが、何も言わずに送り出してくれた。

心凪は若文には「金曜日の夜、横浜で開催されるコンサートにどうしても行きたい」と頼み込んだという。わがままを言うのは珍しいので、松子も若文も驚いていたようだ。「簡単に許してくれたから、ちょっと心が痛い」とうつむいた。

到着した大きな学校みたいな建物は、予想より普通に見えた。もちろん行き交うのは制服姿の職員ばかりだが、顔つきは穏やかで少しだけ抱えていた緊張感が緩んだ。

受付で面会申込書に心凪が必要事項を書き込んだ。予想通り親族以外は許可できないと言われ、心凪だけが待合室へと進む。二人は顔を見合わせてお互い大きく頷いた。何を言えばいいか思い当たらず、ただ肩を優しく叩いて送り出した。

二時間後、戻ってきた心凪の足取りは軽かった。

「会ってよかった」

頬を紅潮させて微笑んでいる。

何を話したのかすぐにも聞きたいけれど、心凪から言い出すまで待とうと決めた。

帰りの電車内で、疲れたのか心凪は隣の席でウトウトし始めた。肩に頭をもたせかけられ、駒之介は身動きできない。安心して眠る心凪をそっと見守る。告白の答えは聞かされていないが、頼りにされたのが嬉しかった。

すっかり日も暮れた頃、二人はようやく泉荘に到着した。

「心凪」

ロビーで一番に出迎えたのは、晴恵ではなく桜子だった。

「どうしてここに?」

「若文さんから、心凪が今日泉荘に泊まると聞いたから、会いに来たのよ。駒之介くんも久しぶりね」

桜子に会うのは二年半ぶりだったが、元気そうに見えた。どことなく華やかな雰囲気がする。

浩と晴恵も出てきて、心凪と久しぶりの再会を喜んでいる。

「あらコンサートはどうしたの？　夜まで待つ覚悟で来たんだけど、もう終わったの」

桜子の問いかけに、心凪は気まずそうに下を向く。若文についた嘘がバレてしまった。

「ごめんなさい。コンサートに行きたいっていうのは嘘です。本当はアキ兄ちゃんと面会してきたの」

「晄と？」

晴恵が驚きの声を上げた。

「内緒にしてごめん。どうしてもアキ兄ちゃんに会いたくて」

「晄と何を話したの？」

晴恵は動揺を隠せない。自分たちに告げずに面会に行った目的を摑みかねているのだろう。

「一つだけ、どうしてもアキ兄ちゃんに確かめたいことがあったの」

「一体何なんだ？」

今度は浩が尋ねる。

「雷が落ちたのは神社のどの大杉か覚えているかって訊いた」

「それで？」

心凪が何を確かめたかったのか理解できない。それはその場にいる誰もが感じただろう。

「子どものときに私がお神輿で傷つけた『参の杉』だとアキ兄ちゃんはすぐに答えた。お父さんたちは知っていた?」

「いや、どの木に落雷したかは知らない」

晴恵も頷いている。

「私もこの前、駒くんと神社に行って初めて知った。それで確信したの。アキ兄ちゃんの話は嘘じゃないと。だってアキ兄ちゃんは、あの日港で警察に捕まってから、ずっと拘束されている。実際にあの場に行っていなければ、どの大杉に雷が落ちたか、答えられるはずない。私たちだって知らなかったんだから」

ようやく心凪が言っている意味がわかった。

「でも神社に行っていたとしても、暁の無実を証明することにならないのは、心凪もわかっているよな?」

浩が上ずった声で言う。

「うん。でもアキ兄ちゃんが神社に行ったのは本当だとはっきりしたでしょう? 殺人を犯したとしたら、神社に行くなんておかしいよ。駒くんが教えてくれた」

心凪に視線を向けられ、促されるように駒之介は、死体を積んだまま神社に木片を取りに行き、港に向かう行動の不自然さを説明した。

「アキ兄ちゃんは本当のことを言っている。殺人なんかやってない。死体は誰かが車に載せたのよ。私は今、心の底からアキ兄ちゃんを信じられる。それが嬉しいの」

「心凪」

晴恵が心凪の体を抱きしめた。

「お母さん、ごめんなさい。お母さんは正しかった」

すすり泣く二人の横で、浩は目を閉じ頰を紅潮させている。どこかで息子を信じ切れていなかった浩にとって、心凪がもたらしたものは大きかったのだろう。今、家族が無実を信じられる確かなものを摑み取った。心凪に最終回の映像を見せてよかったと、駒之介もようやく実感できた。

「晄くんを信じられるものが見つかってよかったわね、心凪。でも親に嘘をついて、刑務所まで行くなんて怖いこと、もうしないでね。私心配だわ」

桜子が心凪の手を握った。

「はい、もうしません。ごめんなさい」

今度は桜子に抱きしめられている。

「店に食事の用意ができてるよー。皆さんどうぞ」

場違いなほど陽気な父の声が響き、駒之介は苦笑した。「何かあったのか」小声で尋ねる父に「あとで話す」と素早く答え、みんなを店へ促した。

食事の場は、何とも言えない不思議な雰囲気だった。決して暗くはない。久しぶりに心凪に会えた鴻ノ木夫婦は、これまでになく朗らかだ。ただ、この場に相応しい話題が思いつかない、といった様子で皆、口数は少なかった。

桜子が最近のＲＡＮの活躍を持ち出したのは、気遣いからかもしれない。インスタに投稿したコスプレ写真の人気振りやフォロワー数の伸び方など、自慢のように聞こえなくもないが、みな「凄いな」と笑顔になった。

「蘭にも会いたかった。一緒に来られなかったの？」

心凪が尋ねると、桜子は顔を曇らせた。

「あの、本当はこんなこと言いたくないけれど……。蘭は鴻ノ木さんとはもう関わりたくないと言っているの。鴻ノ木さんが蘭を心配してくださるのは有り難いわ。でも、この機会にはっきり伝えておきます。もう蘭をそっとしておいてもらえないかしら。私に任せてください。あの子は私が傍についていないと駄目なの」

晴恵はうつむいたまま桜子を見ない。

「わかりました。蘭のこと、よろしくお願いします」

浩が頭を下げ、場が静まりかえった。

「お願いを聞いてくれてありがとう。あら、もう帰らなきゃ。心凪、お母さんと若文さんをお願いね」

桜子は、心凪に松子と若文のことを託す言葉を残して帰っていった。

長い一日が終わった。駒之介は自室に戻り、すぐに眠りに就いた。きっと心凪も同じだろうと思いながら。

翌日の昼前に心凪を新横浜駅まで送った。道すがら、一人で面会した理由を教えてもらった。両親がいる前であの質問をして、もしも晄が落雷した大杉を言い当てられなければ、神社に行ったのは嘘だとわかる。母親にショックを与える結果になったらどうしよう、と恐れたという。心凪の優しさが溢れていた。

「思い切って会いに行ってよかった。たとえまだ世間に認められなくても、家族が無実を確信できれば、大きな救いになるってわかった。全部駒くんのおかげよ。ありがとう」

真っ直ぐに見つめられ、頰が熱くなる。

「それに昨日桜子さんが蘭のことを話していて気づいたの。桜子さんと蘭と透真はちゃんと家族なんだって。私が入る隙はない。血の繋がりよりも、一緒に過ごした月日や思い出の方がずっと重要。私は今でもアキ兄ちゃんが好きだし、鴻ノ木の両親も大事なの。高校を卒業したら、島を出て、こっちでお母さんたちと暮らす。私、決めた。そのときは、駒くんとも……」

心凪はそこで口を噤（つぐ）んだ。少しだけ微笑んだ気がした。

大きなブザー音が響いて、新幹線のドアがゆっくりと閉まっていく。

心凪は何を言おうとしたのか。

ガラス窓の向こうで手を振る清々しい表情が、いつまでも駒之介の心に残った。

そのあと、駒之介との電話では「真犯人がいるはずだ」「あの頃を一生懸命思い出そうとしている」など、心凪の頭の中は事件で占められているようだ。新幹線を見送ったときに何を言いかけたのかは、訊けずにいる。

心凪は晴恵たちにも、卒業したら島を出るという決心を告げた。浩も晴恵も複雑ながら、やはり嬉しそうだ。

「桜子さんには反対された。一条家にいて欲しいと言われたけど、私の気持ちは変わらない」

心凪は迷いもなくスッキリしているようだ。

駒之介の心も、心凪がここに戻ってくる、という希望に満ちている。未来を期待しながらも、今の心凪が心配でたまらない。

「一人で考えすぎないで。みんなで相談して一歩ずつ進むんだ」と伝えた。

数日後、浩からの情報で、弁護士が再審請求は難しいと言っていることを知らされた。映像に映っていた握りしめた手、車がすれ違ったという戸倉の目撃証言は、どれもあやふやで無実を証明する証拠にはなり得ないとされた。

そして晄が雷が落ちた大杉を知っていたことも同じだった。晄に面会していた弁護士や鴻ノ木夫妻が、落雷の情報を晄に伝えていないという証明をするのは不可能だからだ。希望を見いだせたかと期待したが、法的には効力を持たなかった。

心凪の落胆は大きく、それから二ヶ月が過ぎようとしていたが、段々、晄の話を避けるようになった。駒之介も触れないようにしている。

メールのやり取りも次第に減った。


「駒之介、ちょっと来い」

朝、学校に行く支度をしていると、階下から大きな声で呼ばれた。

急いで下りていくと、父と浩の真剣な視線に戸惑う。

「何?」

「今、若文さんから電話があって、心凪の行方がわからないらしい。心凪から君のところに何か連絡なかった?」

浩にそう尋ねられ、駒之介はただ瞬(まばた)きだけを繰り返す。

「おい、しっかりしろ。連絡あったのか」

父に揺さぶられ、ハッとする。

「最近はないけど」

「そうか」

がっかりしたように肩を落として、浩は立ち去った。

駒之介は無意識のうちに心凪に電話をかけていた。応答はない。
いつまで経っても電話は繋がらず、メールにも返信はない。
心凪は行方不明になってしまった。

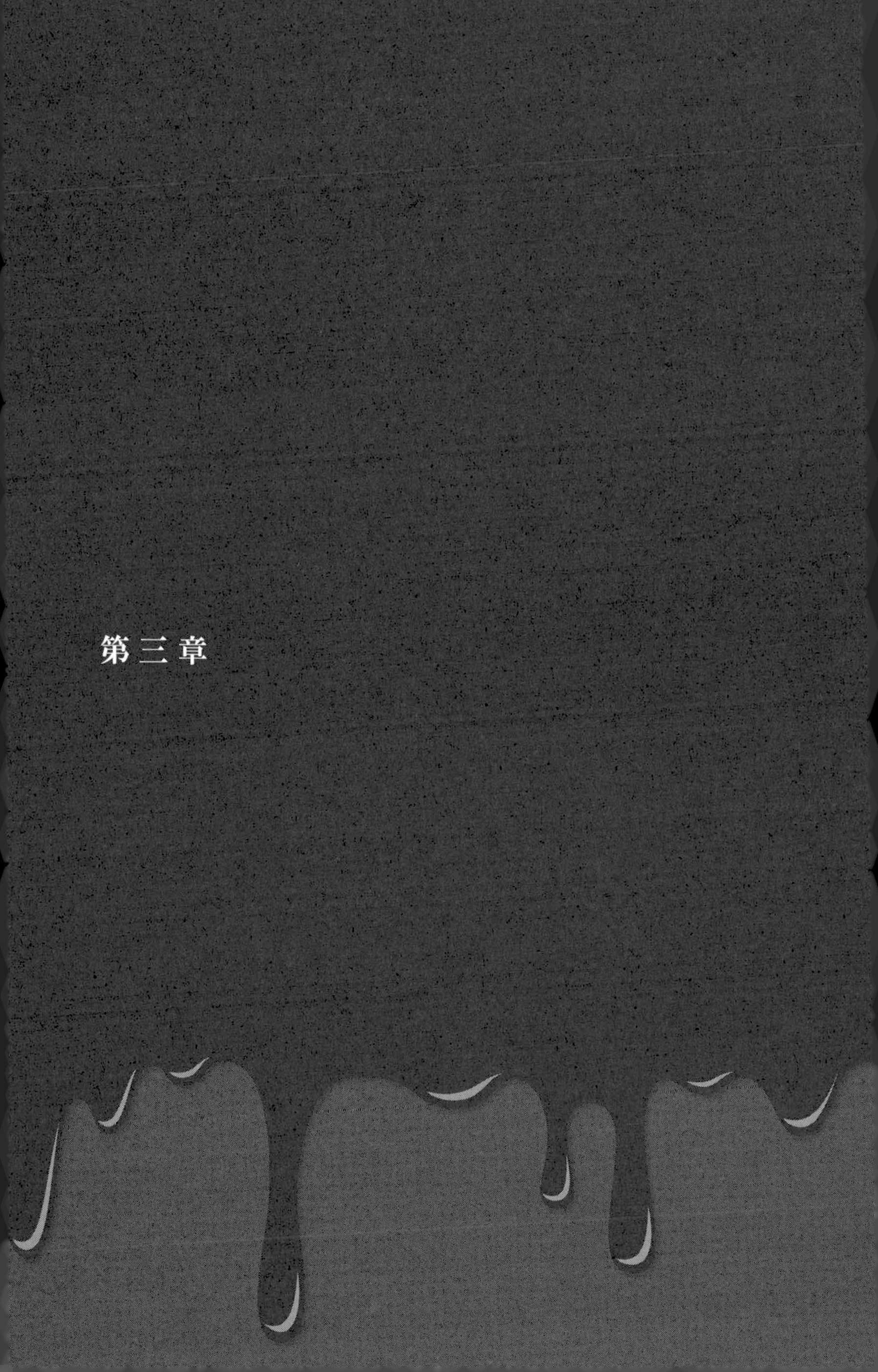

第三章

おびただしい数のゾンビに囲まれて、不敵な笑みを浮かべる少女。両手にサバイバルナイフを持ち戦いに備えている。近未来の闇をモノクロで描き出す。ペンを置いてふうっと息を吐く。勉強しようと入った図書館なのに、いつの間にか動き出した手は、イラストを描いていた。

ノートを閉じてカバンにしまい、大学の図書館を出たところで、バッタリ知った顔に出会った。

「おう、泉。お前この頃、サークルに全然顔見せないじゃないか。これからみんなでカラオケ行こうって話になったんだけど、泉もどう？」

声をかけてきた奴の後ろにいた四、五人の視線を受け止める。その中の一人がサッと目をそらした。

駒之介は、一浪の末、大学に進んだ。友人に誘われるまま映画研究会というサークルにも所属した。一度だけ、サークルで知り合った女の子と恋愛っぽい雰囲気になったが、自然消滅してしまった。今、目をそらされたのが、その相手だ。自らの態度が煮え切らなかったのが原因だとわかっている。それもあって、何となくサークルからも足が遠のいていた。

「ごめん、これからバイトなんだ」

そそくさとその場を離れた。自分でも愛想のない奴だと思いながら、どうすることもできない。誰かと親しい関係になるのを、どこかで避けているのかもしれない。

心凪がいなくなってもうすぐ五年、時は坦々と過ぎていった。

五年前、駒之介は心凪と過ごした美波島での出来事を、すべて警察に告げた。一緒に神社に行き、暁の事件の目撃者を探したこと、不審な三人組の男たちと言い合いになったことなどを。

心凪の行方がわからなくなったのは、暁に面会してから二ヶ月後だった。家族は事件性を心配したが、警察は徐々に家出の可能性に傾いていった。理由は幾つかある。

広島県竹原港に向かう定期船乗り場で、心凪の自転車が放置されているのが見つかった。乗船券は自動券売機で買える。当日は日曜日で、乗降する観光客は多く、乗客名簿もないため心凪が乗ったかどうかは判明していない。だが自室からボストンバッグと、洋服を始め、身の回りの品が持ち出されていたのがわかった。

若文や桜子は、家出の可能性が高いという警察に反論した。晴恵も、「高校を卒業したら泉荘で一緒に暮らす」と伝えられていたので、家出なんかするはずないと考えていた。ただ心凪の実の親は一条夫妻で、一緒に暮らしていたのも若文と松子、意見を言える立場にないと、推移を見守るしかなかった。一条夫妻と鴻ノ木夫妻は次第に疎遠になっていった。

何の手掛かりもなく月日が過ぎ、晴恵と浩も今では家出だと受け止めているようだ。事件に巻き込まれたと考えるより、どこかで生きている、そう願いたくなるのは駒之介にも充分わかる。でも、心凪が誰にも言わずに自分の意思で突然島を出たなんて、とても受け入れ難かった。

卒業後は鎌倉に来るという決意を聞いたときから、駒之介はその後の二人について夢みていた。美波神社で並んで手を合わせたときの、「僕の恋が実りますように」というおまけの願いが叶う日が近づいていると信じていた。それは独りよがりの勘違いだったのか。

残りの高校生活は暗いものになった。ひたすら心凪を心配する日々は胸が苦しくてたまらなかった。同級生の健吾にも悩みを打ち明けず、心を閉ざした毎日を送っていた。

だが失踪から一年、二年と時が経つにつれ、心凪にとって自分はどんな存在だったのかと、考えるようになっていった。きっと心凪の真の理解者にはなれていなかったのだ。晄の無実を証明する望みを無駄に与え、結果的に失望させてしまった。心凪の落ち込みは自分が思っていたより大きかったのかもしれない。希望が断たれ、心凪の中で何かが変わった。そして辛い過去から離れ、新しい世界に一歩踏み出した。駒之介にはひと言も告げずに。

心凪には、自分が全く知らない一面があったとしても不思議ではない。悲しいがそう思うしかなかった。

大学に入って環境が変わったら、新しい人間関係を上手く築けるかもと期待していたけれど、近頃は授業が終わると真っ直ぐ帰宅して、部屋でイラストばかり描いている。

棋士になるのを諦めて絵を描くことに目覚め、部屋で一人、過ごしていた頃を思い出す。

誰に見せるでもなく、ただアニメキャラを描いているのが好きだった。でも、期せずして心凪に絵を見られ、凄いと褒められた。いつか再会したときに、絵をやめたとがっかりされたくない。きっとどこかで幸せに暮らしている、いつかまた会える、心の奥でそう願いながら、筆を動かし続けた。

就職活動にも力が入らず、大学三年の夏休みが明けた今も、将来の展望が持てずにいる。「いざとなったら、うちのカフェで働けばいいんじゃないか」と言ってくれる父の言葉は、有り難いような情けないような気分で受け止めている。本当のところ心凪の失踪をまだ引きずっているのを、見透かされているようで辛かった。

いつものように店の入り口から帰宅すると、父が待ち構えていた。

「ちょっと手伝ってくれ」

すぐにエプロンを着けて洗い場に溜まっていた食器に取りかかった。「いらっしゃいませ」という威勢のいい父の声を耳にしながら手を動かしていると、自分はこのままずっとこうしていくのだろうか、などとぼんやり思う。何も深く考えず、ただ時が流れていくだけ。これでは駄目だ、という囁きは頭の中で薄れていき、それでもいいや、という気持ちに勝てない。今日も変わらぬ一日が終わろうとしている。残っている二組の客にラストオーダーの時間だと告げた。

店を閉めて二階に上がり、父と二人でさほど会話もない夕食をとる。

テレビではニュース番組が流れていた。

ダイニングテーブルの向かいに座っている父が、箸を持つ手を止めたのが目に入る。画面には空から撮った島の映像とテロップが表示されていた。

「瀬戸内海の美波島の山中で白骨死体が発見されました。身元の確認が進められています」

美波島で白骨死体——

耳に飛び込んできたアナウンサーの声に、うろたえて身動きが取れなくなる。

「まさか、違うよな……」

声に出してしまってから口元を押さえた父に、駒之介は非難するような視線を向けた。心凪であるはずない。絶対に違う。心の中で叫んだ。落ち着かない気分で一夜を明かしたが、耐えきれず、翌朝父と一緒に泉荘を訪ねた。

玄関に出てきた浩の表情を見て、胸騒ぎは一層強くなった。何と問いかければいいのか躊躇していると、浩の方から先に口を開いた。

「美波島のニュース、目にしたんだな」

「何か連絡あったのか？」

父が遠慮がちに訊く。

「はっきりしてから知らせようと思ってたんだけど」

続く言葉を聞くのが怖くて、駒之介はうつむいた。

「これから、見つかった白骨死体と桜子さんのＤＮＡ鑑定をするらしい」

「きっと違うよ」

父が根拠もないのに力強く言った。

「ああ、そうだな」

浩は笑ってみせて、中に入っていった。

それからの時間はとてつもなく長く感じた。駒之介は居ても立ってもいられず、浜田坂神社に向かい、手を合わせひたすら祈った。心凪でありませんようにと。

数日後、浩が店に来てカウンターの椅子に座るなり、絞り出すような声で告げた。

「哲ちゃん、心凪だった……。心凪は死んでいたんだ。五年前、行方不明になってすぐに殺されていたそうだ」

言葉が出なかった。父が慌てて厨房から回り込み、浩の隣に座るのを茫然とただ眺めていた。

父は、無言のままそっと背中に手を置いた。

駒之介は、居たたまれなくなって逃げるように階段を駆け上がって自分の部屋に入り、しゃがみ込む。

信じられない。信じたくない。

『五年前に殺されていた』

浩の言葉が頭の中で繰り返される。

心凪の行方がわからなくなったとき、どうしてすぐに駆けつけなかったのだろう。捜し出して、救えたかもしれないのに。

そんなことができたかどうかわからないけれど、やり場のない悔しさが胸に広がる。

晄との面会に付き添い、新横浜駅で見送った。新幹線のドアが閉まったあと、ガラス越しに手を振り合ったのを思い出す。あれが心凪と会った最後になってしまったなんて。

この五年、心凪が姿を消したことを、ただ悲しんでいた。裏切られたような気分で、勝手に傷ついていた。いつか心凪と会えたときにがっかりさせたくない、などと言い訳してイラストを描き続け、自分の世界に閉じ籠もった。

駒之介はイラストを綴ったファイルを摑んで部屋を飛び出した。長い間使っていない中庭の石のかまどに、一枚ずつイラストに火を点けて突っ込んだ。炎は弱々しく燃えて、駒之介が描いた寂しげな女の子の姿を消し去っていく。

最後の一枚のイラストに手が止まる。

心凪の面影がある女剣士が、力強い瞳で駒之介を見つめてくる。行方不明になって二年が過ぎた頃、無性に心凪を描きたくなった。心凪を想い浮かべて無我夢中で描いた、最初で最後の作品だ。

駒之介はそのイラストを手にしたまま、燃え尽きる炎を眺めた。

不意に風が流れ込み、立ちこめた煙を運んでいく。

なぜ自分は一人で中庭に佇んでいるのだろう。

なぜ心凪はここにいないのだろう。

石のベンチを見ると、並んで座った心凪の横顔が蘇る。空を見上げると、美波島で夏の数日を一緒に過ごした心凪の姿が浮かんでくる。頬に風を受けると、風に揺れた黒髪を思い出す。こんなに身近に心凪を感じられるのに。ちゃんと覚えているのに。

心凪はもういない。二度と会えない。

燃やせなかった一枚きりのイラストをぎゅっと胸に抱く。

駒之介の瞳から、涙がとめどなく流れ落ちた。

詳しい情報は次の日、父から聞かされた。

白骨死体は山頂にある美波神社奥の林の地中に埋められていたという。神社が新たに見晴らし台を建築するため基礎工事を行っている際、発見された。死後五年以上経過していると見られ、完全に白骨化していたが若い女性であることがわかった。ちょうど心凪が失踪した時期と重なるため、警察からの要請で桜子がＤＮＡ鑑定を受けた。

その結果、白骨死体と桜子に親子関係が実証された。

警察は当然、殺人事件として捜査を始め、マスコミは色めき立った。ＲＡＮの登場で『離島のシェア家族』が話題になったこともあり、連日テレビを賑わしている。〈カフェ・いずみ〉はマスコミや野次馬に取り囲まれ、駒之介も家を出入りする度に質問を浴びせられた。

八年前、浩たちが美波島を離れ、父を頼って泉荘に来た意味を痛感した。生活もままならない、まして中学生の心凪や小学生の透真がいれば尚更だ。報道陣や野次馬の姿を目にするだけで、追い詰められた気分になっただろう。

今は父と共に浩と晴恵に寄り添い、静けさが戻るのを待つしかなかった。心凪の死という残酷な現実を受け止められないまま。

二週間も過ぎると、マスコミの姿は消えた。取り上げられる話題はどんどん移り変わる。気まぐれな渦からようやく抜け出し、日常が戻ると共に、悲しみが波のように押し寄せてきた。まだ何かの間違いではないかと願っていた駒之介に、現実が目の前に現れた。

刑事が二名、〈カフェ・いずみ〉を訪ねてきた。

五十代に見える刑事と目が合った。手帳を開いたもう一人の若い刑事から幾つか質問を受ける。五年前、心凪が行方不明になったとき駒之介が告げた話の確認だった。答えに不自然さがないことに満足したのか、若い刑事は手帳を閉じた。

「捜査の進捗状況はどうですか？」

父が横から尋ねると、それまでひと言もしゃべらなかった五十代の刑事が口を開いた。

「詳しくは言えないんですが、心凪さんは失踪後あまり時間が経たないうちに亡くなったのは確かです」

「でも、五年前、心凪ちゃんは島を出たと思われていたんですよね？」

「はい、港に自転車が放置され、私物も持ち出されていました。心凪さんが島を出ようとしていたのは間違いないでしょう。島を出る直前になってトラブルに見舞われ殺されてしまった。あるいは実際に一度島を出て、その後何らかの理由で島に戻ったところ、殺害されたとも考えられます。まあ、どこかで殺害されて、遺体が島に運ばれたという可能性もありますが。心凪さんの私物は見つかっていません」

父の質問に刑事は淡々と答える。質問が途切れると、刑事が駒之介に向き直った。

「もう一つ、よろしいですか？」

「はい」

真っ直ぐに刑事を見る。

「心凪さんと随分親しかったようですけど、当時お付き合いしていたんでしょうか？」

疑いを忍ばせたような目つきに、不快感を覚えた。

「いいえ、友達です」

「ああ、そうですか。いや、心凪さんの同級生から、あなたの名前が出てきたもので」

予期せぬ言葉に驚く。

「高校のクラスメートだった女性に話を伺いました。今回のことで酷く心を痛めている様子でした。その方が当時、心凪さんから駒之介さんの話を聞かされていたと」

刑事は一旦間を置いた。駒之介は何も言えず続きを待った。

「どうやら心凪さんは、あなたに特別な感情を持っていたと、その方は感じていたようです。はっきり好きだとは言っていなかったらしいですが」

不意に心凪の顔が思い出され、その話は嬉しさよりも悲しみを増幅させた。

「夏休みに、美波島で告白しました。返事はもらえなかったですけど」

正直に言った。今となっては隠す必要がない。

「そうでしたか。それではこれに見覚えはありますか？」

刑事は一枚の写真を差し出した。

写っているのは黒ずんだ円柱状のものだ。所々に僅（わず）かに白と赤が見える。中心に文字が書かれているようだが、読み取れない。

「これは何ですか？」

顔を上げて尋ねると、一層鋭い眼光に晒された。

「こちらはお店からお借りした同じものです」

テーブルに小さなガラス細工が置かれた。写真では大きさがわからなかったが、とても小さなものだった。

「持ってみてもいいですか?」

刑事が頷くのを待って、優しく摘まみ上げて手の平に置く。壊れてしまいそうで緊張が増した。

それは、直径が二センチにも満たないミニチュアのバースデイケーキだった。白の土台の縁には赤いイチゴが置かれ、よく見ると中央のプレートにＨａｐｐｙ Ｂｉｒｔｈｄａｙと小さな字で書かれている。

「子どもの玩具みたいですね」

思いついたまま声に出していた。これが何を意味するか見当も付かなかった。

「このガラス細工は美波島のお店で売っているものです。子どもから大人まで広く人気があるようです。オリジナル品でそのお店以外では売ってないそうです。ただフリマサイトなどで買える可能性はありますが」

「これが何なんですか?」

怖々とガラス細工を返した。

「これと同じものが白骨死体と一緒に見つかったんです。土で汚れていますが、写真に写っているのが実物です」

白骨死体の傍にあったものを目にしたショックで、思わず呻(うめ)き声を漏らしそうになる。手で口を押さえて堪(こら)えた。

「失踪する頃、あなたは心凪さんと親しくしていた。もしかしてあなたがプレゼントしたのではないですか？　あなたが美波島に行ったのは、心凪さんの誕生日のすぐあとでしたよね」

その口調から、自分も容疑者の一人と見做（みな）されているのだと気づいた。

「僕は知りません。心凪に何かをプレゼントしたことはありません」

「そうですか、わかりました。このミニチュアのバースデイケーキのことは公にはしていませんので、くれぐれも内密にお願いします」

最後まで眉間に皺を寄せたまま、刑事たちは帰っていった。

「お疲れさん」

父が肩に手を添えて労（ねぎら）ってくれた。

「明日から店開けるぞ。生きていかなきゃいけないからな」

乗り越えろというメッセージだとわかったが、そんな日など果たして訪れるのだろうか。


父は元気そうに振る舞っているが、近頃めっきりため息が多い。浩は中華料理店での仕事を黙々と続けている。晴恵はスーパーのパートも辞めてしまい、また泉荘から出てこなくなった。

皆、心凪の死に、打ちのめされている。

駒之介は深く後悔していた。

五年前、美波島から帰る日、三人の男に絡まれた。

「俺らはここちゃんを見守ってるんだ。『離島のシェア家族』の頃からのファンなんだからな」

威圧的な声は耳に残っている。心凪も以前から、付きまとう人たちがいると怖がっていた。怪しい連中が周囲にいるのを知っていたのに、島を離れてしまった自分を許せない気持ちが日に日に大きくなる。もしも、言い争った連中が関わっていたとしたら……。

もう一つ、五年前、心凪は晄の事件を調べていた。美波神社近くの慰霊碑に花を供えるお爺さんに話を聞いたり、晄に面会したり。もしも晄が無実で、真犯人がいたとしたら、真相を探ろうとした心凪を襲った可能性がある。

他殺と断定して、警察は捜査を進めている。捜査の進展を待つしかないとわかってはいるけれど、じっとしていると気が変になりそうだった。そもそも心凪が事件に疑問を抱いたのは、最終回の映像を見たからだ。今の結果が、何もかも自分のせいに思えて、駒之介は苦しくてたまらない。

何かできないかと毎日考え、自分にしか辿り着けないことを見つけた。

あの三人組を捜す。三人の顔を知っているのは自分だけだ。特に殴られたあと睨み合った奴のことは、今でも鮮明に覚えている。連中は番組が放送された頃からのファンだと明言していたので、晄の事件当時も美波島に来ていたかもしれない。

そして駒之介の手元には、放送されなかった最終回の映像がある。

注意深く見直してみると、インタビューに応じて、五人の男性が心凪や蘭への熱い想いを語っていた。その中にあの三人組はいなかったが、全員の顔画像をスマホに保存した。

事件当時に撮影された映像に映っている人たちは、皆、澤辺殺害事件が起きたとき近くにいた。乱暴かもしれないが、全員容疑者だ。

他にも一人、気になる人物がいる。

花壇の傍で車椅子の蘭と親しげに話していた少年だ。カメラに気づいた蘭が撮影を中断させていた。蘭との関係はわからないが、当時、この少年も美波島にいたのは確かだ。周辺をウロついていた澤辺と関わりがないとも限らない。駒之介は少年の姿を心に留めた。

思い切って、番組のディレクターだった司波の連絡先を教えてもらおうと、松子に電話をかけた。司波なら、映り込んだ人たちの情報を握っているかもしれないと考えたからだ。

「駒之介くん大丈夫？」

孫である心凪を喪った松子にどう切り出せばいいかと心を悩ませていたが、いきなり心配そうな声が耳に飛び込んできた。

「いつまで泣いていても心凪は帰ってこない。元気を出さなきゃ駄目よ。駒之介くんはあの子の分までしっかり生きてね」

励ますような言葉が続く。

「僕は、何があったのか知りたいんです」

「後ろ向きなことはしない方がいい」

たしなめながらも、司波の電話番号を教えてくれた。

数日後、渋谷駅近くの喫茶店で会う約束を取りつけた。現れた司波は、細身の黒いズボンに革ジャケットという以前と変わらぬ雰囲気だ。

「松子さんから、ちゃんと話をするようにと言われてるよ。よろしく」

どうやら今でも松子とは連絡を取り合っているらしい。以前盗み聞きしたときにも、続編を諦めていない様子だったが、今でもその目論見を持ち続けているのだろうか。

「今日は会っていただいてありがとうございます。よろしくお願いします」

「心凪ちゃんの同級生なんだって？　白骨で発見されたということは、行方不明になってすぐに殺されたということかな」

無神経な話しぶりに、不愉快な気分になる。

「あれ？　もしかして元彼？」

司波が顔を覗き込む。

「そういうわけじゃないけど、真剣に心凪の事件の真相を知りたいんです」

ムスッとしたまま答えた。

「俺だって知りたいよ。心凪ちゃんがいったい誰に殺されたんだか」

駒之介は、心凪が晄の無実を信じ始めて、あの事件を調べようとしていたことを話した。

晄は冤罪（えんざい）だという話に司波は食いついた。

「兄の冤罪を信じた少女が殺された、か。しかもそれは血の繋がりがない兄。両親の悲しみにスポットを当てれば、イケるかも」

そう呟いたあと、急に愛想良くなった。

「俺も取材することにしよう。何でも協力するよ」

駒之介は、プリントアウトした男たちの画像を見せた。

「何か覚えていませんか？　この中で、誰か今の居場所がわかる人はいないですか？」

「ファンや野次馬は大勢いたからいちいち覚えてないな」

画像に目をやり、首を捻る。

「あ、この男の子は確か……。そう、蘭ちゃんと話しているところを撮影した覚えがあるよ」

司波は、駒之介が気になっていた少年を指さした。

「二人は親しかったのでしょうか？」

「いい雰囲気だったから、絵になると思ってカメラを向けたけど、本当のところはわからない。もし恋愛に発展したら一つのエピソードとして使いたかったのに、映すなと蘭ちゃんに言われたんだよ」

思案顔で、記憶を辿るように腕を組んだ。

少しして何かを思い出したのか、声が高くなる。

「確か、この少年は、美波島に療養に来ていて、二人は病院で知り合ったと蘭ちゃんから聞いた。喘息(ぜんそく)か何かだったな。あの撮影も病院の中庭でたまたま見かけたんだ」

「少年が澤辺と接触していた可能性はありませんか？」

「澤辺って、あの事件で殺された人？　それはないと思うけど」

「そうですか」

「そう言えば、病院の近くに別荘があるって言ってたな。少し調べてみようか？」

「お願いします」

「そっちも何かわかったら連絡して。あの家族には、なぜか興味をそそられるんだよね」

逆に情報を求めるような言葉を残して、司波は去っていった。興味本位な態度が腹立たしかった。

その後、駒之介は無駄を覚悟で、カメラ好きが集まりそうなイベントがあると足を運び、入り口で人々の顔に目を凝らした。あの三人組は全員がカメラを持っていた。かなり本格的なカメラに見えた。あれから五年が経っているが、まだカメコを続けているかもしれない。最終回の映像に映っていた男たちも同じだ。誰かに遭遇することなど望みは薄いとわかっていたが、もし一人でも見つけられれば、捜査の役に立つ可能性はある。

様々な場所で開かれるアイドルやレースクイーンの撮影会に、できる限り向かった。スタッフに不審がられたり、入場者から嫌な目で見られたりしながら二ヶ月が過ぎようとしていた。

全く成果はなかったが、今日もイベント会場の入り口付近で、入場者たちを見つめる。

少しすると前方から、スーツ姿の男性数人が歩いてきた。先頭を歩く人物に視線が吸い寄せられる。映像の中でインタビューに答えていた一人と似ている気がする。急いでスマホに保存していた顔画像と見比べた。

やはり面影が残っている。何より左の眉の横に、特徴的なほくろがある。

あとを追ったが、スーツ姿の一団は関係者口に姿を消した。入り口に立っていたスタッフに駆け寄り、声をかけた。

「今の方はどなたですか？」

「カメラマンの青島さんですよ」

少し怪訝そうに指さした看板には、イベントのポスターが貼られていた。その一番下に「カメラマン　トークイベント」と告知され、三人の写真が載っていた。その中にほくろの男がいた。下には【青島仁（あおしまじん）】という名前が書かれている。

当時のことで何かを知っている人物にようやく辿り着けたかもしれない。興奮と緊張感を覚えながら会場をあとにした。

帰宅してすぐに青島のウェブサイトを覗く。

経歴を見ると、年齢は現在三十歳。一年前に写真賞を受賞し、にわかに注目を集め始めているらしい。個展も何度か開かれていた。ウェブサイトのギャラリーには自然の中でポーズを取る女性の写真が並んでいた。夕陽を背に、シルエットが浮かび上がる写真など、芸術的なものが多い。でも過去の作品の中に、明らかに他とは異質な写真を見つけ、駒之介は驚いた。

素朴な笑顔の少女、それは、『離島のシェア家族』に映っていた頃の蘭だった。何度も見直したが間違いない。

確か当時蘭は、カメラを向けられるのを毛嫌いしていたはずだ。番組の中でも、常にうつむき加減で感情を表に出さなかった。でもこの写真の蘭は、カメラに向かって白い歯を覗かせている。

青島と蘭にはどんな繋がりがあったのだろう。

改めて青島がインタビューを受けている場面を再生してみる。

「君は誰かのファンなの?」

寝癖頭の青年が首から下げたカメラを指しながら答えた。

「元々カメラが趣味だったんだけど、番組を観て蘭ちゃんのファンになって、一枚だけでも写真が撮れたらラッキーだと思って島まで来てしまいました」

今より若いが、間違いなく青島だ。このとき青島は二十二歳、ただのカメラ好きのファンが、なぜあの写真を撮れたのだろう。

三人組を捜し出す見通しが立っていない今、とにかく青島に会って話を聞きたい。

駒之介は、ホームページの問い合わせフォームにメッセージを送った。

【突然のメッセージ失礼いたします。美波島で起きた出来事についてお聞きしたいことがあります。泉駒之介】

返事はすぐに来た。やり取りの末、何とか会う約束を取り付けた。場所は目黒区にある青島写真事務所だった。

約束の時間に遅れないように、早めに家を出た。新進気鋭のカメラマンの事務所というからには、お洒落な建物をイメージしていたが、古いマンションで予想より地味だった。エントランスを入った奥のエレベーターには乗らず、外の非常階段を使った。気持ちを落ち着かせようと一段ずつ踏みしめゆっくり上がる。三階の踊り場に置いてある大きな灰皿に、たくさんの吸い殻が山積みになっていた。

扉の前に立ちインターホンを押すと、少しして茶髪の若者がドアを開けた。

「青島さんはいらっしゃいますか」

「もうすぐ戻るけど、約束してるの？」

アシスタントだろうか、ヨレヨレのトレーナーにジーンズ姿だ。

「はい。三時に。泉と申します」

「とりあえず、そこで待っててください」

言われたまま、入り口の横にあるベンチに座る。壁紙のあちらこちらが剝がれ、物も無造作に積まれていて、駒之介は犯罪組織のアジトのような印象を覚えた。

しばらくすると、「お疲れさん」と青島が入ってきて、駒之介をチラリと見た。

「こちら、泉さん、今日の三時に」

「あんまり時間がないけど入って」

アシスタントの声を制するように、青島は奥の部屋に進んだ。慌ててあとに続く。

通されたのは殺風景な広い部屋だった。小さな窓はあるが、薄暗い。奥の壁には大きなスクリーンがあって、反対側の天井からプロジェクターが吊り下げられていた。

アンティークらしい革のソファーに促されて座ると、青島はテーブルを挟んだ向かい側に、どさっと腰を下ろし、足を組んだ。

白いカッターシャツにジーンズというラフな服装だが、清潔感がある。カメラを首から下げ、蘭を追っていた姿に比べて、すっかり分別がある大人だ。年齢を重ねたのだから当然なのかもしれないが、堂々としている態度に、少し緊張する。

青島は事件に関わっている可能性がある人物だ。どう切り込むか考えていたが、上手く駆け引きする自信はない。ストレートに当時の話を尋ね、反応をうかがおうと決めていた。

「泉駒之介です。今日はありがとうございます。早速ですが、青島さんは八年前、美波島にいましたよね。当時のことをお聞きしたいんです」

「何だよ。若く見えるけど、まさか週刊誌の記者？」

「いいえ、違います。僕は『離島のシェア家族』に出ていた心凪の友人です。彼女は、三ヶ月前白骨死体で見つかりました。心凪が殺されたのは、澤辺殺害事件と関係があるのではないかと僕は考えています」

「何だか物騒な話だな。あのニュースは知っている。驚いたよ。俺にとって美波島は特別な場所なんだ。メッセージで美波島という言葉につられて会う約束をしたけど、君とあの人たちとの経緯をちゃんと教えてくれないと話せないな」

語気は強いが、なぜか目元に優しさを感じた。駒之介は思いきってシェア家族との出会いから、心凪を失うまでを、イベント会場で青島を見つけたことも含めてすべて話した。

「辛い想いをしたんだね……」

黙って聞いていた青島は腕組みをして、嚙みしめるように呟いた。

「君のことはよくわかった。俺に何が聞きたいんだ？」

駒之介はプリントアウトした全員の画像を差し出す。

「俺の写真もあるな。やっぱり卑屈な顔をしてる。で、他の奴らは誰だ？」

「当時、洋館の近くにいた人たちです。誰か知っている人はいませんか？」

すぐに首を振った。

「この中に、ここちゃん殺害の犯人がいると思っているのか。それなら俺も容疑者の一人ということか？」

「はい」

思わず頷くと、青島は苦笑いを浮かべた。機嫌を損ねてしまったかと思ったが、この人には真っ直ぐにぶつかった方がいいと直感した。

「八年前の夏、青島さんは島に押しかけたファンの一人だった。晄さんと数名のカメコの間でトラブルもあった。青島さんも晄さんと揉めた一人ではないですか？」

青島は真顔になって、黙ってしまった。駒之介は頭を下げながら食い下がる。

「当時、美波島で何が起きたのか教えてください」

少しの沈黙のあと、青島が切り出した。

「一条邸の近くを歩いていたとき、怒声が聞こえた。声の方を向くと、晄と数人が揉み合っていた。その中に、同じ旅館に泊まっていて顔見知りになった澤辺がいた。殴られたのか、口から血を流していた。澤辺の過激な撮影行動を巡って、他のカメコたちと晄と三つ巴で争いになっていたらしい。殴られた澤辺を宿に連れて帰って、夜、二人で酒を飲んだ。澤辺は得意げにこれまで撮った写真を見せてきた。あいつは盗撮マニアだったんだ。被写体は皆、無防備な姿だった。シェア家族の人たちのことも盗み撮りしていた」

「心凪と蘭だけじゃなくて？」

「ああ、透真が桜子と手を繋いで歩いている姿、スーパーであくびをしている晴恵、どうやって撮ったかわからないが、キッチンの換気扇の下で煙草をくわえている浩、ソファーに寝転ぶ心凪が写っているものもあった」

当時近くにいた人から聞かされた、番組の裏側の話は生々しかった。被害者ではあるが、どうしたって澤辺を軽蔑してしまう。

「他に何か覚えていませんか？」

「澤辺が殺されたと聞いて、しばらく島を離れられなかった。その間、警察に一度だけ事情も聞かれた。そう言えば、『澤辺のカメラがなくなっているが知らないか？』と聞かれたけど、俺には見当もつかなかったから、そう答えた。ただそれ以降、警察は接触してこなかった。その後カメコたちからも澤辺の評判を耳にした。どこでもトラブルメーカーで有名だったらしい」

もう一つ訊きたいことがあった。

「ホームページに載っている蘭さんの写真は、あなたが撮ったものですよね？　写されるのを嫌がっていた蘭さんがカメラに笑いかけている。いつ、どんな経緯で撮影したんですか？　蘭さんとはどんな関係だったんですか？」

青島は組んでいた足を戻した。

「あの頃の俺は、ただのカメラ好きのオタクだった。実家が写真館で、子どもの頃からカメラマンになりたいと憧れていたが、特別カメラの勉強もせずに、アイドルを追いかけまわしていた。実は蘭の熱狂的なファンというわけではなかったんだ。ただ他の人とは違う写真を撮りたかった。でも人気があるアイドルを追いかけてもいい写真なんか撮れない。その点、蘭は芸能人ではない。密着番組で少しは話題になったけど、大勢の追っかけがいるわけじゃない。チャンスだと思って、美波島を訪れた。島の人から情報を得て、自宅の場所を突き止めた。当時は盗撮も厭わない悪質なカメラ小僧の一人だった」

記憶を辿るように話し続ける。

「あの頃は、とにかく特別な写真を撮りたい、周りの奴らに自慢したい、それだけが目的だった。蘭はもちろん協力的ではない。なかなかチャンスは訪れなかった。そんなとき、蘭が入院しているらしいと耳にして、俺は病院に張り付いた。さすがに病院内に入るわけには行かず、中庭をうろうろしていたら、車椅子の蘭が近づいてきた。いつもは母親と一緒だが、そのときは一人だった。『ビデオカメラって持ってないですか？ ちょっと貸してもらえないかと思って。無理ですか？』と、訊かれた。話しかけられて嬉しくなって、持っていた小型の隠しカメラを『こんなのならあるけど』と差し出した。軽蔑されるかと恐れたが、逆に喜ばれた。『小さいから丁度いい。一日でいいから貸してくれない？』手を合わせて頼まれた。もちろんすぐに承諾したが、卑しかった俺は交換条件を付けた。『その代わりに写真を撮らせて欲しい』と。蘭は少し考えて、『いいよ』と答えた。俺は有頂天になった。これで周りのカメコたちを驚かせられる。普段はほとんど見せない笑った顔を向けてくれ、特別な一枚が撮れた。蘭にこう言われたんだ。『ちゃんと綺麗な写真が撮れるのに隠し撮りなんてやめなよ』と」

青島はノートパソコンを広げ、ホームページに載っている蘭の写真を示した。

「この写真が俺を変えた」

「そんなことがあったんですね」

「あの頃は自分のことしか考えていなかった。恥ずかしいよ。蘭はいつかファッションデザイナーの仕事をしたいと、夢を語った。つられるように、自分もきちんと学んで、一流のカメラマンになる、と伝えた。『この写真は僕の宝物にする』蘭にそう約束した」

　蘭を撮った経緯はわかった。

　最後にもう一つ質問をした。

「借りたカメラで何を撮ろうとしてたんでしょうか？」

「使い方を教えたときに、『好きな人が帰っちゃうから姿を残しておきたいの』と恥ずかしそうに答えた。その二日後に事件が起きて、蘭には会えずじまいで、結局小型カメラは戻ってきていない。警察やマスコミが大勢いる中で、返して欲しいと申し出て騒ぎになるのも嫌だった。それにもう盗撮はやめようと決心していたので惜しくはなかった」

　玄関まで送ってくれた青島は最後に言った。

「RANが蘭だと知って、先日インスタにDMを送ったんだけど返信はなかった。いつかRANの写真を撮れたら、なんて勝手に夢見てる」

　駒之介は礼を述べて、事務所を出た。


　蘭と青島の関係が判明した。「好きな人を撮りたい」と、蘭が小型カメラを借りていたと聞いて、病院の中庭で話していた少年が頭に浮かんだ。司波はその少年について調べると言っていた。晄の事件とは関係はないように思えるが、司波からの情報を待ちたい。

　青島の話から、被害者澤辺の人間性の一端も垣間見えた。誰とでも揉める性格と盗撮行為、盗撮写真の売買なども手がけていた可能性もある。澤辺のカメラがなくなっているというのも気になる。晄だけでなく殺害の動機を持っている人間が他にもいるかもしれない。

　青島からはもう得られることはなさそうだ。でも正直な人柄を感じ、確証があるわけではないが、駒之介の中で、容疑者が一人除外された。

振り出しに戻って、またイベント会場を見張る日々が続くのかと思うと気が滅入った。

自分を動かしているのは犯人への執念なのか、それとも悲しみを紛らわせたいだけなのか、次第にわからなくなっていた。

次の週もイベントを探して出かけた。何の成果もなく会場から夕方帰宅すると、浩が待っていた。

「美波島で心凪の葬式をすることになった。駒之介くんにも参列してもらえたらと思ってね。どうかな？」

「行かせてもらいます」

即答したが、どんどん心凪の死が現実として突きつけられている気がして複雑だった。イベントの見張りという非現実的な行為で心凪の死から逃げていた心に、心凪の葬式という言葉が鉤爪（かぎづめ）のように食い込んだ。泉荘に戻っていく浩の背中も力なく丸まっていた。


クリスマスの飾りつけがなされた店内で、駒之介はぼんやりしていた。段々葬式が近づき、どうにも気持ちが塞いでしまう。

「駒之介、お客さんお会計」

父の声が聞こえ、慌ててレジに向かう。

「ありがとうございました」

店を出る客を見送った。そのとき入れ替わりのように、背の高いお洒落な若者が入ってきた。

「駒くん、久しぶり」

え、誰だっけ。大学で知り合った人たちを想い浮かべたが、全然違うようだ。それに自分を「駒くん」と呼ぶ人は一人もいない。もう一度相手の顔を見た。

「透真か?」

「そうだよ。やだな、忘れちゃったの?」

この話し方は、確かに透真だ。懐かしさのあまり自然と口元に笑みが浮かんだ。

「あんまり変わったから一瞬わからなかったよ」

当たり前だが、随分背が伸びている。何より、手の平ほどの小顔にすらりとした体形、手足も長くてモデルのようだ。

「久しぶりだな」

「うん」

「お腹空いてる? 一緒に何か食べようよ」

席に案内したが、父もすぐにはわからなかったようだ。「透真だよ」と紹介すると、目をパチクリさせながら「よく来てくれたね」と嬉しそうに言った。

ここを出ていったとき、透真は小学校卒業の年だった。それ以来一度も会っていない。

「そうか、透真も二十歳になったんだ」

「うん、なったね」

少し恥ずかしそうに目を伏せた。

二人で父が作ったナポリタンを食べていると、奥の席に座っている若い女性客のグループが、しきりにこちらを見ているのに気がついた。

「超イケメン」

「芸能人じゃない?」

ひそひそと話す声が漏れ聞こえ、改めて透真を眺める。確かに男の駒之介が見ても、見惚れてしまうほどの綺麗な顔だった。透真がどこか落ち着かない様子なので、食べ終わるとすぐに自分の部屋に誘った。

「お母さんから聞いた。駒くん、お葬式に行ってくれるんだってね。お姉ちゃんと僕は行けないんだ」

部屋に入るなり、ぼそりと言った。

「そうなんだ」

蘭は今も尚、鴻ノ木家に近づきたくないと考えているのか。

心凪を弔うつもりはないのだろうか。それに浩と晴恵の心情を考えると、それほどまでに距離を取ろうとする蘭の頑なさが腹立たしかった。でも透真にそんなこと言っても仕方ない。自分が口出しすることではない。二人とも、それ以上心凪の話題に触れなかった。

「駒くん、今もイラスト描いてるの?」

「最近はあんまりね」

イラストを燃やして以来、描く気になどなれない。はぐらかすように適当に答える。

「昔のでもいいから見たいな」

「もう残ってないんだよ」

「どうして?」

真っ直ぐに問われ、無言で目をそらすと重ねて尋ねられた。

「本当に残ってないの?　一枚も?」

仕方なく引き出しから、一枚のイラストを取り出した。

透真はじっくりと眺めている。

燃やせなかった一枚だけのイラスト……。

心凪を想い浮かべて描いた作品だ。

白い肌に真紅の唇、黒のアイシャドウを引き、瞳はブルー、金色の髪を逆立て、真っ赤なブーツで颯爽と立っている。シルバーの鎧で身を守り、黒と白のストライプのマントが風に揺れている。細い腕に握られた剣は、光を受けて輝きを放つ。最強の女剣士だ。

「素敵なイラストだね。駒くん、これ貸してくれないかな?」

上目遣いでこちらを見ている。もしかして透真から見ても、心凪の面影が感じられるのだろうか。

「持っていっていいよ」

自然と声に出ていた。

「本当に……」

透真は改めて、イラストに見入っている。時がしばらく止まったようだった。

「大事にする。駒くんありがとう」

大きな瞳が潤んでいる。

それからはRANの活動について嬉しそうに話した。イベントやイメージキャラクターにという依頼は、相変わらず全て断っているらしい。でもそれがRANらしくていいと透真は言う。RANの衣装は透真が自分で作り、メイクも独学で勉強したと自慢していた。

「RANは僕の分身なんだ。コスプレを始めてよかった。駒くんのおかげだ」

「そんな、大袈裟だよ。ただコミケに誘っただけだよ」

照れたわけでなく本心だ。

「まだ発表されてないけど、今度初めてＲＡＮの撮影会をやるんだ。抽選で選ばれたお客さん限定でね。ＲＡＮを好きになってくれた人たちへの感謝の気持ちを込めて開催する」

「凄いね。僕も行ってみたいな」

「公平に抽選して、当たった人だけを無料で招待するんだ。だから、いくら駒くんでも、ズルは駄目だよ」

少しからかうような目を向けられた。

生き生きとＲＡＮを語る様子に、駒之介もいつしか心が明るくなった。

心凪もきっと、透真や蘭が前を向いて生きていることを喜んでいるに違いない。心凪はいつも二人に心を寄せていた。葬儀に来ないからと、腹を立てたりしない。そう考えて、自分の心の小ささを恥じた。

突然の再会はとても楽しい時間だった。穏やかで温かい気持ちになれたのは、いつ以来か思い出せないくらい久しぶりだった。

「アキ兄ちゃんの出所ってもうすぐだよね？」

帰り際に唐突に聞かれた。

晄を気にかけているのだと知って、何となくほっとした。やっぱり、家族のように暮らした日々は消えないのだろう。

刑期の終わりは近づいている。鴻ノ木家は、晄を迎える準備を着々と進めていた。駒之介は、浩たちが、晄が出てきたあとのことを考えて、キッチンカーを始めるようだと話した。透真はただ黙って聞いていた。蘭の頑なな心もいつか変わればいいのにと思った。

すっかり日が暮れた道を、駅まで並んで歩く。忙(せわ)しなく足早に歩く人に追い抜かれる。並木のイルミネーションに照らされる透真の横顔には、華やぎはない。

「一度もお姉ちゃんって呼べなかった……」

やっと聞き取れる程の声が耳に届いた。

「呼び方なんて関係ない。心凪は透真が大好きだったよ」

「うん。僕もここちゃんが好きだった」

駅が近づいてきた。

「駒くんもそうでしょ？」

「え？」

「好きだったんでしょ？　中学の頃から」

「うん、ずっと好きだった」

なぜか素直に答えられた。

手を振って、透真は電車の中に消えていく。走り出した車両を目で追っても、透真の姿はもう見つからなかった。


数日後、駒之介は鴻ノ木夫妻と一緒に美波島へ向かった。葬儀の前日に広島に入りホテルで一泊して、翌日、朝一番のフェリーに乗り込む。

島を訪れるのは二度目だが、まさかこんな形になるとは想像もしていなかった。鴻ノ木夫妻にとっては、辛い帰島になってしまった。フェリーを下り、顔を隠しながら歩く二人に駒之介はそっと寄り添う。

港では松子と若文、そして一日前に東京から島に戻ったという桜子が出迎えてくれた。若文の大きな車に乗り込んだ。桜子から労いの言葉をかけられると、浩と晴恵は何度も今までの感謝を繰り返した。

一旦一条邸に寄り、喪服に着替え葬儀場に向かう。

心凪の白骨遺体は埋葬するために火葬され、身内だけで密(ひそ)やかに送った。駒之介は涙を堪えて手を合わせた。

浩、晴恵、若文、桜子、松子、遺族の全員が泣いていた。葬儀は、生きて行く人たちが前を向くための区切りと聞いたことがあるが、この人たちにそれが可能だろうか。ただ一つ、行方がわからなかった心凪が皆の元に帰ってきたことだけは事実だ。たとえ遺骨であったとしても。それが家族にとって救いになったのかどうか、駒之介にはわからない。

一条邸に戻った鴻ノ木夫妻と一条夫妻は、少しよそよそしい雰囲気だった。途切れ途切れの会話が続き、居たたまれず席を立った。

遺骨は、一階の和室に置かれていた。線香をあげ、畳に座ると、自然と五年前の記憶が呼び戻された。今日までの月日が、長かったような気もするし、反対に、あっという間だったような気もする。

遺影の中で微笑む心凪はあの日のままだった。そしてこれからも変わらない。線香が短くなっていくのを、ただじっと見つめ続けていた。

夜、リビングにカレーの匂いが広がった。松子の自慢の料理らしい。五年前に泊まったときも作ってもらった記憶がある。あのとき、『たくさん食べない男はもてないわよ』と、三杯食べさせられたのを思い出す。

食卓に着くと、松子が明るい声で言った。

「さあ、しっかり食べて、元気を出して」

「ありがとうございます」

鴻ノ木夫妻は頭を下げた。

スプーンがお皿にぶつかる音だけが鳴り続けた。

重苦しい空気を変えたのは、松子のひと言だった。

「また、一緒に暮らしたらどう？」

思いがけない提案に、全員がスプーンを持つ手を止めた。駒之介も驚いて松子の顔を見る。

「心凪は桜子が産んだ娘、でも浩さんと晴恵さんが育ててくれた。遺骨はあなたたち四人で守っていくべきよ。心凪もそう望んでいる気がするわ。蘭は今も、自分が浩さんと晴恵さんの実子だということ、晄さんが兄だということを、受け止められていない。だから今回も帰ってこなかった。蘭は鴻ノ木さんの娘であると同時に、桜子にとってはお乳をあげて大切に育てた娘。それは一生変わらない。心凪と蘭は、あなたたち四人の子どもだわ。あなたたちは家族になった。それを忘れてはいけないわ」

松子は息を継いで続けた。

「晄さんは人を殺した罪で服役している。でも、晴恵さんはずっと無実を信じている。心凪も行方不明になる前に、晄さんの無実に確信を持っていた。それなら私も信じるわ。だいたい真実って一体何なの？　晄さんを無実だと信じる私たちにとっては、それこそが真実。それでいいじゃない。証明できなくても、私たちには関係ないわ。もうすぐ出所するんでしょう？　またここにみんなで迎えてあげましょうよ」

泣き崩れる晴恵の肩を浩が抱きしめた。若文と桜子は硬い表情を崩さず、黙って聞いている。晴恵は震える声で言った。

「松子さん、ありがとう。今の言葉は一生忘れません」

「今は無理かもしれないけれど、蘭もいつかわかってくれる日が必ず来る」

松子が晴恵の傍に行き、ハンカチを差し出した。

「司波さん、入ってきて」

松子が声をかける。

「司波さんに番組の続編を撮ってもらおうと相談したの。こんな家族がいることをわかってもらいたい。私たちが晄さんの無実を信じていると訴えれば、たとえ判決を覆せなくても、世間が晄さんを見る目が変わるかもしれない。新しい人生を始められる」

「ぜひ、皆さんのお力にならせてください」

現れた司波は目を輝かせながら力強く言った。駒之介は予想もしない展開を、ただ黙って見ているしかない。

司波の登場に、浩と晴恵は顔を見合わせ、若文と桜子も戸惑いを隠せない様子だ。

「少し考えさせてください」

浩がそう答えた。

浩と晴恵は松子の車を借りて、以前住んでいた家に帰っていった。

うちに泊まればと勧める松子に、「久しぶりに家も見ておきたいので」と浩がやんわり断った。

一条邸に泊めてもらうことにした駒之介には、二階の一番奥まった畳敷きの部屋が用意されていた。五年前に泊まったときと同じ部屋だ。二階には廊下を挟んだ両側に、幾つか扉がある。当然、晄の部屋もどこかにあったはずだ。晄の部屋は今どうなっているのだろう。さっき一緒に住もうと言っていたからには、まだそのままにしてあるのかもしれない。

時が過ぎ、ここに住んでいた人たちの人生は変わった。鴻ノ木夫妻の苦悩、一条家の人たちの悲しみ、蘭は立てるようになり透真と共に前を向いている。晄は出所が近づく今、何を想っているのだろう。

この二階にかつて暮らしていた人は、皆、去っていった。

先程の松子の提案には驚かされた。浩たちはどうするつもりだろうか。この家で、また新たな生活を始めるのか。

ただそこに心凪がいないことだけは確かだった。

しばらく薄暗い廊下に佇んでいると、前触れもなくある物が脳裏に浮かんだ。五年前、心凪と将棋を指そうとして、蘭の部屋で見つけた将棋盤だ。引き出しに入っていた折りたたみの将棋盤を開くと、不思議な文字列が書かれていた。確か盤の写真を撮ったはずだと、スマホに保存してあった画像を引っ張り出した。

じっくり眺めながら、あれこれ考えてみても文字列の意味はわからない。心凪は蘭の字だと断言したが、将棋盤にいたずら書きをするなんてあり得ない。一体これは何を意味しているのか……もう一度画像に目を凝らす。

すぐ頭に浮かぶのは暗号クイズだ。もしかしたら盤の側面や裏側に、暗号を解くヒントが書かれていたのかもしれない。

蘭の部屋にある現物を見てみたくなるが、勝手に入るのは気が引ける。仕方なく諦めて部屋に入り、灯(あか)りを消して早めに布団に潜り込んだ。でもなかなか眠れず、頭に文字列が何度も浮かんでは消えた。カーテンの外が白み始めた頃、駒之介は決断した。

もう二度と来ることはないかもしれない。確かめてみよう。

部屋を出て静かに階段を下り、廊下をリビングとは反対側に進んだ。一番奥、蘭の部屋の前に立つ。駒之介はただちょっと確認するだけ、と自分に言い訳をして、音を立てないように注意しながら扉を開けた。素早く滑り込むように部屋に入る。カーテン越しに朝の光がうっすらと差し込んでいた。

室内は五年前と変わっていなかった。ずっと使われていないためか空気がよどんでいる感じがする。記憶を頼りにベッド脇のサイドテーブルの引き出しを開ける。すぐに駒箱が目についたが、将棋盤はない。他の引き出しも開けてみるが、どこにもなかった。そのとき、微かに物音が聞こえ、誰かが起き出した気配に動揺した。そっと蘭の部屋から出て何食わぬ顔でリビングに入ると、松子がカーテンを開けていた。

「おはようございます」

「おはよう。随分早起きね。朝ご飯、パンでいいかしら?」

いつもと変わらぬ声が返ってきて安堵した。

「はい、ありがとうございます」

「今コーヒー淹れるから座って」

キッチンに向かう松子の後を追って、さりげなく聞いてみる。

「五年前、蘭さんの部屋で心凪と将棋を指したんです。あの将棋セットってまだありますか? 確かベッドの脇の引き出しに入っていました。思い出があるので見たいんですけど」

将棋盤がないのはわかっているから、嘘を言って申し訳ないが、もしかしたら他の場所に移したのかもしれない。その確認をしたかった。

「蘭の部屋はそのままにしてあるから、ちょっと見てきてあげる」

せっかちなのか、松子は濡れた手を拭きながらリビングを出ていった。

しばらく待っていると、首を傾げながら戻ってきた。

「将棋盤はなかったわ。どうしたのかしら」

足音が聞こえ、桜子がリビングに入ってきた。

「ねえ、蘭の部屋にあった将棋盤知らない？　駒之介くんが心凪との思い出があるから見たいっていうんだけど、駒箱しかないのよ」

松子がいきなり尋ねる。

「将棋盤って、小さい頃買ってあげたものかしら？」

桜子が訊き返してきた。

「ええと、プラスチックの折りたたみの将棋盤です」

「それがどうかしたの？」

駒之介は将棋盤の文字列のことを話そうかと迷ったが、葬儀が終わったばかりの家族に、これ以上踏み込むのはあまりにも非常識だと、思い留まった。

「ちょっと懐かしかったので」

「壊れて捨てたのかもしれないわね」

申し訳なさそうに桜子が答えた。

将棋盤の行方は不明のままだが、もうどうしようもなかった。

朝食後、部屋で帰りの支度をしていると、襖の外から声が聞こえた。

「駒之介くん、ちょっといいかしら？」

「はい」

エプロン姿の桜子が部屋に入ってきた。爽やかな香水の匂いがする。

「昨夜、あまり眠れなかったみたいね」

目が腫れぼったいのが寝不足を物語っているのか、そう気遣われた。否定もできず小さく頷いた。

「わざわざ来てくれてありがとう。心凪もきっと喜んでるわ。駒之介くんにはちゃんとお礼が言いたかったの。生前もずっと心凪を助けてくれたから」

生前、という言葉が心に刺さる。

「お礼なんて。僕は何も……」

駒之介の中では、心凪の死は自分のせいかもしれないという想いが消えていない。

「心凪は駒之介くんが好きだった。あの子、ちゃんと自分の本心を伝えられたのかしら？」

「え？」

「やっぱり伝えてなかったのね。でも私にはわかっていたわ。晄くんと面会したあと泉荘で会ったときに、駒之介くんを見る目つきで確信したの。心凪は私の娘だもの」

心凪からは何も言われていない。でも五年前の夏、自分から「好きだ」と伝えることはできた。その点だけは心残りはない。

「駒之介くんにお願いがあるの。一度だけでいいから私をお母さんって呼んでくれる？」

「え……」

唐突な頼みにたじろぐ。

「だって心凪と駒之介くんが結婚したら、そう呼ばれてたでしょ。ずっとそうなったらいいなって夢見ていたの。心凪には幸せになって欲しかったけど、もう永遠に叶わない。最後に心凪と一緒に聞きたいの。駒之介くんが私をお母さんと呼ぶ声を」

　駒之介は、桜子の真意を測りかねて黙り込んだ。

「さあ、お願い」

　桜子が顔の前で手を合わせている。

　お母さんという言葉を口にしたのは、母がいた幼稚園の頃までのことだ。それ以来、縁のない言葉だった。

　ためらいはあったが、真剣な眼差しを向ける桜子の願いを拒めなかった。

「お母さん……」

　思ったより声が出なかった。照れくさくて変な気持ちだ。

「ありがとう。不思議ね、何か花嫁の母になった気分」

　幸せそうに頬をほころばせる桜子を目の前にして気がついた。

　桜子はまだ心凪の死を受け止められていないのかもしれない。深い悲しみのあまり、現実を生きていないのではないかと。何かにすがっているような姿に、胸が痛くなる。

「気兼ねなく、いつでも心凪に会いにきてね。でも、一つだけ伝えたいことがあるの」

　急に声色が変わる。

「駒之介くんには前を向いて生きて欲しい。心凪がいなくなってから、もう五年が経つわ。心凪を想ってくれるのは嬉しいけど、事件は警察に任せましょう。それは駒之介くんのすべきことじゃない。ちゃんと自分の人生を生きなきゃ駄目」

　そう言って、部屋を出ていった。突然お母さんと呼ばされたり、前を向けと言われたり、やはり桜子は不安定な状態なのかもしれない。皆、それぞれ懸命に心凪の死を乗り越えようとしているのだ、と駒之介は改めて痛感した。

美波島での二日間は嵐のように過ぎた。心凪の葬式が済んでも心の整理はできそうもない。

港で帰りのフェリーの出港時間を待っていたとき、司波が息を弾ませながら、早足で近づいてきた。

「よかった、間に合った」

額の汗を大袈裟に拭いて、息を切らしている。

「司波さんもこのフェリーで帰るんですか?」

「いや、僕は明日桜子さんと一緒に帰る。ちゃんと送り届けないとな」

「それじゃ、どうしてここに?」

「駒之介くんに話があったんだ」

浩と晴恵は司波に軽く会釈して、先にフェリーに乗り込んでいった。

「話って何ですか?」

「蘭ちゃんと親しそうにしていた少年の身元がわかったよ。蘭ちゃんの入院していた病院の近くで聞き込みしたら、近所の人から話が聞けた。少年の父親の別荘が病院の隣にあって、喘息の療養で滞在していたらしい。父親の会社は結構知られた名前だった。あの少年は山瀬純一(やませじゅんいち)、現在の年齢は二十四歳。蘭ちゃんの二歳上だな。今は東京の父親の会社で働いているって聞いたから、『離島のシェア家族』のディレクターだと名乗って、昨日電話をかけてみた。美波島のことで話を聞きたいと伝えたら、何とか本人に繋げてもらえた」

司波の行動力に驚かされて、ポカンとしてしまった。

「情報通り、八年前喘息の療養のため、東京から美波島の別荘に来ていた。そして、病院の中庭で蘭ちゃんと話をするようになって仲良くなったらしい。でも、彼にとってはほろ苦い思い出だと言っていたよ。東京に帰ってから何度もメールを送ったが、蘭ちゃんから返信はなかったそうだ」

「澤辺事件との関係はどうでしたか？」

駒之介は一番知りたいことを訊いた。

「事件とは関係ないな。彼は事件の前日に東京に帰っていた。事件の日は、東京の病院で検査を受けていたと言っていたよ」

司波は「そっちは何か情報を摑んでいないのか？」と訊いてきたが、「まだ何もない」と言うと、がっかりした様子で帰っていった。

蘭と親しげにしていた少年は、澤辺殺害当日には島にいなかった。真犯人に繋がる手掛かりは依然として見つからない。

沈んだ気分でフェリーに乗り込み、鴻ノ木夫妻と共に美波島を離れた。

島影はどんどん小さくなっていき、やがて見えなくなった。それでも心凪への想いは消えることはない。まだ歩みを止めるわけにはいかないと、自分を励ました。

家に帰ってから一週間、ずっと将棋盤のことが頭から離れずにいる。将棋盤と駒はどちらかだけでは使い道がない。将棋盤だけが消えているのは、心凪が持ち出した可能性を示唆しているのではないか。心凪は殺され、盤は消えた。どうしても、書かれた文字に何か重大な意味が隠されていたと思えて仕方ない。

文字を書いた蘭に話を聞くしかない。駒之介は行動に出た。

思い切って桜子に電話をして、将棋盤に文字が書かれていたことを伝え、どうしても気になる、蘭に確かめたい、と頼んだ。

「小さい頃にいたずら書きしただけじゃないかしら」

桜子の返事はつれなかった。

「でも、五年前にあった将棋盤がなくなってるんです。心凪が持ち出したとしか考えられない。事件と関係あるかもしれません。蘭さんに直接会って話をさせてもらえないですか？」

「そんな不確かな話で、蘭を惑わせたくないの。あの子は、晄くんの事件から、ゆっくり心を回復してようやくここまできたの。心凪の事件で再びショックを受けてる。今あの子は必死に耐えているのよ。どうかそっとしておいてあげて」

桜子は珍しく苛立っていた。蘭を守るのに一生懸命なのが伝わってくる。心凪の死を突きつけられた蘭への配慮が足りなかったと反省した。持って行き場のないもやもやが残るが、悲しみの中にいる家族をこれ以上かき乱すことはできない。

駒之介は深いため息をついた。

心凪の葬式から三ヶ月が過ぎようとしていた。

いよいよ晄の出所が近づき、泉荘では迎え入れる準備が粛々と進められている。

浩は再び父に「別の場所に行った方がいいのではないか」と申し出た。晄が泉荘に住むことに遠慮があるようだ。前と同じように父は強く引き止め、浩は深く頭を下げた。

新しい寝具が届いたり、大きな買い物袋を提げた晴恵を見かけたりした。鴻ノ木夫妻にとっては、待ちに待った日が訪れようとしていた。

一方で、心凪の捜査には進展はない。駒之介はただ虚しい日々を送っていた。

暁の出所の日、駒之介は父の車を出して、運転手を買ってでた。

桜吹雪の中、浩と晴恵は車から降りて、無機質な塀が続く刑務所の建物に向かう。

しばらくすると、運転席で待つ駒之介の目に、晴恵が寄り添うように暁の腕を取って歩いてくる姿が映った。駒之介の三歳上、今二十五歳のはずだが、もっと老けて見えた。キョロキョロと周囲を気にしている。後部座席に乗った暁は、ひと言も声を上げなかった。ただ静かに窓の外を眺めている。

「お腹空いてない?」

晴恵の問いに「うん」と小さく答えた。

その後は、皆無言だった。

泉荘に到着し、車を降りると、「ありがとうございました」と暁は深々と頭を下げた。

心凪が死んだことを、暁はまだ知らない。今夜、話すつもりだ、と行きの車で浩から聞いていた。

「改めて挨拶に行くからと、お父さんに伝えて。駒之介くんありがとうね」

晴恵は暁を促し、そそくさと泉荘に姿を消した。

夜八時を過ぎた頃、隣から呻き声が漏れてきて、暁が心凪の死を知ったと悟った。その声は、悲しみと怒りが入り交じった叫びだった。暁が避けては通れない道だとわかっていたが、苦しくなって耳を塞いだ。

次の日の朝、勝手口を叩く音で目が覚めた。慌てて階段を下りると、ちょうど父が扉を開けるところだった。

「晄がいないんだ」

浩が慌てふためいてオロオロしている。

すぐに皆で捜し回った。駒之介は海岸沿いの道を走った。夕方になっても行方はわからない。

ずっと歩き回っていたのか、疲れ果てた様子の晴恵が中庭のベンチにぽつんと座っていた。

「少し休んでください」

晴恵を泉荘に連れていったが、ロビールームのソファーに座り込む姿は痛々しくて見ていられなかった。

どうして晄は母親にこんな想いをさせるんだと、怒りが湧いてきた。心凪の死を知ってショックなのはわかる。でも今、晄がすべきことはたった一つしかない。待ち続けてくれた両親の傍にいることだ。かける言葉も見つからず、黙って隣に座る駒之介に、晴恵はポツポツと話し出した。

「昨日の夕食には、晄の好物のステーキ丼を作ったの。ニンニクをたっぷり使って、ピーマンと人参と椎茸を添えてね。晄は島育ちなのに子どもの頃から魚よりお肉が好きだった。夕方になると『今日の夕ご飯、お肉、魚どっち?』と毎日訊かれた。お肉と答えると凄く喜んだ。昨夜も『美味しい、母さんのステーキ丼は世界一だ』なんて言ってくれて」

頬に涙が伝う。

「夕食のあと、晄は『家族が信じてくれたことが俺を支えてくれた。ありがとう。再審の道は諦めないけど、たとえそれが叶わなくても前を向いて歩いていく』としっかりした口調で」

晴恵は二、三度洟をすすった。

「松子さんが、島でまた一緒に暮らそうと提案してくれたと伝えたら、晄はじっと考えていた。そして『心凪は今も島にいるんだよね？　面会にきてくれたときは嬉しかった。俺が会いに行っても嫌がらないかな』って言ったの」

そのあと、浩が心凪の死を告げると、晄は正座したまま、自分の太股を拳で何度も叩いていたという。泣きわめきながら、自分を責めるように。

鴻ノ木夫妻が、帰りを待ちわびてようやく迎え入れた晄に、心凪の死を告げるのがどれほど辛かったことか。駒之介は、やりきれない気持ちでいっぱいになった。

「話を聞いてもらって、少し落ち着いたわ。晄が変なことを考えたらどうしようと必死に捜していたけど、あの子は強い子。辛い生活に耐えてきたんだもの。きっと大丈夫。これまでと同じようにあの子を信じて、帰りを待つわ」

晴恵は、達観したのか、背筋を伸ばした。

晴恵の言う「変なこと」とは、晄が絶望の余り、死を選ぶという意味だろうか。それとも心凪を殺した犯人への復讐なのか。でもその相手が誰なのか、駒之介も未だに糸口さえ摑めていない。

三日過ぎても晄は戻らなかった。

「これ鴻ノ木さんちの郵便物、持っていってくれ」

父に頼まれ、封書を一通受け取った。鴻ノ木宛ての郵便物など珍しい。「鴻ノ木晄様」という宛名にハッとする。思わず裏返すと、差出人はＲＡＮと記されていた。

蘭が晄へ手紙を出すなんて、どういうことだろう。駒之介は、急いで泉荘へ向かった。封書を手渡された晴恵は、驚きと困惑が入り交じったような表情になり、ためらう間もなくその場で封を開けた。

気になって傍で見守っていると、一枚の細長い紙がはらりと落ちた。晴恵は落ちた紙には構わず、中から出した便せんを広げて見ている。駒之介が拾い上げると、

【美波島　特別船上撮影会　出演・ＲＡＮ】

と印字され、招待状と大きく書かれたチケットだった。

瞬きもせず便せんに見入っていた晴恵が、顔を上げて駒之介を見た。

「見せてください」

半ば引ったくるように便せんを受け取り、目を走らせる。

『美波島で撮影会を開催します
私にとって初めての撮影会です
アキ兄ちゃんをご招待します
私の晴れ姿をしっかりその目で見てください
会える日を楽しみにしていました
必ず来てくださいね
もしも来なかったら、あの日のこと、すべて明らかにします　蘭』

「晄を招待って、蘭は一体何を考えているのかしら。それにあの日のことって、どういう意味かしら」

駒之介にも答えられるはずのない問いを口にした晴恵が、だんだん青ざめていった。

「大丈夫ですか？」

晴恵は手紙に視線を落としたまま、返事もせず二階へ上がっていった。

ＲＡＮが撮影会を開催するのは透真から聞いていたが、それに暁を招待したことと、手紙の文章に興味がかき立てられた。

ＲＡＮはこれまで、マスコミやファンの前にも姿を現さず、その存在はベールに包まれていた。ネットでは、ＲＡＮはＣＧで実際には存在しないのではないかとまで噂されている。一方で、公の場に出ないのは、兄である暁が犯罪者で、服役中だからだ、という意見もあった。

今回急に撮影会を開き、姿を見せるという。そして頑なに鴻ノ木家との関わりを拒絶してきた蘭が、暁を招待すると言ってきた。そこには何か心の変化が感じられる。刑期を終えた暁を許したからだろうか。ただ最後の一文が引っかかる。

『もしも来なかったら、あの日のこと、すべて明らかにします』

やはり蘭には何か秘密があるように思える。『あの日のこと』とは何なのか。それは将棋盤の暗号と関係しているのか。桜子からそっとしておいてと言われ、会うのは諦めるしかなかった。同時に将棋盤の謎を解く鍵を失った。でも、暁が蘭に会ってくれれば、文字列の意味を聞き出してもらえるかもしれない。イベント会場の見張りに絶望していた駒之介には、一筋の光に見えた。

毎日、暁の帰りを待っていたが、行方はおろか電話の一つもなかった。美波島に帰った可能性を考えた浩が、暁の友人の竜太郎にも聞いてみたが、連絡は何もなかったという。開催日まで四日になり、次第に焦りが募ってきた。

撮影会の詳細は、随時インスタで告知されていた。ＲＡＮが初めて人前に姿を現すこともあって、異様な盛り上がりが続いている。

撮影会は海上でフェリーを借り切って行われると、豪華な大型フェリーの写真と共に発表された。

観客は抽選で選ばれた八十名。メディア関係者は遠慮していただきたいとの注意書きもあった。

駒之介は、インスタの最後に添えられていたＲＡＮからのメッセージに注目した。

【コスプレしたい人には、更衣室も用意してるよ。一緒に楽しもうね】

参加者もコスプレができる……。

この情報を知って、晄の帰りを待つだけだった駒之介に、ある考えが浮かんだ。かなり無茶な計画だが、迷っている時間はなかった。まずは晴恵のところに行き、切り出した。

「僕が、晄さんが来られないと蘭さんに伝えに行きます。招待状をもらえますか？」

晴恵は少し考えてから、招待状を渡してくれた。

「そうね。晄は行けないと、桜子さんに電話で伝えようかと迷ったんだけど、蘭の真意がわからなくて……。この手紙のことを桜子さんが知っているかどうかもわからないし。駒之介くんがそうしてくれると助かるわ」

晄がいなくなったのを、晴恵は桜子に知られたくないのかもしれないと感じ取った。

ひとまず計画の第一歩、晄の招待状を手に入れられた。

晴恵を欺く罪悪感はあったが、蘭に接触するチャンスを逃したくない。

まずは晄の招待状を使って、イベント会場に潜り込む。

蘭と面識がない自分が、いきなり近づいても不審がられるだけだ。たとえ晄の代理だと言ったとしても、肝心の話が聞けるとは到底思えない。

そこでコスプレをして顔を隠し、晄と偽って話しかける。

『人に気づかれたくないからコスプレしてきた』と。蘭は晄に九年近く会っていないから、上手くなりすませる可能性はある。招待状で晄を呼び出しているのだから、応じてくれるはずだ。

そして文字列の意味と、手紙に書いてあった『あの日のこと』が何なのかを聞き出したい。一縷（いちる）の望みに賭けてみようと決意を固め、準備を始めた。

この作戦のもっとも大事なコスプレの衣装探しに取りかかる。ネットには吸血鬼やゾンビの衣装がたくさんあった。どうしようかと悩んでいたとき、コスプレが好きだった高校の同級生、アニメ研究会の健吾を思い出した。

電話の向こうから健吾の弾む声が聞こえた。

「おう、久しぶり」

懐かしさが募り、一瞬目的を忘れそうになった。健吾が名付けた『遠距離片想いの彼女』という言葉が蘇る。その彼女が死んだと知ったら、健吾もショックを受けるだろう。駒之介はその事実を伝えるつもりはない。悲しみを広げる必要などない。

気を取り直して、RANの撮影会でコスプレをしたいんだけど、と相談する。

「チケット当たったのか？　凄いな。でも駒之介、コスプレなんて興味あったっけ？」

「うん、まあな」

いろいろ突っ込まれるとボロが出そうなので、曖昧に答えた。

「俺に任せてくれ。コスプレイヤーの知り合いがいるから、衣装を貸してもらえるか訊いてみる」

あっさりと引き受けてくれた。

「恥ずかしいから顔が隠れるコスプレがいい」

「わかった」

電話を切るまで、健吾は何度もRANのイベント抽選に当たったことを羨ましがっていた。

次の日、早速キャリーバッグを持って訪ねてきた。

「最高なのを借りてきた。駒之介がコスプレを始めるなんて嬉しいな」

健吾が喜ぶ気持ちはよくわかる。好きなことを共有する仲間は最高の存在だ。自分にとっての透真のように。

健吾は持ってきたキャリーバッグから次々と衣装を出す。

銀色の鎧や兜（かぶと）、腕輪やベルトにブーツが部屋中に並べられた。鎧は見た目には硬くて重たそうだが、手に取ると予想外に軟らかく軽い。スポンジのようなボードを材料に作られているみたいだ。衣装と言うより装備のようだ。

「着けてみろ」

指示通りに、衣装を着けていく。腰巻きみたいな布をぐるぐると巻き、交差した革のベルトをつける。これが結構ややこしい。次に少しサイズが大きいブーツを履き、鎧を肩と脇のマジックテープで留めて装着した。腕輪と手袋も着けて、最後に兜を被った。兜からは目しか出ていない。声も籠もる。自分より晄の方が体格がいいことが気になっていたが、このコスチュームを着ければ問題ない。

「これを持て」

渡された剣と盾を手にした。

「凄くいいぞ」

健吾が満足げに腕組みしている。駒之介がためらいがちに鏡の前に立つと、そこには完成度の高い中世の騎士が映っていた。

「こんなに気合い入れなくてもいいんだけど……」

でも正直、自分ながら惚（ほ）れ惚（ぼ）れする出来映えだ。まさに映画に出てくるような騎士だ。恥ずかしさもあるが、自分でない人物になったような不思議な感覚だ。

「中途半端にするなら貸せないよ。貸してくれたコスプレイヤーさんは、この衣装を全部自分で作ってる。こだわりもプライドも持っているんだ。今回も完璧に着けるならという約束で貸してもらった。多分、ＲＡＮの撮影会ではＳＮＳに写真が上げられる。いい加減にしてたら、俺が怒られるよ」

「わかった、わかった。約束するよ」

コスプレ界にも真剣に取り組んでいる人たちがいるのは知っていたが、こうして目の当たりにすると改めて情熱を実感した。

その後も、当日のためにポーズを教示された。

「ただ立っているときも、常に格好よくしていないといけない。いつ写真に撮られるかわからないから気を抜くなよ」

「コスプレイヤーも大変なんだな」

「ＲＡＮが今回の撮影会でコスプレやめるんじゃないかって噂があるの知ってるか？」

「いや。そんな噂が出てるんだ」

「今まで表舞台に出るのを拒んでいたのに、急に撮影会の告知を始めただろ。あまりの変化に妙な憶測が流れたんだ。それだけコスプレ界隈では注目の存在だって証明だけどな。ずっとファンだったから、続けて欲しいと思ってるんだけど、心配だ」

「やめないよ、きっと」

落ち込む健吾を安心させたかった。

この間の透真はＲＡＮの未来に夢を持っていた。やめるわけがないと駒之介は確信している。

「俺、アニメの制作会社で働き始めたんだ。仕事となるといろいろキツいけど、アニメ業界にいればいつかRANに会える日が来るかもしれない。俺の二つあるうちの夢の一つだ」

健吾は大学に現役で合格したので、一浪の駒之介より一足先に社会人になった。知らないうちに、ずいぶん差をつけられてしまったと、少しへこんだ。

「もう一つは何だ？」

「俺のもう一つの夢は、駒之介が描いたキャラクターでアニメ映画を作ることだ。お前の作り出すキャラには何か魅力が潜んでる。これは俺の直感だ。友達だからとか、そういうのは関係ない。純粋にイケると確信してる。いつか一緒に素晴らしい作品を作りたい」

健吾の想いを初めて知り驚いた。胸に、言いようのない熱いものがこみ上げる。

「お前は部活にも来なくなって、話しかけても素っ気なくなった。何かあったのはわかったけど、触れて欲しくなさそうだからそっとしておいてやった。だけど本当は悔しかったし、淋しかった。俺が無神経なことを言ったせいかもしれないと悩んだ。ほら、遠距離片想いとかさ。だから、今回連絡もらえて嬉しかったんだ」

健吾は照れくさそうに視線をそらした。あのときは心凪が行方不明になったと知り、そのことで頭がいっぱいだった。一人で悩み、考え込んだ。周りのことなど気にかけず、健吾がどう思っているかなんて、想像もしなかった。

「ごめん」

今更ながら謝った。

でも今は、目の前にあるやるべきことに集中しなければ。

いつか、すべてを話せる日が来ればいいな、と駒之介は強く思った。

翌日、駒之介は美波島に向かった。訪れるのは三度目だったが、船内はこれまでの二回とは違う独特の雰囲気で賑わっていた。少人数で固まっている人たちもいるが、若い一人客が多いように見受けられた。招待客が抽選のせいだろう。

漏れ聞こえてきた話によると、抽選には当たらなかったが、ひと目だけでも見られるかもしれない、この機会にRANの生まれ故郷に行ってみたいという熱烈なファンも美波島に集まっているそうだ。

それぞれがRANの魅力を熱く語り、撮影会への期待に目を輝かせている。中には船内で意気投合した人たちもいるようだ。

この空間、感覚が好きだったな、と以前アニメイベントに行ったことや、高校のアニメ研究会での日々が懐かしく思い出された。おのおのが自分の好きなものを明確に持ち、純粋に楽しんでいる。たとえ好きな対象が違っていても、不思議と仲間意識がある。ましてや今回はRANが主役の撮影会だ。RANが好きな人ばかりが集合しているのだから、盛り上がらないはずがない。

コスプレに眉をひそめる人たちがいるのは確かだ。RANはタイプが違うが、露出度の高い衣装が注目を集めるせいだろう。でもファンには女性も多いし、美意識はそれぞれだ。節度と良識がある大多数のファンが、肩身の狭い思いをする必要はない。

駒之介はワクワクした気持ちを抑えきれない人たちを眺めながら、到着のアナウンスを聞いた。

衣装一式を詰めたキャリーバッグを転がし出口に向かう。

港の周辺にはポスターがたくさん貼られていた。イベントの開催を島全体で歓迎しているのが伝わってくる。店員たちの呼び込みの声にも活気が溢れている。

ＲＡＮは一部の若者の間では絶大な人気があるが、全国区のスターではない。でもこの美波島では知らない人はいないのではないかと思えるほど、町はＲＡＮ一色に染まっていた。

駒之介はキャップを目深に被り、マスクを着けた。今回は暁へ送られた招待状を使い、不正入場することになる。透真や一条家の人たちには見つかりたくない。こそこそするのは嫌だが、暁になりすまして蘭から話を聞き出すまでは、少しのリスクも避けたかった。

そういうわけで一条邸に泊めてもらうわけにもいかず、宿泊先を予約する必要があったが、満室だらけで苦労した。ようやく予約が取れたのは港と反対側の海沿いの小さな民宿だった。海の幸がふんだんの食事が絶品だが、漁師をやっている民宿の主人が無愛想、という口コミが載っていた。

バスに乗って宿に向かう途中、右手に心凪の祖父、一条篤治郎が院長をしていた病院が見えた。何カ所か窓ガラスが割れ、五年半前に心凪と一緒に見たときより、一層寂れた印象を受けた。

バスは一条邸があるバス停を越え、美波神社へ向かう一本道に入る前に右折した。下り坂を進み集落に入る。少し行った海沿いに民宿はあった。木造の小さな建物は、どこか雰囲気が泉荘に似ていて親しみが持てた。

新鮮な魚介類を中心にした料理は、評判通り美味しかった。顔を出した主人は確かに愛想はよくないが、あれこれ話しかけられるより、駒之介にとっては気が楽だった。

ちゃっちゃと風呂も済まして部屋に戻る。外からボー、ボー、ボーと汽笛が聞こえた。普段飲み慣れない缶ビールを、眠くなるかもと期待して飲んでみたが一向に眠気は訪れず、ますます目が冴えてくる。

布団に横になり天井を見ていると、今までの出来事が思い出された。

初めてシェア家族の人たちと会ったのは中学二年のときだった。不思議な家族に興味津々になり、一夫多妻制を疑ったり、死体を埋めたのではないかと父を問い詰めたりもした。クラスメートになった心凪への淡い恋心は、駒之介の中で細く強い糸のように繋がり続けた。

初めて美波島を訪れたのは、高校二年の夏休み、心凪と美波神社に行き、晄の無実へと繋がる小さな光を見つけた。駒之介が島を去る間際、港で心凪の昔からのファンと言う三人組に絡まれ、殴られた情けない顔のまま、心凪に「好きだ」と告白した。

その後、晄の面会に行った心凪に付き添い、晄の無実を確信したが、再審に持ち込むだけの法的な証拠とは見做されなかった。

そして心凪が失踪する。五年後白骨死体で発見されるまで、誰もが生存を祈っていた。だが残酷にも遺体の状態から、失踪後すぐに殺害されていた事実が突きつけられた。

心凪を殺害した犯人は誰か。晄が無実だとしたら澤辺殺害の真犯人は他にいる。二つの事件に繋がりはあるのか。駒之介が抱える謎は解けていない。

澤辺が殺された当時、一条邸近辺には青島を含め、多くのファンやカメコがいた。澤辺や晄とトラブルを起こしていた事実もある。

心凪は駒之介が最終回の映像を見せたことから、晄の無実を信じ始め、事件を追っていた。もしそれが原因で殺害されたとしたら、きっかけを作った自分に責任がある。その想いが消えない。

明日、RANの前に立つ自分を想像して武者震いがした。一歩でも前に足を踏み出したい。真実へ繋がる道しるべを蘭が示してくれるのか。聞き出せるかどうか不安もあるが、後戻りはできない。

布団を頭まですっぽり被り、無理やり目を瞑(つむ)った。

部屋の窓を開けて、冷たい空気をゆっくり吸う。旅の疲れのせいか、一旦眠りに落ちると朝まで目覚めることはなかった。体を休められてよかった。今日は大事な日になるのだから。

　窓の外には、人工物が一つもない自然そのものの景色が広がっていた。静かな海と空、幾つもの島影だけが、ただそこにはあった。民宿の口コミを書くなら、まずはこの絶景だろとケチをつけながら、しばらく眺めていた。

　イベントが行われる会場となるフェリーへの乗船開始は午後四時。五時に出港して四十分後の海上で、ＲＡＮが登場する予定だ。抽選で無料招待されたのは八十名、コスプレをしたい人たちには、更衣室が用意されている。帰港は出港から二時間半後の七時三十分を予定していた。

　乗船時間までは宿で時間を過ごすと決めていた。

　宿で朝食をとり、玄関に貼ってあるバスの時刻表を見ていると、宿の女将に声をかけられた。

「お客さんは、ＲＡＮのイベントに参加されるんじゃろか？」

「ええ、まあ」

「甥っ子がイベントのボランティアスタッフに決まったと、えろう興奮しとって。ＲＡＮに会えるっちゅうて」

　女将は目を細めて言った。

　ＲＡＮがシェア家族や心凪の事件に関連があると女将が知っているかどうかはわからない。島の人たちは、盛り上がりに水を差すような話題は、わざわざ言う必要はないと考えているのだろうな、と駒之介は思った。

　港に向かうバスに乗ると、段々と緊張感が増してきた。

　港には、既に多くの人たちが集まっていた。キャリーバッグを引いている人も見受けられる。

貸し切りのフェリーは想像していたより大きかった。タラップ前には長い列ができていて、もうすでにコスプレをしているようなお姫様姿も注目を浴びている。皆、静かに並んでいるが、何かの拍子に爆発するようなエネルギーを感じた。

駒之介は目立たぬよう列に並んだ。マスクとキャップで顔を隠す。乗船口に透真がいることを一番恐れた。

「乗船時間になりました。ゆっくり前に進んでください」

【ＳＴＡＦＦ】と書かれたビブスを着けた女性が声を上げた。どこからともなく拍手が沸き起こり、異様な興奮が辺りを包み始める。

駒之介は前に並ぶ人の背中から前方をうかがう。タラップの手前で招待状をチェックしているようだ。周囲を見渡したが、透真の姿はなく、ほっと胸を撫で下ろした。何事もなく流れに沿って船内に入れた。入り口に置いてある【更衣室はこちら↓】という看板に沿って進む。

男女別の更衣室はかなり広く、早くも十人ほどが準備を始めていた。奥の空いているスペースにキャリーバッグを置き、場所を確保する。取りあえずここまで辿り着けた。駒之介は少しだけ落ち着きを取り戻した。

しばらくするとスタッフの男性が入ってきた。

「メイン会場は、階段を上がったホールになりますが、デッキも広いですので自由に移動してください。ただ、立ち入り禁止の看板がある場所には入らないようにお願いします。船はあと三十分程で出港します」

早口で告げる声を聞きながら手を動かし続けた。

出港時間になってもコスプレが完成せず焦った。ベルトを交差させて着けるのに手間取る。船に揺られながら健吾に教えてもらった手順をもう一度頭に描く。汗だくになりながら、ようやく最後に兜を被ると、周りからの視線が集まった。鏡に映し出された姿は、紛れもなく中世の騎士だった。装着に時間はかかったが、周りのレイヤーの人たちと比べても、完成度はかなり高い。

剣と盾を持って更衣室を出る。すれ違う人たちに声をかけられると、急に恥ずかしくなった。騎士ってどういう歩き方をするんだ？　駒之介は胸を張って少しがに股に歩く。

それにしても暑い。駒之介は浅い呼吸を繰り返し、デッキに向かった。

デッキには大勢の人が女性レイヤーを取り囲んで写真を撮っていた。レイヤーはカメラに向かっていろいろなポーズをとっている。時折歓声が上がる。人気コスプレイヤーもちらほらいるようだ。会場に流れている軽快なＪポップと船のエンジン音が重なり合う。

端っこで目立たないように立っていたが、段々と目の前に人垣ができてきた。たくさんのカメラを向けられ、どうしていいかわからなくなる。なるようになれと、剣を振り上げると周りから声が上がった。シャッターの音が妙に心地よくなってきた。

やがてホールから一際大きなどよめきが起きた。デッキにいた人たちが競うようにホールに入っていく。駒之介も慌ててあとを追うと、きらびやかなシャンデリアの真下にＲＡＮが立っていた。スラリとした均整の取れた立ち姿。真っ白な肌に切れ長の瞳。神様が創造した美しい人形のような非現実的な印象を受けた。

でも一番驚いたのはＲＡＮの格好だ。

この間、透真にあげた絵のキャラクターが完璧に再現されていた。心凪を想い、描き上げた女剣士が目の前にいる。きっと透真が蘭に勧めてくれたに違いない。胸に熱いものがこみ上げてきて、緊張感がすっと紛れた気がした。

大勢の人がＲＡＮが扮した女剣士にカメラを向ける様子を、しばらくぼーっと眺めていた。だが、いつまでも喜びに浸っているわけにはいかない。目的を果たすため、近づくタイミングを計らなければ。駒之介は気持ちを切り替えた。

多数のカメラに囲まれて、ＲＡＮはポーズを取りながら、時折周囲に視線を巡らせている。もしかして暁を探しているのか。

上のデッキから見下ろしている若文と桜子に気づき、思わず目をそらす。目以外、兜ですっぽり覆っていることを思い出し、安心して正面に向き直った。透真の姿はどこにも見当たらない。

「それでは撮影を一旦終了します」

女性スタッフが大きな声で告げた。しゃがんで撮影していた人たちが一斉に立ち上がり、取り巻いていた輪が少しずつほどけ始める。ＲＡＮへの注目が緩んだ気がした。

今しかない。駒之介はうつむき加減で近づく。心臓が飛び出るほど高鳴った。

立ち去ろうとしていたＲＡＮが気配を察したのか、振り返る。

「暁だ。人の目が気になってコスプレしてきた」

低い声で囁くと、兜の中を覗き込むような鋭い眼差しを向けられヒヤッとした。大丈夫、きっとバレない、と自分に言い聞かせる。

「訊きたいことがある……」

そう言いかけたとき、駒之介の言葉を遮るようにＲＡＮが叫んだ。

「みんな見ていて」

初めて声を発したＲＡＮに、ファンが一斉に注目した。

ＲＡＮが腰につけていた短剣を抜く。周りから歓声が沸き上がった。何かパフォーマンスをするつもりなのだろうか。駒之介はどうしていいかわからず立ち尽くす。

ＲＡＮが駒之介に顔を寄せると、会場にどよめきが起こった。

「お帰り、アキ兄ちゃん」

耳元で囁く声が聞こえ、その直後、横っ腹に衝撃を受けた。続いて強烈な痛みが襲ってきた。足の力が抜けて膝をつく。自分の腹部に目をやると、ナイフの柄が突き出ていた。周囲には大きな拍手と「ＲＡＮ」と叫ぶ声援が響きわたる。

無意識にナイフを抜くと、真っ赤な血が流れ出た。自分の腹から溢れ出る鮮血を見ているうちに、ふらふらと体が傾いていった。倒れていく駒之介の瞳が捉えたのは、遠ざかる女剣士の後ろ姿だった。

きゃーっと叫ぶ声、誰かが無線で話す声、「私、看護師です」という声などが頭の上で飛び交っている。

「大丈夫ですか？　今港に向かってますからね。しっかりしてください」

自分の身に起きたことが信じられず、パニックになる。腹部を押さえられているのだけはわかった。腹部にもの凄い熱さを感じる。

港に着くとすぐに救急車で病院に運ばれた。病院に到着し、「お名前言えますかー」という問いに何とか答えようとしたが、喉が詰まって上手く出せない。覗き込む幾つかの顔と、呼びかけられる声、やがて天井の光を見たのを最後に、駒之介の意識は遠のいていった。

「幸運でしたね。あと一センチずれていたら命が危うかったかもしれません」

回診にきた医師が神妙な様子で告げた。まだズキズキする腹部をそっと押さえる。病院に運ばれてから三日が過ぎた。

命を取り留めたのは、コスプレ衣装のおかげだ。ナイフがベルトの金具に当たり、急所を外れたらしい。病室の隅に場違いなコスプレ衣装が積まれている。鎧の角がえぐられ、血液の黒ずんだ染みが付いていていた。

事件の被害者である駒之介の氏名は公になっていないが、SNSでRANが刺した動画が拡散されていた。健吾は、刺された中世の騎士が駒之介だと気づいたらしく、心配したメールが何件も届いていた。『大丈夫、心配しないで』とだけ返信した。ちゃんと説明しなければと思いながらも、まだ無残なコスプレ衣装のことは伝えていない。

事件の次の日には父が駆けつけてくれた。日頃、何事にもうろたえない父が狼狽(ろうばい)していた。「何があったんだ」と訊かれたが、「落ち着いてから話すよ」と答えると、それ以上何も追及されなかった。正直言うと駒之介にもわからないことばかりだ。

十日ほどで退院できるという医師の言葉を聞いて、父は昨日帰っていった。退院するときは迎えに来ると言われ、心配かけて申し訳なく思う。

事情を聞かれた刑事には、「刺される理由はわからない」と答え、晄になりすまして蘭に会いに来たことは言わずにいた。晄の名前を出せば、メディアに取り上げられるかもしれない。晄は今も消息不明だ。大騒動に発展する可能性を避けたかった。警察に隠しごとをするのは後ろめたかったが、明かすわけにはいかなかった。

招待客の名簿には名前がない、どうやって乗り込んだのかと訊かれ、一瞬言葉に詰まったが、スタッフの隙をついたと嘘をついた。刑事は首を傾げながらも、引き下がっていった。

警察は今のところコスプレイヤーとファンの間に起きた事件と考えているようだが、いつか蘭との関係も明らかにされてしまうだろう。警察に厳しく追及されるかもしれない。でもそのときはそのときだと腹を括っていた。

駒之介が一番衝撃を受けたのは、事件後のＲＡＮの行動だ。

フェリーの乗務員がすぐ警察へ通報し、港で待ち構えた警官がフェリーを封鎖して船内を調べた。しかしＲＡＮの姿は発見できず、着けていた衣装だけが残されていたという。報道では、犯行後、海に身を投げたのではないかとされている。

その情報を知ったとき、一番に透真の顔が目に浮かんだ。ＲＡＮと一緒に歩んできた道を誇らしげに語っていたキラキラした笑顔が。

厳密に言うと、透真と蘭は血の繋がった姉弟ではない。そんな複雑な家族関係と晄の事件の狭間で、支え合って生きてきたことを知っている。透真にとってＲＡＮは夢であり、生きがいだった。駒之介は透真の心境を想像すると胸が痛んだ。

「もう少し食べられるようになるといいですね」

看護師が夕食のトレイを下げていった。他の人に気を遣わなくていい個室に入れたのはよかったが、静かな一日は長い。

ベッドに横たわり、考えることはただ一つ、なぜ蘭が晄に殺意を持っていたのか、ということだ。

蘭が自分を晄だと信じて刺したのは間違いない。

晄のせいで家族がバラバラになってしまったこと、加害者家族として苦しめられたことを恨んでいたのか？　でも今はコスプレイヤーとして活躍している。たとえ晄の無実を信じていないとしても、刑期を終えた今、殺したいほど恨む理由がわからない。

結局、将棋盤の暗号についても聞けなかった。

自分が晄を装ってRANに近づいたことで、今回の事件を誘発してしまったのか。一体自分は何をしているんだ。もっと別の方法で接触していたなら……。後悔が波のように押し寄せてきた。

その時、遠慮がちなノックの音が聞こえ、病室のドアが開いた。

「駒くん」

現れたのは透真だった。駒之介は慌てて体を起こす。

予期せぬ訪問に、すぐには言葉が出なかった。しばらく見つめ合ったまま時間が過ぎる。数秒だったと思うが、とても長く感じた。

「傷は大丈夫？」

透真の不安そうな目が向けられる。

「ああ、コスプレの装備のおかげで大ごとにならずに済んだよ」

「痛かったよね？」

「正直、あまりわからなかった。ナイフが刺さっているのと、流れる血に気が動転してしまって」

「でもよかった。もし駒くんが死んでしまったら、僕は……」

「透真は何も悪くないよ。心配してくれてありがとう」

目頭を拭って、透真は肩を丸めたままベッド横の椅子に座った。

「お姉さん、心配だな」

刺された自分と刺した人の弟との会話としてはおかしいが、素直な感情が口に出ていた。

「駒くんに訊きたいことがあるんだ」

透真はうつむいていた顔を上げた。

「刺されたのが駒くんだと知って驚いた。でも駒くんに招待状は送っていない。調べたらアキ兄ちゃんの名前が書かれた招待チケットが見つかった。もしかしてそれを使ったの？」

打ち明けようか迷ったが、向けられた眼差しの強さに決意した。

「透真が言う通り、僕は晄さんの招待状を使って乗船した」

「何で駒くんが？」

「晄さんは、出所してから行方がわからないんだ。僕は心凪の死の真相を追い続けている。どうしても蘭さんに確かめたいことがあった。でもなかなか会えなくて、今回、直接話をするチャンスだと考えたんだ。だからコスプレして晄さんになりすましてＲＡＮに近づいた」

「そこまでして確かめたかったことって何？」

駒之介は将棋盤の画像を提示した。心凪の事件に関係しているかもしれないという推測も含めて説明した。

「意味不明の文字列が書かれていたんだけど、透真は知らない？」

「こんな文字が書かれているのは見たことない」

即答した様子から、嘘をついているようには思えなかった。

「この将棋盤は、心凪と一緒に消えた。重要な意味があるかもしれないんだ」

思わず声に力が入る。

「駒くんは、ここちゃんを殺した犯人が許せないんだね」

「ああ。絶対に突き止めたい」

「駒くんの気持ち、僕にもよくわかるよ」

「そうだろう？　わかってくれるだろう？」

自分の想いを理解してもらえて、駒之介は勢いづいて続ける。

「お姉さんの行方がわからなくて心配なときに、こんなことを聞くのは悪いけど、暁さんを殺そうとしたのはなぜなんだ？　どうしてそんなに恨んでいるんだ？」

透真の瞳が揺れた。何かを隠していると確信したが、答えは返ってこなかった。

「ＲＡＮはもう消えたんだ」

それきり何も言わず、透真は席を立ち病室を出ていった。

あとにはほんのりと花の香りだけが残った。


その夜、夢にうなされて目が覚めた。時計を見ると午前一時を過ぎたところだった。普段ならば、今から眠りに就いてもおかしくないような時間だが、病院の夜は早い。

妙にリアルな夢だった。

夢の中で駒之介は『離島のシェア家族』の放送一回目の中にいた。小学生の心凪と蘭、透真と、暁が山道を進んでいる。蘭の車椅子を暁が押し、先頭を歩く心凪が時折振り返る。透真が駒之介の手を取って車椅子を追い越して歩いていく。

着いたのは浩の将棋教室だ。玄関で桜子が手を振っている。

蘭が車椅子からすっと立って近づいてきた。無表情の能面のような真っ白い顔で見つめられ、体が硬直して動けなくなる。

「お帰り、アキ兄ちゃん」

蘭はそう言うと、腹部にナイフを突き立てた。ナイフは体内にズブズブと入っていく。ふと下を向くと、腹部から血がドクドクと流れていた。誰か助けて、声を上げるが誰も気づいてくれない。

目の前では、桜子と透真が何事もなかったかのように、楽しげに微笑み合っている。

夢はそこで終わった。

目覚めたあとにも、ナイフで刺されたときに感じた蘭の息づかいが残っていた。腹部がキリキリとうずいた。

耳元で囁かれた蘭の声もありありと蘇る。

あれ、変だ……。

急に芽生えた違和感が、どんどん大きくなっていく。駒之介は汗ばんだ手で携帯を握った。

「父さん、頼みがある」

父への電話を終え、ＲＡＮのインスタを開く。

それから四時間後、朝五時に父からの電話を受け、透真にメールを送信した。

『話がある。来てくれないか』

駒之介は、携帯を握りしめながらひたすら返信を待った。


透真から『これから行く』と返信が来たのは、昼過ぎだった。

『病院の中庭で待ってる』と返した。病室では看護師の出入りがある。二人で落ち着いて話したかった。

中庭は病院の規模にしては広い。木々に取り囲まれた空間には、あちらこちらに花壇があり、綺麗な花が咲いている。ベンチがちょうど日の光を遮る場所に幾つか置かれていた。

どこかで見た記憶があったが、すぐに思い出した。最終回の映像で、蘭と純一という少年が会っていた場所と似ている。確か司波から蘭と純一は病院で知り合ったと聞いた。もしかして蘭はこの場所で淡い恋をしていたのだろうか。そんなことを考えながら、ベンチに座って透真を待った。

「ごめん、待たせたかな」

中庭に現れた透真は、風に前髪を揺らしながら隣に座った。横顔から疲れが感じ取れた。

「僕に話って？」

いつもより冷たい言い回しだった。気持ちを落ち着かせるため、ひと呼吸置いてから切り出す。

「昨夜、小学生の蘭さんに刺される夢を見た。そして気づいたんだ。何かがおかしいと」

ちょっとした違和感が導き出した答えをぶつける。

「船上で、ＲＡＮは僕を刺すときに『お帰り、アキ兄ちゃん』と言った。昨夜、父に録画してあった『離島のシェア家族』を全部確認してもらった。僕が受けた違和感は正しかった。蘭さんは晄さんをアキ兄ちゃんとは呼んでいない。アキくんと呼んでいた。晄さんをアキ兄ちゃんと呼ぶのは、心凪と透真の二人だけだ。心凪はもういない。残るのは一人だけ。僕を刺したのは透真なんだろ？」

「何を言ってるの？　そんなわけないじゃない」

声は冷静だったが、前を向いたまま、こちらを見ない。

「ＲＡＮの正体は透真だ。ＲＡＮは海に身を投げたりしていない。ＲＡＮの姿で大勢の視線を集めて、僕を晄さんだと思って刺した。そして、そのあと衣装を脱いで透真に戻ってから、何食わぬ顔で船を下りた」

「駒くんの妄想は面白いけど、呼び方なんか、年齢が上がれば変わることもあるでしょ」

落ち着いている様子に気圧されそうになったが、怯(ひる)まずに続けた。

「そうだね。だから他にも証拠がないかと、ＲＡＮのインスタの画像を遡った。投稿されたコスプレ写真は、横顔が多く、その上しっかりとメイクされている。透真が扮することだって充分可能だ」

「僕がＲＡＮをやっていたという証拠でもあるの？」

「ああ、あったよ。クールな表情ばかりだけど、一枚だけ笑った写真を見つけた。それはインスタを始めた七年前の最初の投稿だ」

「笑っているからって、それが何なの？」

不機嫌そうに訊き返す透真に、インスタの写真を映しだしたスマホを示した。ＲＡＮが可愛いアニメキャラのコスプレをしている。

「どうしてこれが僕だって言えるの？」

「見ろよ、口元を。八重歯がはっきり写っている」

駒之介は画面を拡大した。

透真は差し出したスマホをじっと見つめていたが、やがて薄笑いを浮かべた。

「確かに僕は八重歯があるよ。でも、お姉ちゃんにも八重歯があるって言ったらどうする？　駒くんには確かめようがないよね」

「ああ、シェア家族の番組の中で、蘭さんはいつも苦虫を噛みつぶしたような顔をしていた。だから八重歯があるか僕には確認しようがない。でも……」

駒之介はもう一つ保存した画像を透真に示した。

「蘭さんの笑顔がここにあった」

透真に見せたのは、青島のホームページに掲載されていた写真だ。小型カメラと引き換えに撮影した写真。青島の人生を変えた蘭のとびきりの笑顔が写っていた。

「八重歯はない」

「いい写真だね。お姉ちゃんの笑った顔久しぶりに見た」

駒之介の追及を無視してしばらく蘭の写真を見ていたが、急にペラペラとしゃべり出す。

「確かにお姉ちゃんに八重歯はない。駒くんがＲＡＮの正体を見抜こうと一生懸命なのはわかる。でも詰めが甘いよ。最初の投稿のとき、ＲＡＮが付け八重歯を使ったと言えば、それまでだよ。警察に話したとしても無駄だよ」

その言葉に感情が昂（たかぶ）る。

「違う。僕は透真を警察に突き出すために、ＲＡＮの正体を暴こうとしてるんじゃない。もし透真がＲＡＮだったなら、本物の蘭さんはどこかにいるんだろう？　どうしても訊きたいことがあるんだ」

「将棋盤の文字のこと？」

「そうだ。僕なんかに何もできないかもしれない。非力だし、戦える武器となる能力など何も持っていない。今まで勇気を振り絞った経験もない。でも心凪の死の真相を暴きたい。これだけは諦めたくない」

声を張り上げてしまい、遠くにいる人たちの視線を感じる。一度大きく深呼吸をした。

「ずっと透真がＲＡＮだったんだろ？　本当のことを教えてくれ」

こちらに向かってくるパジャマ姿のお婆さんと若い女性が見えた。お婆さんを支えるようにゆっくり歩いている。その二人が通り過ぎるのを待って、透真が声のトーンを落として答えた。

「駒くんの言う通りだよ。ＲＡＮは僕だ」

正直に話してくれて嬉しかったが、大きな疑問が押し寄せてきた。

「どうして晄さんをおびき寄せようとしたの？　晄さんを殺そうとするほど恨む理由は何だ？」

うつむいたまま、何かに耐えているのが伝わってくる。

「招待状に入っていた手紙には、アキ兄ちゃん、と書かれていた。書いたのは透真なんだろう？『もしも来なかったら、あの日のこと、すべて明らかにします』という脅しのような言葉があったけど、あの日のことって何なんだ？」

口を真一文字に結び答えない。だがここで引き下がるわけにはいかない。

「教えてくれ」

黙り込む透真を見つめ、返事を待つ。

「あいつは酷い人間だ」

しばらくして放った言葉は、激しく強い口調だった。

「酷いって、どうして？」

「駒くんはあいつの無実を信じているの？」

厳しい目つきを向けられ、たじろぎながらも答える。

「五年余り前、心凪と一緒に事件を調べた。幾つかわかったことで、心凪と僕は無実を確信した。法的には証明できなくても、家族が信じられることは救いだった」

「駒くんは僕の大切な友達だ。だから駒くんにはあいつを庇ってなんか欲しくない。あいつの本当の姿を教えてあげる。一条の父母と僕の三人だけがずっと隠してきた秘密を。あいつは澤辺を殺しただけでなく、もう一つ許されない罪を犯していたんだ」

「もう一つの罪？」

透真は駒之介から目をそらし、大きく一つ息をした。

「僕がその秘密を母から聞かされたのは、泉荘を出て東京で暮らし始めた頃だった。一緒に住むはずのお姉ちゃんがいつまで経っても来ない。どうして来ないのか、何度も母に訊くと、ようやく教えてくれた」

駒之介もその頃のことは、はっきりと覚えている。心凪が島に帰り、透真と桜子は泉荘を出た。そして蘭は、桜子と透真と東京で暮らしていると聞かされていた。心凪もそう話していた。

透真は躊躇しているのか、なかなか口を開かない。

「秘密って何だったんだ？」

駒之介の苛立ちに透真は一瞬、びくっと体を震わせた。

「お姉ちゃんは、澤辺の事件が起きる少し前に、晄に乱暴されたんだ」

「嘘だろ」

予想もしないことを告げられて、思わず声に出していた。

「嘘のわけないだろ。どうしてお母さんが、自分の娘が乱暴されたなんて嘘をつく必要があるの？お母さんは泣きながら僕に話してくれた。お姉ちゃんは誕生日の夜に晄に襲われたんだ。入院していたお姉ちゃんが一時帰宅して、家族みんなでお祝いした。晄はその夜にお姉ちゃんを……。お姉ちゃんはそのショックで心を閉ざしてしまったんだよ」

怒りが込められた鋭い眼差しが容赦なく突き刺さる。今まで見たことのない、激しい感情をぶつける透真にたじろいだ。

蘭が頑なに鴻ノ木家を拒絶していたのには、そんな理由があったのか。晄を憎み、ましてや妹であることを受け入れられるわけがない。晄の無実を信じている鴻ノ木夫婦と心凪に近づきたくないのは当然だ。蘭が姿を現さなかったわけがようやくわかった。

衝撃的な出来事を聞かされ混乱しながら、なぜか晴恵の顔が浮かんだ。息子を愛し続ける母親が憐れに思えた。そして兄の優しさを信じた心凪が不憫でならない。二人の想いを踏みにじる行為をした晄への怒りが沸々と湧き上がる。

「何で桜子さんたちは、晄さんを告発しなかったの？」

「お姉ちゃんは、実の兄に乱暴されたなんて絶対に誰にも知られたくないとお母さんに言ったらしい。知られたら生きていけないと。その直後にあいつは殺人犯として逮捕された。父と母はあいつがしたことを隠す道を選んだんだ。『透真も誰にも話してはいけない。蘭のためよ』と言われた」

若文と桜子は、そんな決断をしていたのか。痛ましくて仕方ない。

「それで、復讐を企てたんだね」

「うん、どうしても許せなかった。あの日のことをバラすと脅せばきっと来ると思った」

「若文さんと桜子さんも透真の計画を知っていたのか？」

「お父さんたちは関係ない。僕一人でやったんだ」

吐き捨てるように言った。

駒之介が晄のふりをしたことで、結果的に晄の命は救われた。この先、卑劣な行為は表に出さず、晄は平然と生きていくのか。やりきれない想いが、心を急激に冷やしていく。

「蘭さんは今、どうしてるの？」

声を絞り出すように尋ねる。

「お姉ちゃんは生きている」

透真はきっぱりと答えた。

「どうして透真がＲＡＮになっていたの？」

疑問をぶつけたが、透真は黙り込む。

「あとで連絡する。待ってて」

やがて何かを決意したように、振り返りもせず足早に去っていった。

透真が帰った後も、晄の卑劣さに怒りが収まらなかった。

思い返すと、桜子はこの事実を胸に隠して、どんな心境で泉荘に暮らしていたのだろう。傷ついた蘭を若文に託して心凪についてきた。それは、晄の親である鴻ノ木夫婦に心凪を任せたくない、いずれ帰ってくる晄の傍にいさせたくない、という想いが強かったからではないか。心凪が島に戻ると決心したときは、安堵したに違いない。

でも島で平穏に暮らしていた心凪が、晄の無実を信じて動き始め、最後には鴻ノ木の両親の元で帰りを待つと決めた。そのきっかけを作ったのは自分だ。心凪の決心を聞いた桜子の心情を考えると居たたまれなくなり、思わず頭を抱える。


透真から着信があったのは夜の九時過ぎだった。

「朝四時、港に一人で来て。お姉ちゃんのところに連れていく。もし一人じゃなかったら、僕は姿を消すからね」

電話は一方的に切れた。

駒之介は透真の真意がわからず、悩んだ。ＲＡＮの正体に気づいた自分をおびき寄せる罠（わな）の可能性もある。まさかと、疑念を打ち消したが、恐怖心がゼロにはならなかった。

でも透真を信じるしかない。

「心凪を殺した犯人を突き止めたい」と告げたとき、「駒くんの気持ちはよくわかる」と言ってくれたのは、本心に違いないのだから。

約束の時間が近づくと、駒之介は手早く着替えた。静まりかえる病院の非常口から外に出て、暗闇の中、港の灯りを目指して歩いた。

「駒くん、こっちこっち」

透真が漁船の前で手招きしていた。明るい声に拍子抜けする。周りを確かめながらゆっくり近づくと、小型の漁船に若い漁師が乗っていた。

「漁師の竜太郎くん。漁に出るついでに華ヶ島まで乗せていってもらう」

竜太郎……。事件の日、暁に父親の車を盗まれた同級生だ。事件後も親切にしてくれたと、以前心凪から聞いたことがある。

慌てて「よろしくお願いします」と頭を下げた。

蘭は華ヶ島にいるのか？　疑心暗鬼は消えないが、迷う暇もなく船はすぐに動き出した。駒之介と透真は船の一番後ろに並んで座った。操縦席にいる竜太郎の姿はここからは見えない。波に大きく揺られているからか、夜明け前の暗さのせいか、居心地は悪く緊張感が増していく。

海風が容赦なく頬に当たる。

ゴトゴトとうなるエンジン音が響く中、黙っていた透真が切り出した。

「もし身の危険を感じているなら、無駄な心配はしないでいいよ。駒くんに危害は加えたりしないから。理由は三つ。一つ目は、このあと駒くんに何かあったら、僕が一番疑われる。面会に行った記録が病院に残っているし、竜太郎くんにも今、一緒にいるのを見られてる。口封じをするつもりなら、違う場所に呼び出しているよ」

罠である可能性を完全に捨て切れてはいなかったが、透真の言葉には説得力があった。

「二つ目は、ここちゃんを殺した犯人を恨んでいるのは、僕も一緒だから。将棋盤の文字が、もしも解決に繋がるなら協力したい」

「三つ目は？」

「駒くんの描く絵が大好きだからだよ。駒くんにはずっと描き続けて欲しい。それが三つ目の理由だよ」

無邪気な微笑みを向けられ、次第に警戒心は消えていった。

「自分が描いたキャラクターをコスプレしてもらうのが夢だって、駒くん思ってたでしょ？」

「覚えていてくれたんだ」

「もちろん。だからRANの最後のコスプレは、どうしても駒くんのキャラクターにしたかった」

「イベントの前に訪ねてきたのは、僕が描いた絵を選びに来てくれたの？」

「そう。あの女剣士を見て、これにしよう、って決めた。あいつの出所の日を探る目的もあったんだけど」

いたずらっぽい視線を投げかけられたが、どこか淋しげに見えた。透真は、自らの手でRANを終わらせた。蘭の代わりに復讐を果たそうとした透真の想いが、重くのしかかってくる。

「駒くんにコミケに連れていってもらったとき、楽しかったな」

いつもの天真爛漫さが戻った。

「今ではこんなに背が高いけど、あの頃の透真、小っちゃくて可愛かったな」

こんな状況だが、敢えて普通に会話に応じた。

「ずっと一人だったから、友達ができたみたいで凄く嬉しかった」

「ああ、僕も同じだ。他の誰かと好きなことを楽しむのは初めてだったから」

一緒に過ごした時間は短かったけど、大切な記憶は心に深く刻まれている。

「初めてコスプレイヤーを見たときの感動は今も忘れられない。あんなふうに自分もやってみたいと、密かな願いを抱いた。母はいつの間にかそれに気づいていた」

それまでと口調が変わった。何か伝えたいことがあるのだとわかる。

初めて一緒にイベントに行ったとき、カメラを持った女性から『わあ、この子、凄い綺麗な顔してる。めちゃくちゃ美少年。写真撮ってもいい？』『あ、八重歯がある。もう少し大きくなったら、この子にミカエラのコスプレさせてみたい』と声をかけられたのを思い出した。

透真は桜子に促されて渋々撮影に応じていたけど、内心ではコスプレに憧れを抱いていたのか。

船が波を乗り越える度に体を揺さぶられながら、透真の話を黙って聞いた。

「母が気づいたのはそれだけじゃなかった。僕がずっと隠していた秘密、母は僕に囁いた。『女の子になりたいんでしょう？　隠さなくていいのよ。本当の自分を大事にして』って。秘めていた心の内を言い当てられて戸惑った。でもすぐに喜びに変わった。密かな願望を知られたら嫌われるとずっと恐れていたのに、母が認めてくれるなんて」

女の子になりたかったと聞かされても、少しも驚かなかった。むしろ透真が自分らしくいられることの方が大切だと思った。桜子の包み込む優しさが身に沁みて伝わってくる。

「桜子さん、いいお母さんだね」

心のままが口に出ていた。透真が何度も頷く。

「僕は変わった家族の中で育った。取り違えられた二人の姉。血の繋がりがないとわかっても、お姉ちゃんを慕う気持ちは消えない。足が悪いお姉ちゃんの手助けをしたくていつも傍にいた。晄が逮捕されるという信じられないことが起きて、僕は松子お祖母(ばあ)ちゃんと華ヶ島に行かされた。僕を守るためだと言われたけど、本当はお姉ちゃんと一緒にいたかった。鎌倉に引っ越すと決まって、一度だけ反抗した。家族がバラバラになるのは嫌だと。『仕方ないのよ』と泣く母を見て、これからは決して悲しませないようにしようと決めた」

鎌倉で過ごしていた透真が、幼いなりにも必死に戦っていたことが切ない。

「東京に移って、お姉ちゃんが来ない理由を何度も尋ねて、本当のことを知った。晄に乱暴されたショックで今は華ヶ島で人目を避けて療養していると。父以外の人を怖がり、穏やかに暮らすには華ヶ島に行くしかなかったらしい。お姉ちゃんが華ヶ島にいると知れば心凪は訪ねていくだろう。晄にされたことを絶対に誰にも知られたくないとお姉ちゃんが望んでいるから、会わせるわけにはいかない。『蘭は一緒に東京で暮らしている』と皆に嘘をつくしかなかった。『私たちも会えないのは淋しいけど、我慢しましょう』と母は泣いていた」

ずっと桜子と二人で、暗く悲しい日々を送ってきたことが改めてわかった。

「ある日突然、母から、『あなたは蘭としてコスプレイヤーになるの』と言われた。『透真が蘭として振る舞ってくれたら、元気な蘭が戻ったみたいでお母さん嬉しい』と。母は、僕がコスプレに憧れていること、女の子になりたいという願望、全部をわかってそう言い出したんだ。僕は堂々と女の子のキャラクターに扮した。そしてRANが生まれ、母が撮影してSNSに上げたら、段々人気が出た。正体が僕だとは誰も気づかない。撮影された美しい姿に気分が高揚した。自分の居場所を見つけたんだ」

「透真は、出所した晄に復讐するためRANになったわけじゃなかったんだね」

頷く透真を見てなぜRANを演じたのか理由がわかった。桜子と透真の、蘭に対する想いを表す一つの形だったのだろう。

「『あなたはＲＡＮよ』という母の言葉が体中に沁みこんだ。でも母も僕もお姉ちゃんを忘れたわけじゃない。鴻ノ木の人たちが晄の無実を訴えているのを知って、晄がしたことをぶちまければいいのにと思った。でも母は『あのことは闇に葬るとお父さんと決めたの』と首を振った。僕がＲＡＮとして輝けばそれが母の喜びになる。でも次第に自分がお姉ちゃんの人生を奪っていると感じ始めた。母たちは何もなかったことにしようとしている。それはまるで晄を許したようなものだ。僕は納得できなかった。だからお姉ちゃんに代わって復讐を果たそうと決めた。晄は殺される瞬間に、自分の罪がどんなに重たいものだったか思い知るだろう。晄を殺してＲＡＮは消える。それは僕にとって辛い決断だった。ＲＡＮでいられなくなったら、自分も消えてしまうから」

ナイフで刺されたときのことが蘇る。下手をすれば死んでいたかもしれないという恐怖よりも、透真の必死な決意が悲しかった。

「これは僕一人が勝手にしたことだ。父には事件後に、『晄だと思って刺したら駒くんだった。失敗しちゃった』とだけ電話で伝えた」

「もうすぐ着くぞ」

竜太郎の怒鳴り声が聞こえた。まだ薄暗い海面の先にうっすらと島が現れた。

「蘭さんは、話ができるんだろうか？」

素朴な疑問が湧いてきた。蘭に会えることは一筋の光に思えたが、今の精神状態が気になる。

「僕にもそれはわからない。ただ、もう一生華ヶ島からは出られない状態だって聞いた」

「鎌倉に越してきたときから一度も会っていないのか？」

「うん、僕も母も会っていない。お父さん以外の人と会うのは絶対に嫌と言い続けているらしい。母は『今はお父さんに任せる』と淋しそうだった。僕もお姉ちゃんが穏やかに過ごすためだと、会えない辛さを耐えた」

「松子さんは？」

「蘭さんは将棋盤の文字のことも、暁がお姉ちゃんにしたことも、僕がＲＡＮだということも知らない」

透真は大きく首を捻った。

「今どんな状態なのか、心配なんだ。駒くん、お姉ちゃんを怖がらせたりしないと約束して」

真っ直ぐな眼差しが向けられる。

「わかってる」

駒之介は大きく頷いた。


船は華ヶ島の桟橋に横付けされた。船を下りると、

「漁を終えたら迎えに来る。八時過ぎには来られるよ」

「竜太郎くん、ありがとう」

透真が礼を言い、駒之介も頭を下げた。「おう」と威勢のいい声を上げて船は離れていった。腕時計は四時三十分を指していた。

木製の桟橋はかなり傷んでいて、手すりが朽ち果てているところもある。慎重に浜に下りた。穏やかな砂浜は少しだけで、段々ゴツゴツとした岩肌に変わる。

「あっちだ」

透真は脇目も振らず進んでいく。指さした先には崖がそびえ立つ。遅れないようにゴロゴロした岩場に足を取られながらついて行った。

しばらく歩くと、崖にトンネルが開いていた。入り口は狭いが、煉瓦でできているので頑丈そうだ。ただ奥が真っ暗だ。前を歩く透真が、ポケットから小さな懐中電灯を出して足元を照らす。子どもの頃から来ていたからか、迷いのない足取りだ。生暖かい空気に不気味さを感じながら、ゆっくり進んだ。

トンネルを抜けると左側に石段があった。無人島だった華ヶ島を透真の祖父、篤治郎が開拓したと番組で紹介されていた。でも実際に訪れてみると、トンネルや石段は個人で造れるようなものには見えない。昔は何かの施設として使われていたのかもしれない。石段を登り切って砂利道を更に進むと、木々に囲まれた広いスペースに出た。倉庫のような古い建物が二つ並んでいる。

透真は、奥の方に見えるログハウス風の二階建ての家に向かって歩いていった。家の前の広場には、手作りと思われるハンモックや、素朴な味わいのベンチも置いてある。

「ここは元々お祖父ちゃんの島で、ときどき遊びにきてた」

ハンモックを見て懐かしそうに言ったが、厳しい表情のままだ。蘭と対面する緊張が表れている。

蘭は長い年月、若文以外を遠ざけてきた。透真が一緒とはいえ、慎重に接しなければいけない。逸る心を懸命に抑えた。夜明け前の華ヶ島は静けさに包まれている。本当に蘭が住んでいるのだろうか。あまりにも淋しい風景に、心が重くなる。

透真は重たそうな木の扉を開け、電気を点けた。柔らかい光が室内を照らす。最初に目に付いたのは、中央にある螺旋(らせん)階段だ。奥には台所があり、やかんや鍋が見えた。人が生活している痕跡はある。やはり、蘭はここにいるのか。

透真の顔に期待が溢れている。およそ九年ぶりの再会になるのだから気持ちは痛いほどわかった。一階には誰もいない。ゆっくりと螺旋階段を上る。

「お姉ちゃん？　どこにいるの？　透真だよ」

呼びかけながら、二階にある三つの部屋をすべて覗いたが人の気配はない。二人の足音以外は、物音一つしない。

「ここにはいないみたいだ」

そう言うと、透真は肩を落とした。でも家の中は清潔さがあり、ずっと無人だったようには見えない。

「綺麗になってるね」

「僕もそう思った」

「他に部屋はないの？」

「そうだ、地下に食料庫がある。子どもの頃、かくれんぼで入ったことがある。結構広い部屋だった」

希望を取り戻したように一階に駆け下りた。

透真の言う通り台所の奥に、地下へ下りる階段があった。人が一人やっと通れる幅しかない。薄暗い中、足裏で段差を確かめながらゆっくり下りると、閂がかかっている扉があるのがわかった。扉の隙間から僅かに光が漏れている。

異様な雰囲気に体が硬くなる。外から閂がかけられていることが意味するのは……蘭は閉じ込められている？

なぜだろう、精神が錯乱して暴れるような状況なのか。

思わず透真と顔を見合わせた。

「お姉ちゃん？」

優しい声で、透真が声をかけた。返事はない。まだ五時を過ぎたばかりの早朝だ、眠っているのかもしれない。

「お姉ちゃん、透真だよ」

さっきより少し大きな声で呼びかける。扉の向こうから何かが動く音が漏れ聞こえた。誰かいる。

「透真？　どうしてここに？　お父さんも一緒なの？」

か細い声が聞こえた。

閂を外して重たい扉を二人がかりで開けた。驚かさないように、透真が一人で中に入るのを外で見守る。

透真はすぐに立ち止まり「嘘だ……」と声を上げ、ジリジリと後ずさってきて、目の前でへたり込んだ。

「入ってもいいか？」

囁くように背中に言ったが、返事もしない。駒之介は透真を乗り越えるようにして、ゆっくり部屋に入った。

部屋の隅で怯えたように身をすくませ、一人の女性が立っていた。胸の辺りまで伸びた長い髪で顔がよく見えない。髪の間から覗く不安そうな瞳を捉えた瞬間、息を呑んだ。

首を傾げながら一歩ずつ近づいてくる姿を見つめる。頬が痩けているが心凪に似ている。蘭はこんなに心凪に似ているのか？　戸惑いを抱き、体が硬直して動けない。心臓の鼓動だけが激しく高鳴る。

「駒くん？」

自分を呼ぶ声が聞こえた気がした。ゆっくり足を踏み出すと、しっかりと視線が合った。その顔から目が離せない。

そっと手を伸ばし肩に触れると、倒れ込むように胸にしがみつかれた。

「駒くん、来てくれたのね」

今度ははっきり聞こえた。心凪の声だ。

幻ではないのか。どうして？

頭の中が真っ白になり何も考えられない。

「何でここちゃんがいるの？」

微かに聞こえた透真の声で現実に戻される。

心凪は生きていた……。腕の中の温もりが証明してくれている。

駒之介は小刻みに震える心凪を抱きしめた。何も言葉にできなかった。

「お姉ちゃんはどこにいるの？　どういうことなの？」

透真が取り乱し、次々と疑問を口にする。

「ねえ、お姉ちゃんはどうなっちゃったの？」

駒之介の肩を摑んで揺さぶってきた。

「透真、落ち着くんだ」

腕の中の心凪を守りながら、透真をなだめる。

透真はその場でしゃがみ込み、混乱を抑えきれず頭を抱えた。

目の前で起きていることを理解するために冷静にならねば、と思うものの、あまりの衝撃についていけない。もう一度心凪を見て、夢ではないと確信する。

「え……。じゃあ、あの白骨死体は誰？」

透真がハッとしたように顔を上げた。駒之介はようやく頭を働かせて、考えながら言った。

「遺体は桜子さんの子どもだと、鑑定結果が出たんだよね？」

白骨死体が発見され、行方不明になっている心凪の可能性が浮上して、警察からの要請で桜子のＤＮＡと照合したと聞いた。

「そうだよ。だからここちゃんだと……」

十二年半前、出産時の取り違えを疑った一条家と鴻ノ木家はＤＮＡ鑑定を頼んだ。結果は桜子の娘は心凪、晴恵の娘は蘭だというもので、取り違えが発覚した。もしかして……。

「子どもの頃にしたＤＮＡ鑑定が違っていたとしたら、説明がつく」

駒之介の言葉に透真の顔色が変わる。

「それじゃあ、あれはお姉ちゃんだと言うの？　嫌だ。そんなこと信じない」

でも現実に心凪は生きている。そうとしか考えられない。

産院での取り違えなど元々なかった。

鑑定機関がミスを犯したのか。それとも検体がどこかですり替わってしまったのか。どちらにしても誤った結果が示されてしまった。

桜子の娘は蘭。あの白骨死体は蘭だった。蘭は五年以上も前に死んでいた。

「この部屋から出たい」

すがるような掠れた声が聞こえた。

「とにかくここを出よう」

そう声をかけると、透真はうなだれたまま立ち上がって、フラフラと階段を上っていった。駒之介は心凪の腕を取って歩き出す。弱々しい足取りで階段を上っていく背中を支えた。

一階に着くと、開け放したままの入り口を見て、心凪はふうっと息をついた。室内のベンチにゆっくりと座らせる。心凪が手を離さないので寄り添うように腰かけた。透真は少し離れて扉の近くに立っている。

「ずっと、この華ヶ島に閉じ込められていたの？」

うん、と頷き、心凪は顔を伏せた。

この五年間、心凪にどのような時間が流れていたのかと、胸が痛くなる。一体誰が……。

「何があったか話せる？」

訊きたいことは次々と浮かんでくるが、落ち着いて尋ねた。

「今ここにいるのは駒くんと透真の二人だけ？」

心凪は不安げに周りを見回している。

「そうだよ。竜太郎さんの船に乗せてもらった。漁が終わったら来てくれる約束だ。あと三時間くらいで迎えが来る」

腕を摑む手に力が入った。

「私は一条のお父さんに連れてこられた」

「お父さんが？　どうして？」

透真がまるで怒ったような声を出した。

「落ち着け。まずは黙って聞こう」

咄嗟に強く制したくなるくらい、透真は激しさを増している。きっと感情がかき乱されているのだろう。無理もないが、心凪を怯えさせないで欲しい。

「何があったの？」

ゆっくりと穏やかにもう一度問いかける。

「蘭の部屋で見つけた将棋盤に文字が書かれていたのを駒くん覚えてる？」

「うん」

まさしく知りたかったものだ。やっぱりあの文字が関係していたのか。

「私、あれが気になっていろいろ考えていたの。あの夜、リビングのソファーであの将棋盤を眺めていた。まさかあんなことが書かれているなんて思ってもみなかったから……。何かの順番で読めば意味のある言葉になるんじゃないかと考えているうちに、とうとうわかったの。私と蘭が小学生のとき、最後に戦った決勝戦の棋譜だった。今でも覚えている。7六歩、8四歩、6八銀、3四歩、7七銀、6二銀……一手ずつ指した順番にマスの平仮名を一つ一つ、目で追っていったら……」

文字列は、棋譜を使った暗号だったのか。決勝戦の指し手を、心凪と蘭が覚えていて不思議はない。指し手を順番に辿ると、メッセージが伝わる。二人だけに通じる方法だ。

「『ころしたのはさくらこわかふみがくるまではこんだ』って読み取れた」

「え？」

透真と同時に声が出た。

「そのとき、リビングにはお父さんもいた。目の前にいるお父さんが殺人に関わっている？　そんなわけないと思いながらも、怖くなって震えが止まらなくなったの。動揺を気づかれてはいけないと、さりげなく自分の部屋に逃げ込んだ。蘭がいたずらでこんなことを書くとは思えない。とにかく蘭に確かめなければとメールを送った。あのメッセージはどういうことか教えてって。どきどきして落ち着かなくて何も手に付かなかった。朝になっても返信がないから、蘭に直接会って聞くしかないとこっそり家を出ようとしたら、突然後ろから何かで口を覆われた。気がついたらお父さんに華ヶ島へ連れてこられていたの」

若文と桜子が澤辺を殺した真犯人？　駒之介は混乱しながらも頭をフル回転させる。澤辺を殺害して晄に罪をなすりつけ、暗号メッセージに気づいた心凪を監禁したのか。そうだとしたら、余りにも酷い。

「私はもう、一生帰れないと思った。だからせめて何が起きたのか、真実を教えてってお父さんに頼んだの」

心凪はそう言うとうなだれて黙り込んだ。

「真実って何？」

痺れを切らして透真が促した。心凪が迷いを見せると、

「お父さんから一体何を聞いたの？」

透真が再度尋ねる。

そのとき、外に人の気配を感じた。心凪がビクッと体を震わせる。竜太郎が建物まで来るはずがない。嫌な予感がして目をやると、扉の向こうに大きな人影が見えた。すぐにそれが誰だかわかった。若文だ。

駒之介はすぐさま心凪を体の後ろに隠した。無言の大男と螺旋階段を間にして対峙する。

「どうしてここにいるのがわかったんですか？　まさか透真が知らせた？」

透真は大きく首を振った。

若文が落ち着いた声で答える。

「イベントでの傷害事件のあと、透真が姿を消したから捜していた。今朝、知り合いの漁師が、透真が見知らぬ男と一緒に竜太郎の船に乗ったところを見たと教えてくれた。船で行くとしたらここ

しかない」

口調は穏やかだが油断はできない。心凪を監禁した張本人だ。

「澤辺をお母さんが殺したってどういうことなの？」

透真が若文に詰め寄る。

「透真は外に行ってなさい」

若文が押し出そうとするが、透真はその手を振りほどいた。

「お父さんとお母さんは、僕を騙していたの？　本当のことを教えて」

「騙すつもりはなかったんだ。ちゃんと話すから、透真、落ち着いて聞いてくれ」

今にも泣き出しそうな透真に、若文は真っ直ぐに向き合った。今の若文には透真しか見えていないようだ。

「あの日、桜子から『人を殺してしまった』と電話が来て、急いでガレージに行ったら、男の死体があった。桜子は『どうしよう。助けて』とおろおろするばかりで、何を訊いても首を振って泣くだけだった。咄嗟に桜子を守らなければ、と思ってしまった。とにかく死体を隠さなければいけない。どこかに埋めようと死体を車に積んで、桜子と一緒に山に向かった。その途中で晄の車を目撃すると、桜子は晄の車に死体を移してと強く言った。そのとき初めて、蘭が晄に乱暴されたことを聞かされた。透真もそのことは知っているだろ」

「お母さんはどうして、澤辺を殺したりしたの？」

若文は、透真の問いにすぐには答えなかった。長い沈黙のあと、ようやく口を開いた。

「晄が蘭にしたことに、澤辺が勘づいてしまったんだ。澤辺は事実をネットに晒すと桜子に言った。前日に殴られて晄に腹を立てていたからだ。そんなことになったら、蘭はもっと傷つく。桜子はどうしてもそれをやめさせたかった。『頭の中が真っ白になって、気づいたら近くにあったスパナで澤辺を殴ってしまった』と桜子は私に打ち明けた。そして、『すべては晄のせい。だから晄に罪を償わせたい』と泣き崩れた。気持ちが痛いほどわかった。私も晄を決して許せない。だから神社の駐車場で死体を移し、その後、公衆電話から軽トラックが猛スピードで走っていると通報したんだ」

親というものは、子どもの復讐のためにそんなことまでしてしまうのか。

晄はやっぱり殺人など犯していなかった。だがその陰で、別の卑劣な行為をしていた。澤辺を殺したのが桜子と知って驚いたが、その経緯は悲しく辛い。

駒之介は、ほんの、ほんの少しだけ、晄に罪をなすりつけた若文と桜子の心情がわかった気がした。

「僕はお姉ちゃんは華ヶ島で生きていると聞かされていた。そう信じてた。でもあの白骨死体はお姉ちゃんだったんだね。まさかお父さんが殺したの？　どうして？　澤辺殺害を見られたから？」

若文は何かに必死に耐えているように、唇を歪ませている。

少しすると、じっと透真を見て、子どもに言い聞かせるように話し始めた。

「事件のすぐ後、桜子に『蘭は私に任せて』と言われて、二人を家に残し、透真とお祖母ちゃんを連れてここに来た。透真も覚えてるだろ、マスコミから逃げるように、慌てて家を出た。あのとき、桜子と離れなければよかったと、今も後悔している」

「お姉ちゃんは何で死んじゃったの」

「蘭は晄に乱暴されたショックが大きくて精神が不安定だったらしい。桜子は一人で大変な思いをしていた。自分を傷つけようとして暴れることもあったと聞いた。数日後、桜子から泣きながら電話がかかってきた。蘭が死にたいと余りにも言うから、とうとう死なせてしまったと」

「お母さんが……」

打ちひしがれる透真に若文は語りかける。

「桜子は澤辺殺害と蘭を殺してしまったことすべてを警察に話すと言った。そして晄の卑劣な行為を訴えると。手には引きちぎられた蘭の服が握られていた。でも乱暴されたことを証明できるかどうかわからない。きっと晄は何の罪も負わず自由の身になる。それだけは許せない、と桜子は泣いた。私も同じ気持ちだ。だから決めたんだ。蘭の死を隠すと。そうすれば桜子を守れるし、晄に殺人の罪を被(かぶ)せられる。蘭は晄に殺されたようなものだ。罪を負って当然だ。桜子の罪と蘭の死を透真に隠したのは、これ以上悲しませたくなかったからだ」

知らされた事実は悪夢のようだった。桜子の苦悩は想像を絶していた。蘭を深く愛していた。透真や心凪にも愛情を持っていたはずだ。その愛ゆえに迷路に踏み込んでしまった。

でもやっぱり、心凪にした仕打ちは絶対に許せない。五年以上もの間、自由を奪っていた。

「心凪を監禁することは、桜子さんも同意していたんですね」

「メッセージを読み取った心凪は蘭にメールを送った。でもそのとき蘭はもうとっくに死んでいた。メールをやり取りしていたのはずっと桜子だ。桜子は『心凪が気づいてしまった。蘭に会いたがってる、どうしよう』と電話でオロオロしてた。蘭が実在しないことを隠すためには、心凪を華ヶ島に連れていくしかなかった。それから家出したと思われるように自転車を港に置き、私物も持ち出したように偽装した。桜子は心凪が可哀想と言い続けたが、晄に罰を与え続けるためには仕方なかった。すべて晄が悪いんだ」

「若文さんが晄を恨むのはわかります。でも心凪の人生を奪うなんて、それじゃ蘭さんの人生を奪った暁と一緒だ。取り違えがなかったと最初から知っていたんですか？　心凪が実の娘ではないから、こんな酷い目に遭わせたんですか？」

「さっきも駒くんと透真がＤＮＡ鑑定のことを話していたけど、私にはよくわからなかった。取り違えがなかったってどういうこと……」

心凪が首を傾げながら消え入るような声で呟いた。混乱しているのか、顔が真っ白で今にも倒れそうだ。預けてくる体をしっかりと支える。

心凪は蘭の白骨死体が見つかったことを聞かされていないのだろう。それが心凪だとされていたことも。

「それは違う」

若文が激しく否定した。

「心凪を連れてきたとき、そんなことは知らなかった。遺体が発見されたときは動揺したが、蘭と桜子は血の繋がりがない、ＤＮＡを照合したところで一致しないと思っていた。だから親子関係があるという結果には驚いた。そのとき初めて最初の鑑定が間違っていたと知った。あのＤＮＡ鑑定がすべての始まりだったんだ。採取した検体がどこですり替わってしまったかはわからない。あれさえなければ、暁と蘭が一緒に住むことはなかったのに……」

運命を恨むような言葉をこぼす若文を、透真が見つめる。

透真は今何を考えているのか。若文に向ける瞳には、どんな感情が込められているのだろうか。しょんぼりと肩を丸めている姿は、やけに小さく見える。母親が殺人を犯していたこと、蘭が死んでいたこと、二つの事実を知って大きなショックを受けているに違いない。

透真の暁に対する憎しみは深い。両親を庇うためにも、澤辺殺害の真実を明らかにしたくないはずだ。心凪さえ見つからなければ、真相は藪の中だ。

　それまで黙って聞いていた透真が、悔しそうに言った。

「ここちゃんが生きていたのは、僕も嬉しい。それは本当だ。だけど……ここちゃんが生きていると警察が知ったら、お父さんがしたことが全部わかってしまう。お母さんの罪も。お姉ちゃんにした罪で暁を捕まえられないよね？　そんなの許せない。卑劣なことをしていた人間なのに……。お姉ちゃんは、もう何も言えない」

　強い悲しみと憤りが伝わってきたが、今、透真とは敵対する立場にある。

　若文にとっても、心凪と、心凪が生きていたことを知った駒之介は、間違いなく一条家に破滅をもたらす存在だ。

　二人とも監禁されるか、もしかして殺されるか……。

　じわじわと恐怖に包まれる。自分がここに来たことで心凪を危険に晒してしまったとしたら、悔やんでも悔やみきれない。

　心凪が生きているとわかったのに。ようやく会えたのに。

　何としても心凪を救い出したい。

　駒之介は少しずつ若文との間合いを詰めた。若文がうずくまる透真を起こそうと背中を向けた瞬間、思いっきりタックルをした。まるで壁にぶつかったような衝撃を受けた。若文は微動だにしない。それでも体に腕を回してしがみつく。

「心凪、早く逃げて、もうすぐ迎えが来る」

　ありったけの力で若文を押さえながら叫んだ。

「でも、駒くんが……」

「僕のことはいいから、早く」

心凪は逡巡しながらも、一歩足を踏み出した。覚束ない足取りで懸命に進む。だがすぐに躓いて倒れてしまった。

「待ちなさい、心凪」

若文は、駒之介の両腕を簡単に振りほどき、心凪の元へ向かう。

「お父さん、駒くんとここちゃんを逃がしてあげて。僕たちが恨むのは晄一人。何も悪くない二人を犠牲にしてはだめだよ」

透真が精一杯の声を上げた。

駒之介も心凪に駆け寄り、立ち塞がる。

「これ以上心凪を傷つけないでくれ。まさか僕たちを殺すつもりですか？」

「君たちを殺そうなんて考えていない。信じてくれ」そっと心凪の腕を取って立ち上がらせた。

「怪我してないか？」若文の優しい響きに、張り詰めていた緊張が一瞬緩んだ。

「お父さん、私たちをどうするつもりなの？」

心凪は今にも泣きそうだ。

「もう終わりにしたいんだ」

終わりにしたいって……。若文の真意が理解できない。駒之介は心凪の手をしっかり握って自分の傍に引き寄せた。

「私たちを帰してくれるの？」

「ああ、そうだ。私がここに来たのは、君たちに頼みがあったからだ」

険しかった表情が明らかに変わった。

「どうか、私の頼みを聞いて欲しい。桜子は確かに罪を犯した。澤辺を殺し、愛する娘を自らの手で殺害してしまった。心凪には本当に悪いことをしたと思っているが、その罰は私が受ける。私は自首して、澤辺と蘭を殺したのは自分だと供述する。桜子は何も知らない、自分一人でやったとすべての罪を被る。桜子はもう充分苦しんだ。これからも悲しみは消えない。どうか桜子だけは守ってくれないか」

悲痛な訴えに身がすくむ。

「頼む」

地面に頭をこすりつけ、土下座する若文をじっと見つめた。その姿に、桜子への愛情の深さと強い覚悟が伝わってくる。

でも本当にそれでいいのだろうか。真実を隠蔽（いんぺい）することに手を貸していいのだろうか。駒之介の心は定まらない。心凪も黙っていた。

遠くから船のエンジン音が聞こえてきた。

「透真、一緒に行こう。晄への復讐はもうやめて、自首してやり直そう。絶対に人殺しなどして欲しくない。僕たちはこれからもずっと友達だ。さあ、僕らと一緒に行くんだ」

「待って、駒くん。お父さんの頼みを聞くと約束して」

痛々しいほど必死な眼差しに心が揺れる。

「もし聞いてくれたら、駒くんの言う通り復讐は諦める。でももしお母さんが罰せられるようなことになったら……」

透真は、駒之介の迷いを断ち切るように言い放つ。

「僕は、晄を殺す。今度は失敗しない。僕が本気なのは、駒くんが一番よく知ってるよね」

躊躇なくナイフを刺した、あのときのRANが脳裏に浮かぶ。もう何も言い返せなかった。

若文は充血した目を見開きながら言った。

「美波島に戻ったら、私は警察に行く。その前に桜子に私の覚悟を伝えて、受け入れてもらう。最初からこの選択をしていれば、心凪を苦しめずにすんだのに、晄への憎しみが間違った道を選ばせた。許してくれなんて言わない。ただどうか桜子だけは守って欲しい。頼む」

若文が歩き出し、透真が背に手を添え、あとに続いていく。

駒之介は心凪を支えながら、ゆっくりと桟橋へ進んだ。竜太郎が船を着けるところだった。

行き違いのように、若文の船が遠ざかっていく。

「透真、また会えるよな」

駒之介は力の限りを込めて叫んだ。

船の上で、透真が大きく手を振るのが見えた。

第四章

柔らかな水の上に浮いているような感覚だった。心地よい揺れに身を任せているうちに、体は次第に鉛のように重くなる。どんどん沈んでしまいそうで怖くなって手を伸ばす。

「駒之介」

自分を呼ぶ声を確かに認識した。穏やかだけど力強い響きだ。

光がぼんやりとしている。脳細胞が上手く機能していない感覚を抱く。

「駒之介、大丈夫か」

声のする方を向いた。

「ああ、父さん、どうしたの？」

ここがどこだかわかっている。でもどこからが現実だったのか、頭がこんがらがっている。そう、ここは病院だ。

「傷は痛むか？」

「ううん、平気。心凪は？」

「ああ、さっき浩ちゃんと晴恵さんと一緒に会ってきた。しっかりしていた」

大丈夫、夢ではなかった。心凪は存在する。意識がはっきりと覚醒していく。みんな心凪と会えたんだ。そう思ったとき、ノックの音がした。「はい」父が答えると、ドアが静かに開いた。

「駒之介くん、何て言ったらいいのか、本当にありがとう」

浩がベッドに駆け寄ってきた。

「体調はどう?」

晴恵が覗き込むようにして尋ねた。二人とも目も鼻も真っ赤だ。

「はい、大丈夫です」

精一杯元気を装った。浩と晴恵は、駒之介の手をさすったり、何度も頭を下げたりと落ち着かない。感謝の言葉をたくさん残して、心凪の病室に戻っていった。

父は「本当によかった」と呟きながら、椅子に腰かけて一回大きく息を吐いた。駒之介は疲れた様子の父を見ながら、遠い昔のように感じる昨日のことを思い返す。


「透真はあっちに乗ったんだね」

迎えにきた竜太郎は、入れ替わるように出ていった若文の船を見た。心凪と一緒に乗り込むと、不思議そうにチラチラ見ていたが何も言わなかった。まさか死んだはずの心凪だとは気づくはずもない。

船が桟橋から離れ、スピードを上げていく。華ヶ島がどんどん小さくなると、心凪の瞳から大粒の涙がこぼれ落ちた。

しばらく何も言わず傍に寄り添った。若文の願いと透真の決意が何度も頭の中を巡る。

ただ一つだけ伝えておかなければと、心凪の涙が止まったのを見て、声をかけた。

「警察には、若文さんに華ヶ島につれて行かれたということ以外は、何も覚えていないと言えばいいよ。若文さんの頼みを聞くかどうかは、二人でゆっくり考えよう」

とにかく心凪の負担を少なくしてゆっくり休ませてあげたい、その思いでいっぱいだった。

若文は本当に自首するのか、警察に何を語るのか、それを確認してから考えたかった。透真のことも心配だが、自分たちが桜子の罪を暴かないかぎり、晄を襲うことはないと信じるしかない。

竜太郎の船から下りてすぐに、心凪と警察署に向かった。港の周辺の店は、次のフェリーの到着を待っているのか、開店の準備に忙しそうだった。心凪を早く病院に連れていきたかったが、まずは警察に行かなければいけない。

二人で手を繋いで歩いた。一刻も早く警察に着きたいような、この先に起こるであろうあれこれを考えると、躊躇してしまうような複雑な気持ちだった。

何にしても、今、心凪に危険はない。時折青空を仰ぎ、心凪は立ち止まる。

「お母さんたち、驚くだろうな」

「ああ、大喜びするよ、きっと」

心凪は少しだけ笑って、また真顔に戻る。

警察署の前に立つと、繋いだ手をいっそう強く握る。目を合わせて頷き合い、建物の中に二人で入っていった。

駒之介は、華ヶ島で心凪を見つけたことを警察官に話した。死亡したと見做されていた人物だと説明すると、急にあわただしくなり人が集まってきた。病院に行かせて欲しい、彼女も弱っているし、自分は実は入院中に抜け出した身だと告げると、バタバタとあちこちに連絡を入れている。やがてパトカーに乗せられて病院へ移動した。

駒之介は、抜け出したことを医師と看護師にこっぴどく叱られ、すぐに体の状態を診察された。傷には大きな問題はなく元の病室に戻され、部屋の隅に置いてあるコスプレ衣装が無言で出迎えてくれた。

心凪は個室は絶対に嫌と言い、四人部屋に入ることになった。夜に様子を見に行くと、同室はお婆さん一人だった。駒之介がよろしくお願いしますと言うと、「はい、はい、こちらこそ」と返してくれた。

夜はぐっすりと眠れた。同じ建物に心凪も眠っていると思うと不思議な気分だった。一夜明けて、父たちと対面を終えた今でも、その不思議さは残っている。

父に、「何か必要なものがあるなら買ってくるけど」と問われ、「何もないよ」と答える。

しばらく続いた沈黙を破ったのは駒之介だった。敢えて若文の話を避けているように見える父に尋ねた。

若文が昨日の午後に自首したと父は教えてくれた。ちょうど駒之介たちが病院に向かったすぐ後だったらしい。予想はしていたが、透真は一緒ではなかった。

夕方、浩と父の元に警察から連絡が入り、今朝、晴恵と共に急いで鎌倉を出たという。美波島へ向かう道中に、父たちが把握していたのは、心凪が生きていたこと、若文が澤辺と蘭の殺害と心凪の監禁を自首したこと、そして心凪を見つけたのは駒之介だということだった。

鴻ノ木夫妻にとっては、心凪の生存と真犯人の自首という信じられないニュースがもたらされた。「浩ちゃんたちは、心凪ちゃんを実際に目にするまでは確信できず、病院に着くまでずっと不安そうだったよ」

結局、三人が美波島に到着して、対面を果たしたのは、ほんの少し前のことだ。

父の話から、若文が桜子の罪をすべて被ろうとしているのがわかった。父たちはまだ、晄の蘭への卑劣な行為を知らない。

「晄くんは本当に酷い目に遭ったな。罪をなすりつけて何年も平然としていたなんて、許せない」

父は若文を責める言葉を吐いた。

「もう少し眠りたい」

布団を頭まで被った。晄を全くの被害者だと信じている父と、今はこれ以上一緒にいたくない。

「ああ、そうだな。お前も疲れただろう。ゆっくり休め」

父は静かに病室を出ていった。

不意に、心凪も両親を前にして、同じ思いをしているのではないかと、心配になった。ベッドから起き上がり廊下に出ると、心凪の病室の前で、父が浩と晴恵と話していた。皆にこやかだ。

「どうした。寝られなかったのか?」

眠りたいと言って追い出したのに、廊下をふらついている駒之介に父が問いかける。

「もう少しついていようか?」

心配そうな声に、「大丈夫」と首を振った。

「私も心凪に、病室に泊まって付き添おうか? と聞いたんだけど、『もう帰っていい』と言うのよ」

晴恵は淋しいのか、安心したのか、判断がつかない口調で言った。

「哲ちゃんにはうちに泊まってもらうから。ぼろ家で悪いけど」

「何言ってんだ。有り難く泊めてもらうよ」

「じゃあ、行きましょうか。駒之介くんもゆっくり休んでね」

こんなに柔らかい表情の晴恵を見るのは初めてだったが、思わず目をそらした。

「明日は警察に行って詳しい話を聞くことになってる。そのあとで病院に来るからな」

父はそう告げて、二人のあとについていった。その後ろ姿を黙って見送る。

心凪が生きて戻り、澤辺殺害の真犯人が自首した。でもこれは、決してハッピーエンドではない。若文は、一連の事件の発端となった、晄が蘭にした卑劣な行為を告発するに違いない。新たな事実を知らされたら、鴻ノ木夫妻はまた別の苦しみを味わうことになるだろう。

「泉さん、ちゃんと病室にいてください」

後ろから看護師の声がした。抜け出した前科のせいで監視の目が厳しい。心凪の様子が気になるが、素直に病室に戻った。


翌朝には、テレビや新聞、ネットで若文自首のニュースが報道された。テレビ番組『離島のシェア家族』を舞台に起きた殺人事件の真犯人が判明し、死んだと思われていた娘は、監禁されていた。そしてもう一つ起きていた嘱託殺人。船上イベントでの殺傷事件はRANを演じていた弟、透真の犯行だった。透真はまだ見つかっていない。

話題は尽きなかった。

晄の犯した蘭への暴行については報じられていないが、世の中に知られるのは、時間の問題かもしれない。

父と浩は、午後になっても顔を見せなかった。そのことが、父たちが晄の卑劣な行為を知った証拠だと悟った。

午前中に幾つかの検査を終え、昼過ぎに心凪が病室にやってきた。昨日より顔色が悪い。救い出せたのに、今も心凪は苦しみの真っ只中にいる。

だが、正面から見つめてくる瞳には力があった。

「私、お父さんの頼みを受け入れようと決めたの」

おずおずと、でも意志の強さが込められた言葉が放たれる。予想していなくはなかったが、理由があるとはいえ長い間自分を監禁していた人物を、まだお父さんと呼んでいるのは意外だった。しかも血の繋がりがないという事実を知ったのに。

「駒くんは反対？」

そう尋ねられ、すぐには答えられない。

黙っていると、溜まっているものを吐き出すように、心凪は話を続けた。

「私は十歳のとき、本当の親は一条の両親だと聞かされた。それから十二年、ずっとそう思って生きてきた。それが間違いだったと言われても、お父さんと桜子さんを今更他人だなんて思えないの」

取り違えの騒動の中で、一番心をかき乱されたのは間違いなく心凪だ。晄が逮捕されたあと、鴻ノ木の両親を見捨てたくないと寄り添った。今は若文と桜子の苦しみを一緒に抱えようとしている。鴻ノ木と一条、両方の親に対しての想いは、血の繋がりがあるかどうかという事実を超えたものなのかもしれない。

「お父さんにとって、私の存在は邪魔だったはず。確実に口封じをしたかったら、命を奪うこともできた。でもお父さんはそんなことしなかった。一人のときは地下に閉じ込められるけど、お父さんが一緒にいる間は自由にしていられたのよ。ハンモックで寝たり、バーベキューしたり。だからお父さんが来るのを楽しみに待ってた」

少なくとも、身体的な苦痛は与えられていなかったことに、胸を撫で下ろす。

「昨日、お父さんを責める鴻ノ木のお母さんたちの言葉を聞いているのが辛かった。『晄に罪を被せた上、心凪を監禁するなんて人とは思えない。絶対に許さない』って。何も知らないくせに」

それは充分理解できるけれど、激しい口調に少し戸惑う。

「お父さんはずっと苦しんでいた。桜子さんと蘭を深く愛していたの。私にも優しかった。島に来る度に私に謝っていた。こんな目に遭わせてごめん、仕方ないんだって」

若文を庇うような言葉が続く。

「何年か経った頃、こうして監禁されるのも仕方ないのかなって考えるようになったの。だって全部アキ兄ちゃんのせいなんだから。蘭は死んで、桜子さんやお父さんはずっと苦しみ続けている。でも何度か、『何も言わないと約束するから連れて帰って』と頼んだこともあった。『それは無理だ』とお父さんは泣いていた」

華ヶ島での五年半の間に、心凪と若文の間にはある種の絆が育まれていたのは確かだろう。でも監禁という事実は、やはり許されることではない。

「華ヶ島で、駒くんと私に危害を加えることだってできたはず。でも、お父さんは、私たちを傷つけずに自分一人で罰を受ける道を選択した。それは桜子さんを守るためだけではなく、私を自由にするためだったと思うの。だからお父さんの望み通りにしようと思う。桜子さんもきっといっぱい苦しんできた。もう充分だよ。それに透真が心配。もし私たちが桜子さんを守らなければ、アキ兄ちゃんを殺すって言ってた」

確かに桜子の罪を暴いたら、今度こそ本当に晄を殺してしまうかもしれない。透真を絶対に殺人犯にしてはいけない。それは心凪と同じ気持ちだ。でも、まだ決断できない。どうしても、真実を隠蔽することに漠然としたためらいが拭えない。

それに一つだけ心に引っかかっていることがある。

蘭は澤辺事件の真実を知っていた。

駒之介が高二の夏休みに一条邸に泊まったとき、蘭の部屋で心凪と花火を見て、ガレージから出てきた若文に声をかけたのをはっきり覚えている。窓からガレージは丸見えだった。

あの日、蘭は窓から事件の一部始終を目撃したに違いない。

「蘭さんは、なぜ澤辺殺害の真実を心凪に伝えようとしたのかな？」

疑問を口にすると、心凪の表情が曇った。

「それは私にもわからない。ただ死ぬ寸前、蘭の精神状態はとても不安定だったらしい」

「もしかしたら、晄さんに殺人の罪をなすりつけることに抵抗があったんじゃないかな」

駒之介は自分の憶測をぶつけた。

「私も、あのメッセージについては、監禁されていた間、いろいろ考えた。あれがなければ私が真実を知ることもなかったから。段々、将棋盤に隠されたメッセージは、私に向けられたものじゃないんじゃないかと思うようになったの」

「どういうこと？」

「本当に私に伝えたかったならメールを送れたはずなのに、そうしなかった。蘭は、両親の罪を暴くことはしたくない、でも真実を曲げるのには葛藤があった。だから人の目に触れる可能性が少ないところにメッセージを残して、自分を納得させた。そんな気がするの。でも本当のところは、もう誰にもわからない」

淋しそうに言う心凪に頷いた。

「お父さんが頼んだこと、駒くんはまだ、決められないんだね？」

「もう少し考えた方がいいと思う」

正直に伝えると、心凪はちょっとがっかりしたような様子だった。

「駒くんが悩むのはよくわかる。考える時間が必要なのも。でも今は、蘭が残した将棋盤の暗号のことは警察に言わないでいて。お父さんも隠すはず。私は、監禁された理由はわからないと言い続ける。何を聞かれても思い出せないと言い張る」

キッパリと告げた。

「わかった。今はそうしよう」

「ありがとう」

ようやく頬が少しだけ緩んだ。

「体の具合はどう？」

「うん、まだいろいろ検査があるらしい。異常がなければ一週間くらいで退院できるみたい」

無理して元気な顔を見せているのがわかったが、それでも少し安心した。

心凪は「また明日ね」と手を振って病室に戻っていった。


それから三日後には、事件の詳細がネットで拡散された。

その中には暁が蘭を乱暴したことも含まれていた。

予想通り、若文は蘭が残した将棋盤のことは隠している。心凪が蘭に会えないのを執拗に不審がるようになり、蘭の死が発覚するのを恐れて監禁した、と話しているという。

若文は澤辺殺害、暁への罪のなすりつけ、蘭に対する嘱託殺人、心凪の監禁、すべての罪を認めたが、桜子と透真は何も知らなかったと話した。そして、二人には蘭は暁に乱暴され精神を病んでしまい華ヶ島にいると信じさせた、と供述した。

父と鴻ノ木夫妻は病院に顔を出したが、明らかに憔悴していた。心情を思いやり、目を合わせられなかった。

その最中、晄から晴恵に「帰る」という連絡が入った。晄は心凪の死を知って居たたまれなくなり見知らぬ町で野宿をしていたが、若文の自首と心凪の生存を知り戻る気になったようだ。

泉荘はすでに報道陣や野次馬に囲まれているらしい。「私は大丈夫だから、帰ってあげて」と心凪に背中を押され、浩と晴恵は急遽、泉荘へ戻ることになった。

父は鴻ノ木夫妻から心凪を託され、美波島にもう少し残ることにした。

心凪の検査結果は良好だった。あとは自宅で療養してくださいと言われ、一緒に退院した。迎えにきた父と、浩から鍵を預かった鴻ノ木の家に、三人で向かう。

敷地の広い立派な一条邸とは違い、鴻ノ木宅は小さな食堂を構え、その奥にある住まいは普通の民家だった。離れには「鴻ノ木将棋教室」という、文字が薄れた看板がかかっていた。

「ちょっと買い出しに行ってくる。今夜、何食べたい？」

「何でもいい」

「それ一番困るやつ。全く張り合いがないな」

父はブツブツと文句を垂れる。

「ハンバーグが食べたいです」

急に心凪がリクエストをした。

「了解、了解。じゃあ買い物に行ってくるね」

一瞬驚いた顔をしたが、すぐに張り切って出かけていった。

「ハンバーグなんて言って、おじさんに悪かったかな?」

二人きりになると心配そうに訊いてきた。

「あの張り切った声、聞いただろ? 喜んでるよ」

「そうか。よかった」

「ああ、何だか凄くハンバーグが食べたくなってきた。楽しみだな」

いつまで続くかわからないが、とりとめのない話をして笑い合う、そんな時間を一緒に過ごせているのが嬉しい。父が作ったハンバーグは、少し焦げていたが美味しかった。三人でテレビのお笑い番組を観ながら夕飯を食べた。

心凪はかつての自分の部屋へ、駒之介は和室の客間で父と布団を並べた。隣で父が何度も寝返りを打っている。

泉荘に戻った浩からは、無事、晄が帰ってきたという連絡が父に届いていた。鴻ノ木一家は、また家族として再生できるのだろうか。

桜子の罪を警察に告げずにいる今の状況、未だに行方がわからない透真、駒之介は重たい荷物を幾つも背負っているような気分になった。


退院から一週間経った。父からは、浩たちが弁護士と相談して、再審の手続きを進めていると聞かされた。その後は、刑事補償も認められるだろうと。

そして、蘭に対する暴行事件を晄が強く否定していることも知った。証拠などないのだから、これは予想できた。でも透真が危惧した、すべてなかったことになる、というわけではなかった。

ネットを中心に、冤罪だった晄に同情する声より、蘭への卑劣な行為を非難する意見の方が圧倒的に多い。むしろ、傷つけられた娘に懇願され殺してしまった若文を気の毒がる人も一定数いるようだ。

心凪の前では、事件や晄については触れないようにしている。透真はまだ見つからないのか、と尋ねることはあっても、両親と晄の様子を知ろうとする言葉が、心凪の口から出ることはなかった。

夕方、鴻ノ木の家に来客があった。

「ごめんください」

遠慮がちだが、はっきりしている物言いで、すぐに誰だかわかって玄関に急いだ。

玄関先で、大きな荷物を提げて立っているのは松子だった。

「松子さん」

駒之介の後ろで心凪が声を上げる。

「心凪」

すぐに駆け寄り、ギュッと抱きしめた。心凪も松子の背中に手を回し、二人はしばらく抱き合っていた。

「あら、いけない」

思い出したように急にかがんで、足元に放りだした荷物を覗き込んでいる。

「よかった、無事だわ」

「一体何を持ってきたの？」

心凪が尋ねるが、答えを聞くまでもなく、荷物の中身は予想できた。玄関には、カレーの匂いがぷうんと漂っている。

「心凪、好きだったでしょう？　食べてもらいたくて」

「こんな大きなお鍋持ってきたの？」

「このくらい平気よ。みんなにジロジロ見られたし、バスの中でこぼれないようにするのは大変だったけどね」

松子はケロッと答える。

「お久しぶりです、松子さん」

父の戸惑いが伝わってくる。

「この度は、駒之介さんに大変なお怪我をさせてしまって……」

一転して神妙な声で言うと、深々と頭を下げた。透真の祖母としての発言だろう。

「その上、心凪もお世話になりまして、ありがとうございます」

血の繋がりがないと知った今でも、身内という意識は消えていないのが伝わってきた。

「私がこちらに伺ってもいいものか、悩んだのですけれど、どうしてもひと目心凪に会いたくて来てしまいました」

「さあ、どうぞ中へ。といっても、私の家じゃないけど」

父がおどけた口調で招き入れる。

鴻ノ木家の居間で座卓を挟んで四人で座っている状況が、何とも不思議だ。心凪は松子の隣、駒之介の正面に座った。

「若文がしていたことに、何も気づかなかったなんて情けない。家族なのに」

そうしんみりと言い、頭を下げる。

「心凪、本当にごめんなさい。さぞ辛かったでしょうね」

「松子さんが謝らなくていい。それにお父さんは私を気遣ってくれていた。怖い目には遭ってない」

それを聞いて松子がほっと息を吐く。

「心凪には前に話したけど、若文は私が産んだ子ではないわ。幼い頃からはっきり知らせていた。赤ん坊のときから面倒をみていたから、私にとっては実の子どもと同じ。連れ子の桜子と同じように育てたつもりだけど、どこか遠慮があったのかしら。若文は私と桜子をとても大切に想う子に育った。桜子と結婚して、授かった蘭と透真のことも愛していた。まさか蘭を殺めていたなんて……」

松子がハンカチを出して涙を拭う。心凪が松子の肩に手を回して優しくさすっている。

「ごめんなさい。今日は蘭のことは口にしないと決めていたのに。心凪だって辛いわよね」

松子は気丈に振る舞っているが、若文の逮捕と蘭の死を知らされ、心に渦巻く感情は計り知れない。ため息交じりに松子は続けた。

「私があんなことを言い出さなければ……」

取り違えのことを示しているとわかった。松子のひと言から疑惑が生じ、鑑定が行われた。それが間違っていたことから、すべての悲劇が始まったのだから無理もない。

「蘭の死を、若文が桜子たちに隠したかったのはよくわかる。これ以上悲しませたくなかったのね」

松子は本当のことを知らない。

若文が隠しているのは、もっと重大な事実、桜子が犯した二つの殺人だ。それを知っている駒之介は、松子の話を複雑な気持ちで聞く。

心凪もうつむいている。

「透真のことも心配。早く出てきてきちんと罪を償って欲しい。そのあとは近くで見守るつもりでいるの。被害者の駒之介くんには、甘いと思われるかもしれないわね」

「いいえ。僕も透真のことは心配です」

「駒之介くんは優しいのね」

自分は優しいと言えるのか、よくわからない。

松子が晄のことに触れないのは、心凪への気遣いだ。松子こそ心凪に優しい、そう思った。

「あの、桜子さんはどうしていますか?」

思い切って訊いてみた。

若文はきっと、桜子に真実を明かさないよう言い含めてから自首したに違いない。桜子は今、どんな心境なのか。

「こっちに戻ってくるように電話で話したんだけど、もう少し一人でいたいと言って、まだ東京にいるの。ずいぶんショックを受けているみたいで口数も少なくて心配だわ。もしかしたら、透真が現れるのを待っているのかもしれない」

透真にこれ以上罪を犯させたくないと願っているのは間違いないだろう。

「私ね」

松子が言葉を止めて、言い淀む。

「できることなら、心凪にうちで療養してもらえないかなって思ってるのよ。鴻ノ木さんたちは鎌倉に戻ったのでしょう?　泉さんたちだって、いつまでもこちらにいるわけにもいかないでしょ」

心凪は驚いたように目をパチクリさせている。

「若文がしたことを考えれば、私がこんなこと言うのは非常識かもしれないけれど……。私は今でも孫だと思っているのよ。ね、考えてみて」

「はい、わかりました。よく考えます」

心凪は戸惑いがちに小さな声で答えた。

伝えたいことを伝えて満足したのか、松子はサッパリした顔で帰っていった。三人で、大鍋からよそった特製カレーを食べた。

「ああ、この味懐かしい」

そう言ったくせに、心凪は少ししか食べなかった。心ここにあらず、といった様子だ。

夜になって心凪の部屋に行くと、待っていたかのように話し出した。

「駒くん、私どうすればいいんだろう？　急にこれからのことが怖くなっちゃった。華ヶ島では、先のことなんか何も考えないようにしていた。考えたって自分では何も変えられなかったから。今は何もかも自分で決めなくちゃいけない。それが怖い。不安でたまらないの」

「やっと自由になったんだ。もう誰の言いなりにならなくていい。自分がしたいようにしていいんだ」

「自分がしたいように？」

心細げな表情の心凪に、深く頷いた。

「そうだよ。僕たちと一緒に鎌倉へ戻ってもいいし、もしも松子さんの提案を受け入れたいならそれでもいい。心凪の望むようにすればいいんだ」

本当は、一緒に鎌倉へ戻るものだと思っていた。鴻ノ木の両親がいるのだし、それが自然だと。それに自分の傍にいたいと思ってくれるのではないかと、勝手に期待していた。ただ、晄の存在が気がかりだ。もしも泉荘で晄と同居することに抵抗があるなら、父と駒之介が住む家に心凪を迎え入れる形になってもいい。そんなことも考えていた。

心凪はしばらく黙っていた。長い髪を手でしきりに触っている。

「駒くん、ハサミ持ってきて。私今やりたいこと見つけた」

ハサミを持って戻ると、心凪は縁側から庭に出て、駒之介に背を向けて仁王立ちになっている。家の中からの光が、その後ろ姿を照らす。

「持ってきたけど」

ハサミを差し出すと、心凪はチラッと振り向いた。

「髪、切って」

「え、僕が?」

「そう」

「明日、美容院に行こうよ」

「嫌、今すぐ切って」

返事を待たずに、また顔を向こうに向けた。

「でも……」

「早く!」

「わかった」

戸惑いながらも歩み寄り、真後ろに立った。

髪は背中の真ん中辺りまで伸びていた。下から十センチ程のところにハサミを差し入れる。

「もっと短く」

言われるままに左手で髪を摑み、思い切って肩の辺りでハサミを入れた。地面にバサバサと黒髪が落ちた。

ふう、と息をつく。そのあとは、なるべく長さを揃えるように切っていった。でも見るからにガタガタだ。

「ああ、サッパリした」

頭に手をやり、心凪は満足そうだ。地面に散らばる髪を見下ろしているうちに、笑顔がみるみる崩れていく。

「島に閉じ込めるなんて、酷い。お父さんのバカヤロー」

突然、大声を上げた。

「泣いて謝ったからって何で許したんだ。私のバカヤロー」

叫び声に驚いて父が顔を出す。「大丈夫」と小声で合図すると、父は頷いて部屋に戻った。

怒りを吐き出せるようになったのはきっといいことだ。心凪は若文や桜子の苦しみを理解した余り、自分の感情を抑え込んでいた。

ヒック、ヒック、と子どもみたいに泣きじゃくる。駒之介はしっかりと受け止めて、心凪を包み込んだ。空には無数の星が静かに瞬(またた)いていた。


翌日、美容室に連れていき、綺麗なショートカットに仕上がった心凪は、急に大人っぽく見えた。帰宅すると、まだ残っていた松子特製カレーを美味しそうに食べた。髪型が変わっただけなのに、目の輝きまで明るく見える。

駒之介は、そろそろ鎌倉に帰ろうと父に言われていた。晄が戻ったあとの浩たちの様子を気にかけているようだ。それに店のこともある。心凪は心を決めただろうか。

「駒くん、聞いてくれる?」

「うん」

少し緊張しながら、心凪の部屋で向かい合った。

「真実を隠すと決めたこと、私後悔してない。お父さんが私にしたことを許すわけじゃないけど、桜子さんを守りたいという願いは叶えてあげたい」

意志の籠もった瞳が真っ直ぐに向けられる。

「私、松子さんのところに行く。透真もきっと出頭して罪を償う。松子さんと一緒に、お父さんと透真の帰りを待ちたいの」

若文の刑がどのくらいになるかわからない。帰ってこられるかどうかも。それをわかった上で言っているのだと、駒之介は思った。

「もう決めたんだね?」

「うん。今、アキ兄ちゃんと暮らすのはどうしても嫌。それにアキ兄ちゃんを庇うお母さんをきっと責めてしまう。そんなこともしたくないの。お母さんと永遠に別れるわけじゃないから……」

気持ちは痛いほどわかった。でもあることに気づき、駒之介はありのままを言葉にした。

「松子さんのところには、そのうち桜子さんも帰ってくる。平気なの?」

桜子は殺人を犯している。どうしようもない理由があったとしてもこれは事実だ。その桜子と一緒に住むというのか。

「それもあって、決めたの。桜子さんの傍にいてあげたい。きっと今も苦しんでいる。もしかしたらお父さんより桜子さんの方が辛いかもしれない。自分を守ろうとしているお父さんの気持ちに応えなければいけないと、必死に耐えているに違いない」

心凪がそう決めたなら、止められない。遠く離れたとしても、見守ることはできる。再び離れる淋しさを、必死に堪えた。

二日後に駒之介は父と共に、美波島を離れることになった。その前に、心凪を一条邸に送り届けた。

「お帰り」

松子が両手を広げて迎えた。

「駒くん、ありがとう」

心凪が中に入っていく。

後ろ髪を引かれながら、駒之介は歩き出す。

心凪が一条邸に行く決意は、桜子の罪を隠蔽することを確定させた。若文の願いを受け入れる形で、一連の事件は終わろうとしていた。

駒之介は、ＲＡＮに刺されてから心凪を救い出すまでの経緯を、ようやく警察に話した。ただ、真実をすべて話すわけにはいかなかった。

「僕は心凪の死の真相を追っていた。晄宛てのＲＡＮからの手紙を見て、その中に書かれた『あの日のことを、すべて明らかにします』という文言が気にかかった。『あの日のこと』とは何を意味しているのか知りたくて、晄になりすましてＲＡＮに近づいた。病院に姿を見せた透真からＲＡＮの正体と晄への恨みの理由を聞いた。そして蘭が華ヶ島で生きていると知り、一緒に会いに行った。そこで心凪を見つけた。透真は若文の罪を何も知らなかった、ただ、晄への恨みを募らせていただけだ」

そう説明した。そして将棋盤の存在は明かさなかった。

フェリーに乗ったあとも、心は落ち着かなかった。

海からの風が駒之介に襲いかかる。拭いきれない不安を抱きながら、小さくなっていく島影を見ていた。


「離島のシェア家族は、悲しい結末を迎えてしまいましたね。一つの不幸と大きな間違いが、それぞれの人の運命を狂わせてしまいました。もう彼らは交わることはないのでしょう。いやむしろ離れるべきでしょうね」

テレビのコメンテーターが悲痛な表情で言う。

果たしてそうだろうか。

心凪は血の繋がっていない桜子と生きる道を選んだ。晄は、蘭への暴行などしていない、いわれのない言いがかりだと訴え続けている。浩と晴恵は、偽りの殺人罪を背負わされていた晄をひたすら庇う。

桜子は、カメラの前で鴻ノ木夫妻に対する謝罪の言葉を述べた。夫の罪を詫び続ける姿に、同情する声も上がった。真実を知っている駒之介には、桜子は心の中で自分の罪を詫びているように見えた。蘭にしたことに関して、晄を責める言葉は口にしなかった。

桜子はその後、美波島に帰って、心凪と松子と暮らしている。

透真は依然として見つかっていない。

心凪と駒之介は、真実を隠蔽している共犯者だ。それぞれの人たちの見えている世界は違う。

シェア家族はバラバラになったが、心凪が一条家で暮らしている限り、二家族を繋ぐ糸は切れることはない。シェア家族は終わらない。駒之介はそれがとても怖かった。

鎌倉に戻ったあと、メールのやり取りの中で、心凪が松子と桜子との生活に順応しようと努力しているのが伝わってくる。ただ五年半の監禁生活のダメージなのか、体調を崩しがちだという。くれぐれも無理をしないようにと言うしかなかった。

鴻ノ木家と泉家の生活も、晄を加えて新たなスタートを切って、一ヶ月が過ぎようとしている。鴻ノ木夫妻は心凪が一条家に行くと決めたと聞いて、当然反対した。結局、心凪の固い決意に負けたが、納得していないのは透けて見えた。ここにいる誰もが視線を合わさない、歪な関係が生まれてしまっていた。

今夜もまた、取り繕われた偽りの時間が待っている。

晄の誕生日だからと、泉荘で一緒に夕飯をと晴恵に誘われた。晴恵は晄の主張をすべて信じている。若文を、晄を貶めた極悪人だと激しく罵り、父と駒之介に同意を求める。でも父の中で、晄への疑惑は拭えていない。蘭への暴行について、晄がいくら否定しても何もなかったとは証明できない。

「いつか世間もわかってくれる」父が晴恵を慰める。それを見ている浩は、父が本気でそう思っていないと気づいている。そんな光景が繰り広げられるであろう場にいたくない。

「ちょっと体調が悪いから、今夜の夕食会欠席する」

駒之介は、店を閉めて二階に上がって来た父に告げた。「そうか、わかった」父は厨房に戻り、何やら作っていた。「夕飯、ちゃんと食べろよ」そう言って、泉荘に出かけていった。父が作ってくれた煮込みうどんを、一人でふうふう言いながら平らげた。温かくて優しい味がした。

部屋に戻り、電気を点けずにベッドに腰かける。

駒之介と心凪が口を噤んでいることで、事件の結末は若文の望む通りになった。すべての罪を一人で背負って桜子を守り、その上で晄の罪を暴いた。結果として晄の卑劣さは世の中に知れ渡り、復讐を果たした。

最近、蘭のことをよく考えるようになった。

世の中には知られていないが、白骨死体の傍で見つかったミニチュアのバースデイケーキは、今も謎のままだ。駒之介に事情を聞きに来た刑事にさりげなく尋ねたが、若文も知らないと言っているらしい。

駒之介は蘭に実際に会ったことがない。番組の中で語る僅かな場面と、青島から聞いた話がすべてだ。

蘭は青島に小型カメラを借りている。そして、カメラを借りたお礼に写真を撮らせた。青島のホームページには、今も笑顔の写真が残っている。

青島の話によると、写真を撮ったのは、澤辺殺害事件の二日前の七月二十日。そして透真は、蘭は誕生日に乱暴されたと言っていた。誕生日は七月十八日だ。つまりあの写真は、乱暴された二日後に撮られたことになる。

傷ついた心を隠しながらカメラの前に立ったのだろうか。そんなことがあり得るのだろうか。

そして、将棋盤に真実がしたためられていた事実に、蘭の強い想いを感じてしまう。

『蘭の精神状態はとても不安定だったらしい』

『両親の罪を暴くことはしたくない、でも真実を曲げるのには葛藤があった。だから人の目に触れる可能性が少ないところにメッセージを残して、自分を納得させた』

心凪はそう考えていた。死にたいと願うまでの絶望の中で、蘭が取った行動の意味を理解するのは難しい。

今、蘭のメッセージは闇に葬られている。自分もそれに加担した。

これでよかったのか。何か大切なものを置き去りにしていないだろうか。心にのしかかる憂いが、どうにも拭えない。

削除できずにいる将棋盤の画像を、改めて見る。書き込まれた文字は震えているようにも思える。

心凪が読み解いたメッセージは、

『ころしたのはさくらこわかふみがくるまではこんだ』

駒之介は画像の将棋盤の文字を指し手順に追ってみる。

メッセージの一文字目の［こ］の字は三カ所にあるが、心凪の初手は7六歩だ。『離島のシェア家族』第二回の番組内で放送されていたのを覚えている。続いて二手目は［ろ］が書かれている8四歩。三手目の［し］は6八銀だ。

そのとき、将棋盤の文字の中に、もう一つ［し］があることに気づいた。7九にも［し］と書かれている。

メッセージの文章の中には［し］は一つだけなのに――。

違和感を覚えながら、じっと将棋盤に目を凝らすと、ある文字に引きつけられた。5八に［め］という文字がある。

メッセージに［め］は使われていない。そして他にも、メッセージに含まれていない［て］という文字も見つかる。

なぜだ……。何かがおかしい。おでこに浮かんできた汗を袖で拭いながら、落ち着けと自分に言い聞かせた。

将棋盤に、メッセージで使われていない文字が書かれているのは間違いない。

駒之介は、メッセージの文字数と将棋盤に書かれた文字の数を比べてみた。

解読したメッセージは二十三文字だが、将棋盤に書かれた文字は全部で三十文字あった。まだ七文字が余っている。

もしかしたら、メッセージにはまだ続きがある?

心凪は二十三手目までを読み解いた。確かそのとき若文が目の前にいて動揺したと言っていた。衝撃的な文言に驚き、まだ続きがあると考える余裕などなかったに違いない。

二十四手目から三十手目までの七文字にもきっと意味がある。心凪なら指し手の続きを知っているはずだ。すぐさま携帯を手にしたが、心凪はなかなか出ない。時計は九時を回ったところ、まだ寝る時間には早い。三十分ほど待って、再びかけたが呼び出し音が鳴り続けるばかりだ。

思い切って一条家に電話をかけると、こちらはすぐに繋がった。

「駒之介です。遅くにすいません」

「あら、久しぶり。全然大丈夫よ。今、人気のドラマ見終わったところだから。駒之介くん知ってる?　あの俳優さん素敵よね。何て名前だったかしら……」

いつもと変わらない松子の元気な声が聞こえる。

「すみません。心凪、いますか?　携帯に出ないんですけど」

話を遮るように言った。

「心凪はもう寝てるわよ。この頃少し調子が悪くてね。でも心配しなくて大丈夫よ。今日も桜子が病院に連れていったから。何か用?」

「いや、大丈夫です。また明日電話します」

松子はまだ話したがっているようだったが、電話を早々に切り上げた。明日まで待つしかないと諦めかけたとき、ある人の顔が頭に浮かんだ。浩なら覚えているのではないか。実の子と育ての子の決勝戦。真剣に観戦していたに違いない。

転げるように一階に下りて勝手口から中庭に出ると、浩が泉荘の玄関の前で煙草を吸っていた。

「中で吸わせてもらえないんでね」

頭を掻きながら苦笑いを浮かべる。

「具合は大丈夫なのかい？　よかったら上がらないか。哲ちゃんもまだいるし……」

それにには反応せずにいきなり尋ねた。

「小学生大会での心凪と蘭さんの決勝戦の棋譜を覚えていますか？」

浩は唐突な問いに、首を捻った。

「いや、終盤は覚えているけど、全部はわからないな。それがどうかしたのかい？」

将棋盤のメッセージがあったことは秘密にしているから、理由は話せない。

諦めて戻ろうとしたときだった。

「晄ならわかるかも」

煙草の火を揉み消し、玄関の扉を開けて二階に向かって叫んだ。

「晄、ちょっと来てくれ」

すぐにドタドタと階段を下りる音が聞こえた。

「何？」

晄が駒之介の正面に立ち、ぶっきらぼうに言った。いろいろな感情が湧き上がってきたが、平静を装う。

「小学生将棋大会の決勝戦の棋譜を覚えていないか？　心凪が優勝した一戦だ」

「覚えてるけど……」

「三十手まで教えてください」

晄はロビーに置いてあるメモ用紙に書き始めた。迷うことなく書いていく様子を黙って見つめる。

番組で心凪と蘭の決勝戦を真剣に見ていた晄を思い出した。

『どっちを応援するって聞かれても、どっちもとしか言えない。どっちが妹かって聞かれても、どっちもとしか言いようがない』

ちょっと不良っぽかったが、あの頃の晄は心凪や蘭、そして透真を温かく見守っている印象だった。蘭を乱暴する二年前だ。晄はなぜ変わってしまったのか。元々裏の顔があったのか。

三十手まで書き終わると、晄は顔を上げて駒之介を見た。何か言いたそうに見えたが、構わずただお辞儀をしてメモ用紙を受け取った。外に出ると、浩が吸った煙草の残り香が鼻をついた。

急いで家に戻る。気が焦って階段を踏み外しそうになった。自室で机に向かい、スマホに保存した将棋盤の画像と、今、晄が書いた棋譜を見る。**(図4)**

7六歩、8四歩、6八銀、3四歩、7七銀……。心凪が解いたメッセージ通りの順番だ。問題は二十四手目からだ。

二十四手目の7四歩は「か」、5八金は「め」、6四歩は「ら」、6六歩は「さ」、7三桂は「が」、7九角は「し」、6五歩は「て」。

『かめらさがして』

カメラ……。

すぐに頭に浮かんだのは、青島が貸した小型カメラだ。

図4

7六歩―8四歩―6八銀―3四歩―7七銀―6二銀
2六歩―4二銀―2五歩―3三銀―4八銀―3二金
7八金―5四歩―5六歩―5二金―3六歩―4一玉
3七桂―4四歩―4六歩―8五歩―6九王―7四歩
5八金―6四歩―6六歩―7三桂―7九角―6五歩

青島は、事件の二日前にカメラを貸して、その後返してもらっていないと言っていた。五ヶ月前、駒之介が心凪の葬式のために訪れたとき、蘭の部屋は以前のままだった。蘭は生きていると周囲に思わせていたのだから、若文たちがそのままにしていたのは当然だ。

蘭の死が判明した今、部屋がどんな状態かわからないが、もしかしたらカメラはまだ部屋にあるかもしれない。

やはりメッセージには続きがあった。たった七文字だが、蘭の切実な想いが込められている気がしてならない。

駒之介は泉荘にいる父の携帯に電話をかけた。

「父さん。車を借りるね」

そう言うと、一方的に電話を切った。

リュックにノートパソコンを入れ、家を飛び出し車に乗り込んだ。

カーナビの指示に従い、藤沢（ふじさわ）ＩＣで高速に乗る。夜の十時過ぎという時間だからか、道は混んでいなかった。海老名南（えびなみなみ）ＪＣＴで新東名（しんとうめい）高速道路に入り西に向かう。美波島まではカーフェリーを乗り継いで八百キロ程の道のりだ。

とにかく心凪にメッセージの続きがあったと知らせたい。カメラが見つかるかはわからないが、そこに何かが映っているとしたら、心凪一人に観させるわけにはいかない。ただその一心で出発してしまったことに、自分でも驚く。

カーナビの音声が、間もなく到達する分岐点の指示を告げる。心に漠然とした胸騒ぎが押し寄せてくる。駒之介は運転に集中すべく、思考を一旦止めた。

父が買い出しに使う軽バンには、野菜や果物の独特な匂いが立ちこめている。でもそれは父の匂いにも感じた。小さい頃から知っていた安心する匂いに落ち着きを取り戻し、ハンドルを握り続けた。

大阪を抜け山陽（さんよう）自動車道に入り、パーキングエリアでガソリンを入れた。渋滞にも巻き込まれず順調に進むうちに、昇り始めた朝日がフロントガラスを照らし出す。

運よく始発のカーフェリーに乗ることができた。もう少しだ。夜通し走ってきた疲労を感じる余裕もなく乗船する。デッキに出て腰を伸ばした。美波島が見えてくると、そそくさと車に戻った。

フェリーを下り、一条邸へと急ぐ。得体の知れない不安が駒之介を追い立てる。蘭が、探してとメッセージに記した『カメラ』は見つかるだろうか。

「好きな人を撮りたい」蘭はそう言って青島にカメラを借りた。その中には何が残っているのか。

深く傷ついた蘭が、心凪だけに伝えたい何かがあるはずだ。なおざりにはできない。

以前バスに乗って何度か通った、見覚えのある道に入り、一条邸への脇道を見逃さないように速度を落とした。緑のトンネルを抜けてようやく見えてきた洋館の前に車を停めて、呼び鈴を鳴らした。

「どなたですか？」

少し間を置いてインターホンから松子の声が聞こえた。

「駒之介です」

パタパタと足音がして扉が開いた。

「いきなりどうしたの？　いつこっちに来たの？」

心凪が驚いた顔で出てきた。

「二人だけで話したいことがある」

答えが返ってくる前に、奥から松子が現れた。

「駒之介くんにはいつも驚かされるわ。今度は何が起きるの？　とにかく中に入りなさい」

何だか楽しそうだ。

廊下の一番奥、扉が開いているリビングに、桜子がいた。

ダイニングテーブルには、食べかけの朝食がある。

「朝早くにすみません」

三人の視線を浴び、自分の非常識な行動に気づかされ頭を下げた。

「どうぞ座って。朝ご飯まだでしょう?」

桜子はいつもの微笑みを向ける。手早く用意されたトーストとスクランブルエッグを、緊張しながら平らげた。

「駒くん、私の部屋に行こう」

心凪がそう言って立ち上がった。

「心凪に何の用かしら?」

桜子が訊いた。

「あの……」

「まあ、いいじゃないの。心凪に会いたかっただけでしょ? ゆっくりしていきなさい」

松子が取りなしてくれた。どうやらただ恋心を募らせて暴走してきたと勘違いしているようだ。そう思われているならかえって都合がいい。突然訪れた理由を詮索されずに済む。

「駒くん、行こう」

心凪に促され、二階へ向かう。

「急に来て驚かせてごめん。実は将棋盤の暗号に続きがあったんだ」

『かめらさがして』というメッセージの続きと、蘭が青島から小型カメラを借りていた経緯を説明した。

話を聞く心凪の顔が、みるみるうちに強ばってくる。

「私に伝えたいことがまだあったのね?」

「カメラはきっと部屋にあると思うんだ」

階段を下りてリビングと反対側にある蘭の部屋に向かうと、朝ドラのオープニング曲がリビングから聞こえてきた。音を立てないように扉を開ける。

室内の様子は五ヶ月前と変わっていなかった。カーテンを開けると、薄暗かった部屋に光が差し込んだ。

「どんな形なんだろう？」

心凪は机の方へ向かう。

「形はわからないけど、レンズがついている小さいものだと思う」

見当が付かなくて曖昧な答えになった。

心凪は机の引き出しを開けている。ベッドの上部には棚があり、脇には将棋盤が入っていた引き出しつきのサイドテーブルが置かれている。足の悪い蘭が必要な物に手が届くように配慮されていたことがわかる。

ベッドの枕元の棚には、本や漫画が並んでいた。棚の中を探すが、それらしきものは見当たらない。一番上の棚にはぬいぐるみが並んでいるだけだ。念のためにと一つずつ調べてみる。

クマのぬいぐるみの足元に潜らせた手に、何か硬いものが触れた。

「あっ」と駒之介は小さく声を上げた。手で摑んで取り出すと、レンズがついた黒くて小さな四角い物体だった。ぬいぐるみの下に上手に潜ませてあった。

「これだ」

声に反応して心凪が近寄って覗き込む。頷き合って、蘭の部屋を出た。

心凪の部屋に戻り、小型カメラからＳＤカードを抜き出す。

「駒くん、一緒に見てくれる？」

心凪は不安そうな目を向けた。

「わかった」

リュックの中からノートパソコンを出し、ＳＤカードをセットする。録画ファイルは一つあった。

「始めるよ」

隣で心凪が緊張したような面持ちで画面を見つめている。


映し出されたのは、見覚えがある場所だった。

駒之介が入院していた病院の中庭だ。日光が降り注いでいる。

画面右隅に表示されている日付は、7・20。澤辺が殺される二日前だ。カメラの位置を動かしているのか、画面が揺れる。どうやら胸の辺りに、カメラを取りつけているようだ。

遠くから手を振る人が近づいてくる。最終回のＤＶＤに映り込んでいたあの少年だ。司波から聞いた話では、喘息の療養で美波島を訪れて、病院で蘭と知り合ったという。確か純一という名前だった。服装や髪型が都会の子の雰囲気を漂わせている。

「向こう、行こうか」

純一の姿がカメラから消えた。画面は小刻みに揺れながら前に進んでいるのがわかる。たぶん蘭が乗っている車椅子を、純一が押しているのだろう。

少し行ったところで画面の揺れが止まり、こちらを向く青白い顔が映し出される。純一が何度か咳き込んだ。

「純くん、大丈夫？」

「うん、咳は出るけど、こっちに来てから発作は起きてない」

蘭より年上と聞いていたが、どこかあどけなさがあって、そんなふうに見えない。

「それならよかった」

蘭の声が聞こえる。

「蘭ちゃんはどう？　まだ退院できないの？」

「明日、退院できる」

「よかったね」

純一がゆっくりとポケットから何かを取り出した。ためらっているようにも見える。

「誕生日おめでとう。少し遅れたけどプレゼント」

「開けていい？」

画像が揺れ、ガサゴソと包みを開ける音がする。

「わあ、可愛い」

蘭の甲高い声が響く。手の平に載せたのは、とても小さなものだった。

「ハッピーバースデイって書いてある」

「港の近くのお店で見つけたんだ。玩具みたいで悪いんだけど……」

「そんなことないよ。凄く綺麗。ありがとう。宝物にする」

大事そうに指でつまんでカメラの前に差し出した。アップになると、以前刑事に見せられた白骨死体と一緒に見つかった、ガラス細工のバースデイケーキと同じだとわかる。

「何してるの？」

不自然な蘭の動きが気になったのか、純一が尋ねた。

「あーもう駄目だ。ごめん、実はカメラで撮ってたの」

画像が激しく揺れる。蘭がカメラを胸の辺りから外して手に持ったようだ。

再びカメラを向けられた純一の驚いた顔が、正面に映る。

「こんな小っちゃいカメラがあるんだ。でもどうして？」

「純くん、明日帰っちゃうでしょ？　だから純くんを撮っておきたかったの。黙って撮影してごめん」

「いいよ、謝らなくても」

純一は照れたように笑った。

「もう止めるね」

映像はここで終わった。蘭は映っていなかったが、幸せそうな表情が浮かんでくる。

小さなため息が漏れた。

「きっと、蘭の初恋だったのね」

「実は、この小さなガラス細工のバースデイケーキを見たことがあるんだ」

白骨死体が心凪だと思われていた当時に、刑事から見せられたことを説明した。

「蘭が大切にしていたものだから、お父さんが傍に置いてくれたのかもしれない」

心凪が悲しげに呟いた。

蘭は、島を離れてしまう好きな人の動く姿を残したかった。そして心凪にこの映像を見せたかったのか。会ったこともない少女、蘭のいじらしさが胸に沁みた。

「幸せな瞬間があったのを私に知っておいて欲しかったのかな」

「そうかもしれないね」

蘭の初恋を知って、心凪が少しでも救われたならいいな、と思ったが本当のところはわからない。でも蘭が心凪に伝えたくて暗号を残したのは確かだ。それが果たせてよかった。

二つ目のファイルを開くと、新たな映像が始まった。

日付の表示は7・27。澤辺殺害事件の五日後だ。

今度は薄暗い室内を映している。どうやら蘭の部屋のようだ。

カメラの前に手がアップで映された。画面が揺れる。カメラの位置を確かめているように、見上げる顔が一瞬よぎった。斜め上からベッドを映すアングルは、ちょうどさっき見つけたカメラの位置なのがわかる。ベッドの上で体勢を整える姿を、背後からカメラは映し出している。

画像はそのまま停止したように何も起こらず、静けさに包まれた。蘭は、桜子と二人でいるときに死んだ。

駒之介に緊張が走った。

「殺して欲しい」蘭が桜子に懇願している場面が頭に浮かんだ。

もしかして、願いを聞き入れてくれた桜子が罪に問われたとき、嘱託殺人だという証拠になる映像を残そうとしたのか？

見たくない気持ちが押し寄せてくるが、見なくてはいけない。蘭が伝えたかった何かがきっと映っているはずだ。

隣にいる心凪も目をそらさずに見入っている。

動きがない画面に痺れを切らして再生速度を二倍に変えた。しばらくすると、部屋に誰かが入ってきた。駒之介は二倍速をやめた。

「スープよ」

優しげな声がした。ベッドに近づいてきたのは桜子だ。

「可哀想な蘭。お母さんが守ってあげるから」

ベッドテーブルが差し込まれ、スープ皿とコップが載ったトレイが置かれた。

「もう忘れなさい。晄は逮捕された」

蘭は寝たまま動かない。

「どうしてこんなことに……」

掠れた小さな声が聞こえた。

「終わったのよ。もう大丈夫。お母さんの言う通りにすればいいの。きっと何もかもなかったと思える日が来るわ」

スプーンでスープを飲ませようと口元に持っていく。蘭がその手を払い除けて、スプーンが飛んで金属音が響く。動揺もせず、平然と片付ける桜子の横顔が映った。

「私、お母さんたちがガレージで死体を積むの見た。どうしてアキくんが捕まるの？」

蘭が体を起こしながら訊いた。

「蘭は何も知らなくていいのよ。お母さんに任せて」

「アキくんはどうなるの？」

どういうわけか、晄を心配するような言い方だ。

「そんなこと、気にしなくていいの」

桜子はベッドに腰かけ、蘭の肩をさすりながら穏やかになだめる。

「あの人が死んだのはお母さんたちのせいなんでしょう？　何かわけがあるのよね？　本当のことを言って」

蘭が桜子の腕を掴む。

「放して。痛いわ」

「お願い教えて、何が起きてるの？」

食い下がる声に、

「うるさい！」

桜子が腕を振り払いながら叫んだ。

駒之介は耳を疑う。

何で？　隣で心凪の呟きが漏れた。

「ああ、もうしつこいわね。忘れなさいって言ってるのがわからないの」

「お母さん、本当のこと教えて……」

「本当のこと、本当のこと、ってうるさいわね。いいわ、そんなに知りたいなら教えてあげる。澤辺を殺したのは私。お父さんは私を守るために死体を運んでくれただけ」

「どうしてアキくんの車に……」

「お父さんには『蘭が晄に乱暴された』と話したの。それを信じて、私の言う通りに死体を晄の車に移してくれた」

「そんな作り話をするなんて酷すぎる。私は何もされてない。それじゃアキくんが可哀想すぎる」

「蘭はお母さんと晄のどっちが大事なの？　晄なんてどうでもいいのよ」

「アキくんに罪をなすりつけるなんて駄目だよ。正直に警察に言わなくちゃ」

「何言ってるの。お母さんがいなくなったら透真が可哀想じゃない。蘭だって私がいなければ生きていけないくせに。ああもうイライラする。お父さんは味方してくれたのに」

「お父さんを騙して平気なの？」

「私の話は、お父さんは何でも信じてくれるのよ。私とお父さんの馴れ初めは知ってるでしょ。お父さんが私と結婚したいとしつこく頼むから、仕方なく受け入れた。それなのに結婚式のあと、私に言ったのよ。『これで、お母さんを喜ばせられる』と。あの日に、僅かにあったあの人への愛情は消えた。私に優しくするのも全部お母さんのため。あの人はお母さんしか見ていないのよ」

桜子が苛立たしげに言った。

晄が乱暴したというのは嘘？

信じられない成り行きに、駒之介は息をするのも忘れるほど衝撃を受ける。画面には誰も知らない桜子の姿が映し出されていた。隣に目をやると、心凪が胸の前で握りしめた両手を震わせている。

二人の会話はまだ続いた。

駒之介は額から噴き出してきた汗を拭い、映像を凝視する。

「私をずっと閉じ込めておくつもりなの？」

蘭が不安そうな声で訊く。

「そうね。どうしようかしら？」

桜子の口元が微笑んでいるのがわかる。

「透真がいれば私は母親でいられるから、もうあなたはいらない。私の言う通りにしないあなたが悪いのよ」

「お父さん、お父さん来て」

蘭が大声で叫んだ。

「諦めなさい。お父さんたちは華ヶ島にいて、この家には私と蘭の二人だけ。叫んでも無駄よ。もうこれも必要ないわね」

そう冷たく言い放って、車椅子を押しながら部屋を出ていった。

信じられなかった。あまりにも酷すぎる。

暁が蘭を乱暴したこと、蘭が死を懇願したこと、すべてが桜子の作り話だったのか。恐ろしさで震えが止まらない。

蘭は頭から布団を被り、すすり泣くような声が続く。

録画された時間はまだ四十分以上残っている。他にも何か映っているのか。悲しい蘭を見続けるのは辛いが、最後まで見届けなければ。

動きのない映像を心凪はじっと見ている。その眼差しは今まで見たことのない悲愴感に溢れていた。

「心凪、コーヒー入ったわよ」

一階から桜子の呼ぶ声が聞こえ、胸がざわりとした。真実の姿が明らかになった桜子が今、同じ家にいる。

心凪は一瞬体を震わせ急に立ち上がると、ノートパソコンを抱え、部屋を飛び出した。慌ててあとを追う。よろめきながら階段を下りる背中が見えた。リビングに入ると、心凪が桜子の前に立っていた。

パチンと頬を叩く乾いた音が響き渡った。駒之介は心凪に駆け寄り、桜子から引き離す。

「何するのよ」

頬を押さえながら桜子が睨む。駒之介は、肩を小刻みに上下させている心凪を椅子に座らせ、「大丈夫?」と囁いた。小さく頷き、心凪は声を絞り出すように言った。

「どうしてあんな酷いことを……」

「心凪、一体どうしたの?」

駒之介は、弱々しく尋ねる桜子に向き合った。視線が交差する。

「あなたは、僕たち全員を騙していたんですね。若文さんも透真も」

「何を言うの？」

「ここに全部映っているのよ」

心凪は震える手でノートパソコンを広げて、二つ目の映像を最初から再生させた。蘭と自分の姿が映し出され、桜子がみるみるうちに青ざめていく。蘭のすすり泣きが続いている中、「何てことを……」と松子が呟いた。

桜子は松子を見てすがるような声を出した。

「お母さんは私の味方でしょ？　若文さんは私を守ってくれた。お母さんも……」

「そんなことはできないわ。自首しなさい」

「どうして？　嫌よそんなの。私を守ってよ」

「若文が可哀想。救ってあげなくちゃ」

「お母さんの本当の子どもは私でしょ！」

目をむき怒声を上げる。

「何言ってるの。産むことだけが母親の証明じゃないのよ。私は若文の母親なんだもの」

「酷い。お母さんのせいよ。全部お母さんの……」

桜子の声が続くが、駒之介は構わず言った。

「もう言い逃れはできません。蘭さんがあなたの正体を教えてくれました」

若文も透真も桜子に欺かれていた。ＤＮＡ鑑定の間違いから始まった物語は、すべて桜子が作った偽りだった。

『離島のシェア家族』第一回の一場面を思い出す。

【数日後、送られてきた検査キットを前にみんなが集まる。全員が緊張の面持ちだ。

「何かドキドキしちゃうわね。上手くできるかしら」

晴恵が不安そうに言う。

「痛くない？」

心凪は本気で怖がっているようだ。

「大丈夫よ。採取の仕方は、華ヶ島の父に教えてもらったから、私に任せて、心配いらないわ」

桜子が胸を張る】

「もしかして、DNA鑑定の検体をすり替えたのはあなたですか？」

まだパソコンから聞こえ続ける蘭の泣き声を遮断するように、桜子が言い返す。

「そうよ、お母さんが心凪と私が似ているって言うのを聞いて思いついちゃったの。それがどうかした？」

「一体何のために？」

悪びれずに答える態度に、心凪が非難するような声を上げる。

「あなたが欲しかったのよ。チヤホヤされる子役の母親になりたかった。それに、晴恵が自慢げだったのも気に食わなかった」

「嘘」

「上手くいったのに、心凪は子役をやめて、女流棋士を目指すって決めた。また注目を浴びるのは浩と晴恵。あの日も将棋大会の壮行会に呼ばれたのはあの二人。何で私じゃないの。私が母親なのに。鴻ノ木なんてみんな嫌い」

「それでアキ兄ちゃんに罪をなすりつけたの？」

「そうよ、雷神様がチャンスをくれたと思ったわ。これで鴻ノ木家を貶められると」

「あなたのせいでアキ兄ちゃんは犯罪者にされた。鴻ノ木のお父さんもお母さんも苦しんだ。一体どうして……」

「澤辺があんなこと言い出さなければ殺すこともなかった。あれがすべての始まり。あいつが悪いのよ」

桜子が吐き捨てる。

「澤辺を殺した理由は何なのですか？」

「あの日ガレージで鉢合わせしたの。澤辺は、隠し撮りした私の画像を見せてきて、『意外ですね』と鼻で笑ったのよ」

「何を撮られたんですか？」

「私が煙草を吸っているところよ。あの頃番組では、私は完璧な母親として映っていた。絶対にイメージを壊したくなかった。優しくて料理上手で献身的、もちろん煙草やお酒には無縁、私はそうでなくてはいけないの」

「それだけのことで殺すなんて……。信じられない」

心凪が両手で顔を覆う。

周りからよく見られたい、ただそれだけでこんな悲劇を引き起こしたなんて、言葉もなかった。

歪んだ笑みを浮かべる顔は、今まで見てきた桜子とは別人だった。

「警察を呼びます」

警察という言葉にも、桜子は微塵(みじん)も動揺を見せない。

「あの子がカメラを仕かけていたなんて知らなかったわ。警察にその映像を見せたいなら好きにして構わないわよ。私は『お芝居ごっこ』を撮影してた。蘭が『どうしても』と言うから、仕方なく付き合ったと言うわ」

そんな話が通るわけがないと思いながら、駒之介は平然と言い切る桜子と睨み合った。

そのとき声が聞こえた。

「心凪」

心凪を呼ぶ声はパソコンから流れていた。桜子が目を泳がせる。

映像はまだ終わっていなかった。蘭は体を起こして、カメラの方に顔を向けた。

「心凪に謝りたいことがあるの。私が階段から落ちたのは、心凪が下から呼んだせいじゃない。お母さんが押したの。でもずっと言えなかった。わざと押したんじゃない、偶然ぶつかっただけ、そう信じようとしてた。お母さんは私を愛してるって思いたかった。でもようやくわかったの。お母さんは私の具合が悪いと『大変、大変』って言いながら、いつも嬉しそうだった。私だけ飲まされるスープやジュースがあった。きっと体調が悪いのは全部お母さんのせい」

蘭が手を伸ばし、ベッドの脇にある引き出しから、何かを取り出した。よく見るとそれは将棋盤だった。ペンを動かして、将棋盤の暗号を書いているのが見て取れた。

しばらくすると、手を止め引き出しに盤を戻し、もう一度カメラに向き合った。

「私はきっと、お母さんに殺される。携帯を取り上げられてるから、心凪に伝える方法はこれしかない。いつか心凪が見つけてくれる。そう信じてる。心凪、この映像を見たらみんなに伝えて。私たちのシェア家族には悪魔がいるって。お願い、どうか透真を守って」

弱々しい声が僅かに聞こえ、次第にうなだれて肩が揺れている。

心凪はパソコンの画面から視線を外し、桜子に向けた。歯を食いしばり、睨みつける瞳から大粒の涙がこぼれた。

「もう止めて。全部、蘭の妄想よ」

桜子が顔を引きつらせて叫び、テーブルの上にあったテレビのリモコンを叩きつけた。大きな音が響き渡る。パソコンに向かってこようとする桜子の腕を松子が摑んだ。

「最後まで見るわ」

松子の気迫が籠もった声に、桜子は床にへたり込んだ。

「あの子ったら、何でこんなものを……。馬鹿じゃないの」

こめかみに青筋を立て、独り言のように毒づく。

パソコンからは、まだすすり泣く声が続いている。

突然部屋の扉が乱暴に開いて、蘭が顔を上げた。

「そう言えばあなた、この間病院の中庭で何かもらっていたわね？」

桜子が入ってきて不機嫌そうな声を出した。棘（とげ）のある言い方に、蘭は怯えるように答える。

「どうして知ってるの？」

「母親は子どものことは全部知ってるの。子どもの自主性とか言う親がいるけど、あれはただの責任逃れ。子どもは親がしっかりと管理しないといい子に育たないわ。もらったものを渡しなさい。親に隠しごとをするなんて許せない。あの子のせいで蘭は悪い子になったのよ」

「嫌、絶対に嫌」

次々と引き出しを開けて、中のものを乱暴にかき出し始めた。

「もう、どこにあるの？」

イライラした素振りでタンスの引き出しに手をかける。

その時、蘭が枕元の棚に手を伸ばした。そして何かを握ると布団の中に手をもぐらせた。背中を向けていた桜子が振り向く。

「今、何か握ったでしょ？　出して」

「嫌だ。これは私の宝物なの」

「蘭には私が何でも買ってあげたでしょ。玩具だってお人形さんだって」

桜子がベッドににじり寄る。

「やめて、近づかないで」

悲痛な叫びを上げ、蘭は手の中のものを口に入れ、ベッドテーブルの上に置かれたコップの液体と共に飲み込んだ。

「何してるの！　どうして言うことを聞かないの」

桜子はベッドに近づき、蘭の首に両手をかけた。覆い被さった体が激しく揺れる。

しばらくすると、動きが止まった。桜子が肩を大きく揺らしながらベッドから離れた。

隣で心凪が目を背け、「嫌……」という声が漏れた。駒之介は震える拳を強く握りしめる。

カメラは、無表情で蘭を見下ろす桜子の姿を映し続ける。やがて何事もなかったかのように頭から布団を被せ、ポケットから携帯を取り出した。

「若文さん、どうしよう……。蘭を殺しちゃった……。死にたい死にたいって泣くから……」

携帯を耳に当てながら部屋を出ていった。蘭の部屋は静まりかえり物音一つしない。

残酷な光景に目を背け、崩れ落ちる心凪の体を支える。

「蘭は桜子さんを信じようとしていたのに……。愛されたいと願っていたのに……。何でこんな酷いことができるの？」

心凪は涙で顔をぐしゃぐしゃにして、途切れ途切れに言った。

「私が産んだんだから、私の好きにして何が悪いの」

桜子は開き直ったように吐き捨てた。眉一つ動かさない冷酷な表情が、桜子の正体を浮かび上がらせる。

「警察に捕まるなんて嫌。みんなで考えましょう。きっと何かいいストーリーを思いつくわ」

すがるような目で皆を一人ずつ見回したが、誰も返事をしなかった。ただ冷たい視線が注がれるだけだった。

やがて桜子は夢見るような表情に変わり、自分の世界に入っていったようだ。駒之介が警察に通報する声にも、何の反応も見せない。

桜子の頭の中で、何が夢想されているのか、駒之介は知りたくもなかった。

桜子の逮捕から数日後、駒之介は心凪を助手席に乗せて鎌倉に向かった。

白骨死体と一緒に見つかったミニチュアのバースデイケーキには、悪夢のような真実が隠されていた。

蘭は、純一からもらった誕生日プレゼントを飲み込んだ。桜子だけには渡したくなかったのだろう。その想いに胸が張り裂けそうになる。

でも駒之介は蘭の行動には、もう一つの意味が隠されているんじゃないかと考えるようになった。

あのまま桜子がガラス細工を捜し続けたら、いずれカメラを見つけられてしまう。それだけは阻止したかった。大切な宝物を奪われず、そしてカメラの存在も守ったのではないだろうか。

カメラは静かに横たわる蘭を映し続け、バッテリーが切れたところで映像は終わっていた。

蘭の本当の心はわからない。ただ蘭がすべてを教えてくれたのは間違いない。真実を知らなければ、きっとまた恐ろしい何かが、桜子の手によって起こされていただろう。

心凪が負った深い傷を癒やす言葉は見つからなかった。

桜子の正体を知った衝撃と、自分がそんな人物を守ろうとしていたことへの後悔や憤り、そして何より蘭の最期の姿を目の当たりにした悲しみで、心凪の心はかき乱れているだろう。ゆっくり見守っていくしかないと、駒之介は感じていた。

ポツポツと交わす会話も続かず、心凪は車窓を眺めながら時折、洟をすすった。

鎌倉が近づいてくると、心凪は迷いを口にした。

偽りに惑わされたとはいえ、晄を非道な人間だと避けていた自分が、今更鴻ノ木家に帰ることは許されるのかと。

「大丈夫、みんなわかってくれる」

いくら慰めても、心凪は考え込むように前を見据えている。

早朝に出発した車が泉荘に着いたのは、夕方五時を回っていた。

浩と晄がすぐに出てきた。

「心凪」

晄が笑顔で迎える。心凪はおずおずと近づいた。

「アキ兄ちゃん、私……」

暁は黙って、大きな手で心凪の頭をクシャクシャと撫でた。

「生きていてくれて本当によかった」

二人が会うのは、心凪が刑務所に面会に行ったとき以来だ。あれから五年以上の月日が流れた。

「心凪、疲れてるんじゃないか？　中に入りなさい」

浩がいたわるように優しく声をかけた。

「お母さんはどこ?」

きょろきょろしながら小さい声で尋ねる。

「今、買い物に行ってる。すぐ帰ってくるよ」

「私、迎えに行ってくる」

心凪は道路に向かって歩き出した。駒之介もあとを追う。

海岸沿いの国道に出ると、百メートル程先に、晴恵が大きな荷物を抱えて歩いてくるのが見えた。

心凪に気がついた晴恵が手を振りながら叫んだ。

「お帰り」

二人の距離が縮まっていく。歩み寄って向き合うと、晴恵が荷物の中身を見せた。

「心凪、寝るときはこれがないと駄目だったでしょう?　なかなか見つからなくて探しちゃったわ。ほら、見て」

「抱き枕?」

「そうよ」

ちょっと得意げに答える。

心凪は少しうつむいて言った。

「お母さん、ごめんなさい」

「謝らなくてもいいのよ。心凪は何も悪くない」

「でも、アキ兄ちゃんを信じられなかった」

「それはみんな一緒よ」

「でもお母さんはずっと信じてた。一瞬もぶれなかった」

「そんなことないわ。母親だって人間。そんなに立派なものじゃない。無理やりにでも自分に言い聞かせて、信じる振りをしていただけよ」

視線を足元に落として、辛そうに胸の内を明かした。

「でもね、晄が蘭ちゃんに乱暴したと聞かされたときは、それだけは絶対にないと確信してた。晄は絶対にそんなことはしない。だからその瞬間に、何かがおかしい、晄は嵌められたんだと思った。こんな結末は予想できなかったけれど」

晴恵は心凪の手を取った。

「もう一つ、凄く後悔していることがある。私は、心凪は自分が産んだ子だ、と自信があった。それなのにDNA鑑定の結果で、気持ちがぐらついてしまった。そのせいで心凪に長い間辛い想いをさせた。ごめんね。もう一度調べ直してくれって、あのときちゃんと主張すればよかった」

「お母さん……」

「でも、もう一回、私は心凪のお母さんになりたい。もう一度家族をやり直しましょう」

声を上げて泣きながら、心凪が晴恵に抱きつく。駒之介は慌てて晴恵が持っていた荷物を引き受けた。晴恵の手がしっかりと心凪を包み込む。

駒之介は、大きな荷物を抱え、二人より先に帰り道を歩き出した。大粒の涙が頬を伝う。

中学生のとき、心凪が島に帰ったあの日も、この海岸で晴恵と一緒に泣いたのを思い出した。あのときは気づかれないように涙を隠した。でも今は違う。誰に見られても構わない。

これは嬉し涙なのだから。

駒之介は涙を拭おうともせず、夕陽を浴びながら歩き続けた。

一年後

江ノ電の心地よい揺れに身を任せる。子どもの頃から親しんだ独特な走行音も安心感を与えてくれる。新型より年季が入った車両の方がいい……なんて考えるようになった自分が不思議だ。

隣には心凪がいる。つい先日ショートカットの髪を緑色に染めた。最初見たときは驚いたが、似合っていると駒之介は思う。

残されたシェア家族の人たちは、確実に少しずつ前を向き始めている。

蘭が残した映像が決め手となり、桜子は逮捕された。その後、一条邸の家宅捜索で、桜子の化粧台から大量の薬品が見つかった。蘭や心凪への投与は明らかになっていない。

取り調べでは、桜子は自分に都合がいい作り話を繰り返している。実際に起きたことより、自分が紡ぎ出したストーリーの中に身を置いているようだ。だが事件の詳細への厳しい追及には、一転口を噤んでいるらしい。

若文は、桜子逮捕のあともしばらく供述を変えなかった。桜子に欺かれていたと知ったときの衝撃は、想像を絶するものだっただろう。受け入れるのに時間が必要だった。ようやく踏ん切りがついたのか、少しずつ事実を話し始めた。その中に、凶器のスパナを海に捨てたが、澤辺のカメラは知らない、ということも含まれていた。カメラは、桜子が処分したのだろうと、駒之介は思った。

松子は面会に行き、憔悴している若文に寄り添っていると聞いている。

若文は、松子から「本当の子どもではない」と言われ続けたことで、むしろ母への執着が生まれたと告白した。血が繋がっていない母に嫌われたくない、見捨てられたくない、という想いが強かったと。桜子と結婚したのも、松子が望んでいると感じたからで、そうすれば自分との繋がりがより強固になると思ったという。桜子を守るのが、松子の期待に応えることになると信じ込んだ。

事件を特集した番組で松子がインタビューを受けた。

モンスターと化してしまった桜子を育てた母親としての心情を切々と語っていた。その中で、看護師の経験を持つ松子が、最後に言った言葉に駒之介は引きつけられた。

「桜子は『代理ミュンヒハウゼン症候群』かもしれません」

インタビューが終わり、コメンテーターが解説する。

【ときに母親が、病気でもない子どもに何らかの症状をでっち上げたり、あるいは実際に具合を悪くさせたりして、医療機関に駆け込む事態が見られます。

母親たちは、周りから「子どもを献身的に看病する立派なお母さん」だと評価されます。つまり、それこそが「代理ミュンヒハウゼン症候群」と見做される母親の目的なのです。周囲からいいお母さんとして賞賛されたい。その目的のためには自分の子どもを平気で傷つける。信じ難いことですが、現実にそのような人物は存在します。今回容疑者になった母親も、娘を階段から突き落とし、その結果歩けなくしてしまったと思われています。そして娘の不幸を嘆くことなく、健気に明るく「献身的な母親」の役割を果たして、念願通り周りからの評価を得ます。愛情深く世話をする様子に、まさか自ら子どもを傷つけているなんて、誰も気づかなかったでしょう。この母親は、次第にそれだけでは飽き足らず、もっと人から褒められること、注目されることを求めていったのかもしれません。いずれにしろ、今後の裁判に注目したいですね】

心凪も桜子と同居してから、体調を崩して病院に度々通っていたと聞いた。桜子はいつも付き添っていたという。

夫の罪を詫びながら、被害者である心凪に献身的に尽くす姿に同情と賞賛が集まる。その目的のために、桜子の手によって心凪の不調がもたらされていたとしたら……。

桜子の邪悪な欲望には終わりがない。駒之介は改めて、そんな人物の傍から心凪を引き戻せたことに安堵する。

皆、桜子の真の姿に気づかず騙された。誰も桜子の優しさを一ミリも疑わなかった。

心凪の葬儀が行われたとき、桜子と二人で話した。事件は警察に任せて前を向いて生きろと励まされた。今では、それは将棋盤に興味を持った自分への牽制だったとわかる。

『お母さんと呼んで』

桜子に言われた声がときどき蘇る。

『お母さん』と呼んだときの不思議な感覚は、今も心の片隅にこびりついて消えない。

自分の心の中にまだ桜子はいる。

駒之介はそれが一番恐ろしかった。


鴻ノ木夫妻は、殺人犯の親と責められ、娘の死まで突きつけられた。苦悩の十年は、桜子の逮捕という事実で幕を引いた。

今はキッチンカーを再開して、本格的に前に進み出した。駒之介は二人が穏やかな生活を送れることを祈っている。


晄は冤罪が認められ、ねつ造された罪も完全に晴れた。

殺人者として扱われた長い年月は、決して取り戻せない。味わわされた無念と苦悩は消えないだろう。

ただ、自分の逮捕を知った蘭が真実を告げようとして殺されてしまったということにショックを受けていた。自分が車を盗まなければ、結果は違っていたかもしれない。もしかしたら蘭は死なずに済んだのではないか、と後悔を口にした。自分の無実を信じたのが原因で、心凪が監禁され辛い目に遭ったことにも心を痛めた。

晄は、自分が嵌められた恨みより、蘭と心凪に降りかかった悲劇に憤り、悲しんだ。蘭を悼み、心凪を思いやりながら、今、晄は両親のキッチンカーを手伝っている。

蘭の悲しい最期を知った心凪の心の傷は、いつまでも尾を引いた。身勝手で偽りだらけの桜子に対する怒り、憎しみは胸の痛みとなって残っている。

「思い出すだけで、胸が苦しくなる。何もかも忘れられたらいいのに……」

駒之介には時折、想いを吐き出す。

「もう決して交わることはない。心凪を傷つける人はいない。僕がついてる」

小さな肩を抱きながら、頼れる存在になりたい、ならなければ、と駒之介は強く思う。心凪を守り抜くことが、駒之介の人生の目的になった。

半年前から、新装開店した〈将棋カフェ・いずみ〉で心凪はアルバイトを始めた。太田の爺さんが活躍して、明るく若者向きの内装に仕上がった。常連客への配慮も忘れず、奥には落ち着いた雰囲気のスペースもある。

心凪は今では太田の爺さんを筆頭に、常連客のアイドル的な存在だ。父と一緒に「今月のおすすめメニュー」の開発に張り切って取り組んでいる。毎月、季節に合わせた料理に頭を悩ませ、試食係の駒之介に意見を求める。何を食べても「美味しい」と言う駒之介に「それじゃあ参考にならないよ」と文句をつける。

お客さんと将棋を指すこともある。初心者に教えるのが上手なので、近頃小さい子どもの客が増えた気がする。

駒之介もときどき対局するが、当然のように、心凪には勝てない。

透真は、事実を受け入れ、駒之介を刺した罪で出頭した。真実を知ったときの衝撃はどんなに大きかったか。だが感情を表すことなく、淡々と警察の取り調べを受けていたという。駒之介は被害者として、寛大な処置を願っていると伝えた。弁護士によると、執行猶予がつくだろうという話だった。

桜子は、透真のコスプレへの憧れと女の子になりたいという想いを利用し、ＲＡＮを誕生させた。透真にＲＡＮとしてコスプレをさせたのは、蘭は生きていると周囲に思わせることが当初の目的だったのだろう。

桜子は、メイクやカメラアングルを工夫することで、ＲＡＮが透真だとは誰も見破れないと確信していたのではないか。そう駒之介は思っている。

そして、加害者家族になりたくないという蘭の言い分を示し、鴻ノ木夫妻や心凪を遠ざけることにも成功した。すべて桜子の思惑通りだった。ただ一つ予想外だったのは、ＲＡＮの人気が出たことだ。思いがけず注目を浴びて桜子は嬉しかったに違いない。

でもコスプレイヤーＲＡＮの存在がなかったら、駒之介が真相に辿り着くことはなかった。皮肉な巡り合わせだと感じずにはいられない。

そして透真の判決が出る前日、話があるから来て欲しいと、晄に呼び出された。

泉荘のロビーには、浩と晴恵、晄と心凪、そして父と駒之介が集まった。口元を引き締め、並んで座る鴻ノ木家の人たちと、緊張しながら向かい合う。

晄は改めて父と駒之介に向かって、感謝を伝えた。両親を全力で支えてくれたこと、心凪を守ってくれたことに、深く頭を下げた。

そして晄は心凪と目配せをしたあとに言った。

「透真を泉荘に迎えたいと思っています。透真も僕たちと同じです。騙されていたんです。小さい頃から近くで育ち、一緒に暮らした日々もある。今の透真を放っておけない」

「偽りを信じさせられていたと知って、どんなに傷ついているか。独りぼっちになった透真を助けてあげたい。透真を守ってという蘭の願いを叶えてあげたいの」

心凪も言い添える。

その思いは、駒之介はすでに聞かされていた。「どう思う？」と訊かれて、明確な答えを返せなかった。気持ちは充分に理解できるが、鴻ノ木夫妻が、桜子の子どもである透真を受け入れられるのか疑問だったからだ。

沈黙を破ったのは、意外にも晴恵だった。

「私は賛成よ。すべてが明らかになったのは蘭ちゃんのおかげ。蘭ちゃんのためにも透真くんを支えてあげたい。晄の言う通り、透真くんも私たちと同じように傷を負った。悪いのは桜子さん一人だから」

浩が駒之介たちに顔を向けた。

「哲ちゃん、どうかな？　わがまま言うけど許してもらえるかな？」

浩が父に尋ねる。父はうつむいたまましばらく考えこんだ。

迷って当然だ。透真を受け入れることで、鴻ノ木家にやっと訪れた平穏が乱されないか心配しているのだろう。

でも駒之介は、鴻ノ木家の様子を見て気づいた。

ここにいる人たちは全員、桜子に深く傷つけられた。一生忘れられない悲しみと怒りを心に抱えている。桜子は逮捕されてもまだ、皆の心に住み続けている。

桜子という存在を完全に無き者にするために、本能的に身を寄せ合おうとしているのではないか。全員が負った傷が癒やされて、初めて桜子が消えると。

「駒之介はどう思う？」

父が投げかけた問いにすぐさま答えた。

「僕は賛成です」

「よし、それなら決まりだ。浩ちゃん、透真くんを迎える準備を始めないとな」

明るい声に、重たい空気がふっと緩んだ。

父が駒之介の肩に手を乗せて小さく頷く。何だか認められた気がして嬉しかった。

それから泉荘に透真を迎え入れ、一ヶ月が過ぎた。透真はまだ心を閉ざしたままで、ほとんど言葉を交わせていない。でも透真にも明日に向かって歩き出せる日が訪れると信じている。


駒之介は、アニメ映画を作る夢に向かい、専門学校に通い始めた。

アニメーション制作会社に就職した健吾とは、頻繁に会っている。いろいろ隠していたことを詫びたが、健吾は「気にしていない。その代わり元遠距離片想いの彼女に早く会わせろ」とからかってくる。

借りたコスプレ衣装は、血痕と傷を残したまま返すことになってしまった。時間をかけて丁寧に作っているのを知っていただけに申し訳なさでいっぱいだった。健吾と一緒に謝りに行ったが、貸してくれた当人は、ＲＡＮと戦った伝説の衣装になったと興奮していた。予想外だったが、健吾と胸を撫で下ろした。

いつの日か健吾と共にアニメ映画を作るのを夢見ている。

そして今日はもう一人、事件で傷ついた人が泉荘に来る。

心凪と迎えに向かっているのは新横浜駅。透真の唯一残った身内である松子だ。松子は今、美波島に一人で暮らしている。

どうしても孫の透真に会いたい、そして鴻ノ木家の人たちに謝りたい、と心凪に連絡が来た。

松子に非がないことは全員がわかっている。

心凪の葬儀の際に、晄を信じると言ってくれたことも、鴻ノ木夫妻の心に深く刻まれている。皆、松子に悪感情はない。

鴻ノ木夫妻は、迷うことなく松子の訪問を受け入れた。

江ノ電から乗り継いで新横浜駅へ向かう。

「松子さんが来たら、鎌倉をあちこち巡らせてあげたいの。駒くん、案内よろしくね」

「あの人、パワフルだもんね。こっちが振り回されそうな予感がする」

心凪は松子を慕っている。心凪だけじゃない。不思議とその場の雰囲気を和らげる松子を、駒之介も好きだった。こちらにいる間は少しでも楽しく過ごせるようにしようと、心凪と話していた。

「松子さんがしんみりしたところは見たことない。どんなときでも笑顔を忘れない。強い人だよ」

心凪がしみじみ言った。

確かに桜子に真相を突きつけたときも、取り乱すことなく凛としていた。

シェア家族のもう一人の母親として、松子は確かに存在していた。

「これからまだまだ大変なことがあるだろうけど、松子さんの存在は大きいよ。透真にとっても大きな支えになる。私もこの間、今からでも将棋を頑張りなさいって言われたの」

心凪は二十四歳になった。でも女流棋士になる道はまだ残されている。この頃の心凪を見ていて薄々気づいていたが、本気で子どもの頃の夢を追う決意を固めたのかもしれない。

「それは僕も応援する」

実は松子から一度電話をもらった。透真を迎え入れると決まったときだ。

「お父さんによろしくお願いしますと伝えて」松子は涙交じりに話した。「心凪を大切にしてくれて、駒之介くんには感謝しているのよ。もう他人とは思えないわ。私をお母さんだと思って、何でも甘えてね。母親にしては随分年を取っているけどね」そう言って笑った。


新幹線の改札から出てくる人々の中に、松子の姿を見つけた。後ろから大きなボストンバッグを二つ持った司波が、よたよたとついてきている。

「心凪、会いたかったわ」

「松子さん、待ってくださいよ。歩くの速いなぁ」

ぼやく司波から荷物を一つ受け取って、心凪と松子が並んで歩く後ろに続いた。隣の司波はちょっと興奮しているようだった。

「駒之介くん大活躍だったね」とか「今度話を聞かせてくれない」と話しかけられたが、適当にあしらった。

「ここだけの話だけど、透真くんって芸能界デビューする気ないかな。超イケメンだから、あんなことがあってもファンはつくと思うんだよね。独占インタビューとかどうかな」

司波が耳打ちした。

「透真はそっとしておいてください」

これだけはキッパリ言った。結局この人は番組のことしか考えていない。松子についているのも、よこしまな狙いがあってのことだろう。

「だって松子さんが、『透真は見た目がいいからもったいないわよね』なんて言うから、俺もその気になっちゃうよ」

「え？」

「そもそも松子さんから、孫が取り違えられたと聞いたせいで『離島のシェア家族』も生まれたわけだし、松子さんの発言にはいつもドキッとさせられるよね」

松子が発した言葉……。

『桜子が大きくなったらお嫁さんにしてあげて』

それを聞いて若文は桜子と結婚した。

『ここちゃんは小さい頃の桜子によく似ているわ』

松子の言葉がきっかけで取り違えの可能性が表れ、二家族の運命が動き出した。それをとても後悔していると本人から聞いている。

「松子さんが一番気にしているかもしれないから、そういうことは口にしない方がいいですよ」

司波を睨みながら言った。

「そうか、そうだよね」

苦笑いを浮かべ、わかっているのかいないのか曖昧な口振りで答えた。いい意味でも悪い意味でもぶれない人だ。

到着すると、司波を〈将棋カフェ・いずみ〉に案内した。泉荘には、心凪と松子二人だけで向かわせたかったからだ。

司波は松子と鴻ノ木家族との対面を見たかったのか、不満げな素振りを見せたが、カフェに入ると気を取り直したように父と話を始めた。

一時間くらいして心凪がやってきた。真っ赤な目をしていた。

「みんな泣いてた。でも松子さんに来てもらってよかった。透真も嬉しそうだった」

「夕飯は、ここで用意するからと、浩ちゃんに伝えてね」

父が声をかけた。

「ありがとうございます」

心凪は、涙を拭いながら泉荘に戻っていった。司波がその後ろについていく。

店を早めに閉め、夕食の準備を始める。司波を含めて、総勢九名の食事作りを駒之介も手伝った。

席に着いたそれぞれの顔は、どことなく晴れ晴れとしていた。こうして一つ一つ、桜子の残像を消していくしかない。ここに集まった人たちは、許したり許されたりしながら前へ進んでいく。

晴恵がせっせと料理を取り分けている。「美味しい」とあちらこちらで声が上がるが、会話は弾まない。こういうときが司波の出番なんだが、ただ黙々と口を動かしている。肝心なところで頼りにならない。

父が見かねて口を開いた。心凪の将棋の強さを話し始める。話題に上ったのは太田の爺さんと愉快な常連たち。心凪にコテンパンに負かされても、みんなが嬉しそうな様子を話した。心凪もつられるように、子どもたちに教えるのが楽しいと日々の出来事を披露した。

駒之介は十年前、初めてシェア家族とここで食事をしたことを思い出していた。あれからたくさんのことが起き、悲しみを共有してきた人たちに幸せが訪れるようにと願った。

悪意は知らないうちに隣に忍び寄ってくる。笑顔の仮面に隠れて正体を見抜くのは難しい。

蘭のおかげで禍の種は取り除かれた。もう大丈夫と自分に言い聞かせる。

「ときどき足の調子が芳しくなくてね。年には勝てないわ」

トイレから戻ってきた松子が足を引きずっている。浩がすかさず近づき腕を取る。

「松子さん、よかったらしばらく泊まっていってください」

晴恵の声が聞こえた。

「向こうで一人で大変でしょう。そうしてください」

浩があとに続く。

「そんなふうに言ってもらえると、また涙が出るわ。実は足がこんなだから車の運転は止めたの。だから買い物に行くのも不便でね。お言葉に甘えさせてもらおうかしら。どう思う？　心凪」

「ぜひそうして。連れていきたいところがいっぱいあるの」

「皆さんありがとう。何か面白くなりそう」

松子はハンカチで目を押さえながら、おどけて見せた。温かさが部屋中を包み込んでいく。

「駒之介、アイスあるぞ」

父がビールを片手に叫んだ。

冷凍庫を開けると、ハーゲンダッツがたくさん入っていた。

「透真、アイス食べるか？」

隅で大人しくしている透真に声をかけると、小さく頷いてカウンター席の隣に座った。

「好きなの選んで」

しばらく悩んだ末にストロベリーを選んだ。

「私はどれにしようかな」

心凪が寄ってきて選び始めた。

駒之介が好きなストロベリーはあと一つ。十年前と一緒だ。

「私これにする」

心凪はストロベリーを手に取った。ちょっとだけがっかりしてバニラを取ろうとすると、心凪は「嘘よ」と言って、ストロベリーを差し出す。

「駒くん、これ好きでしょ？」

悪戯っ子みたいな目を向ける。

思わず駒之介は笑った。こんな小さなことで笑い合える。それだけで幸せだ、としみじみと感じた。

テーブルを囲む人たちも、つられて笑顔を見せている。

駒之介は透真に渡す物があった。二階からみんなに見つからないように持ってきて、カウンターに座る透真に一枚のイラストを差し出した。

描かれているのは、太陽が燦々（さんさん）と照りつける中、女剣士と中世の騎士が並んで立っている後ろ姿だ。二人の前には、太陽に向かってまっすぐに道が延びている。

二人はがっちりと肩を組み、足を踏み出す。

「この二人が主人公の話を考えてるんだ。二人は固い友情で結ばれていてね……」

駒之介が語り出すストーリーを、透真はじっと聞いている。

その横顔に、少しだけ八重歯が覗いた。

新しい『シェア家族』が始まろうとしている。

エピローグ

「お疲れ様。何か欲しいものがあるか？」

出産を終えた妻に夫が優しく声をかけた。

「バースデイケーキが欲しい。白いクリームの可愛いケーキ。黒いバースデイケーキの夢を見たの。何だか嫌な夢だった」

夫は笑って頷いて、病室を出ていった。

安心したように眠る小さな赤ちゃんを見つめて私は言った。

「本当に可愛らしい赤ちゃんですね」

「この子は伸び伸びと育てたいわ」

胸を張って言ってるけど、このお母さん、大丈夫かしら。

昨日、黒いバースデイケーキが出てくるホラー映画を観たって話したら、早速夢で見たなんて、単純ね。

言葉の種を一つ蒔（ま）くと、必ず小さな芽が出る。どんどん育って花が咲く。

どんな花が咲くかは私にもわからない。それをじっくりと眺めるのが好き。

中学生の頃、人気のある先輩を指さして「あの先輩、あの子のこと好きらしいよ」とでまかせを囁いた。次の日になると、クラスの女子の関係に歪（ひず）みが生まれていた。

何だかゾクゾクして快感だった。

私の言葉で何かが動き出すのが愉快で仕方ない。

さてと……。今度はどんな種を蒔こうかしら。


病室の窓を、姫雨燕が横切る。

「近くに巣があるの？」

妻は窓に目をやり体を起こした。

「ツバメの子殺しって知ってますか？」

「え、何それ、知らない」

「乗っ取りツバメっていって、強いオスが雛（ひな）のいるメスと夫婦になると、前のオスの雛を巣から落として殺してしまうらしいの」

「酷いわね」

「四階の廂（ひさし）に巣があるんですよ。屋上から覗き込むと出入りする様子が見えるんです。姫雨燕も子殺しすると言うから、雛が落とされたりしないかしら。さっき酷く鳴き声が聞こえたけど」

「まあ、心配だわ」

——私は種を蒔いた。さあ、どうするお母さん。

「私、少し歩いても大丈夫よね？」

「いいですけど、もし必要なものがあるなら持ってきますよ」

「ありがとう。でも自分で行くわ」

「また来ますね。何かあったら、ボタン押してくださいね」

私は病室を出た。

――あら、もう芽が出たみたい。

他の部屋を回っていると、病室を出る妻の後ろ姿が見えた。

私は待つ。どんな花が咲くのかを。


ドン――

太鼓の音のような響きが聞こえた。

ゆっくり窓に近づき見下ろす。

――いけない、言い忘れてたわ。屋上の手すり、寄りかかると外れちゃうの。ちょうどあの辺から身を乗り出すと巣が見えるんだったわ。危ないから屋上の鍵はかけているはずなのに、誰かしらね、外したのは。

地面に横たわる妻に向かって心で呟く。
――心配しないで。全部私に任せて。私の子どもじゃないけど、排除したり
の言うことを聞く、いい子に育てるわ。
篤治郎さんと私と桜子と、この赤ちゃん。新しい家族が始まる。

――みんなで家族になりましょう。いろ

ない。私

だわ。

本作品は書下ろしです。

※この作品はフィクションであり、実在する人物・団体・事件などには一切関係がありません。

本作品は書下ろしです。

※この作品はフィクションであり、実在する人物・団体・事件などには一切関係がありません。

「ありがとう。でも自分で行くわ」

「また来ますね。何かあったら、ボタン押してくださいね」

私は病室を出た。

――あら、もう芽が出たみたい。

他の部屋を回っていると、病室を出る妻の後ろ姿が見えた。

私は待つ。どんな花が咲くのかを。


ドン――

太鼓の音のような響きが聞こえた。

ゆっくり窓に近づき見下ろす。

――いけない、言い忘れてたわ。屋上の手すり、寄りかかると外れちゃうの。ちょうどあの辺から身を乗り出すと巣が見えるんだったわ。危ないから屋上の鍵はかけているはずなのに、誰かしらね、外したのは。


地面に横たわる妻に向かって心で呟く。

――心配しないで。全部私に任せて。私の子どもじゃないけど、排除したり[illegible]の言うことを聞く、いい子に育てるわ。

篤治郎さんと私と桜子と、この赤ちゃん。新しい家族が始まる。


――みんなで家族になりましょう。いろいろ面白いことが起こりそう[illegible]

何だかゾクゾクして快感だった。

私の言葉で何かが動き出すのが愉快で仕方ない。

さてと……。今度はどんな種を蒔こうかしら。


病室の窓を、姫雨燕が横切る。

妻は窓に目をやり体を起こした。

「近くに巣があるの？」

「ツバメの子殺しって知ってますか？」

「え、何それ、知らない」

「乗っ取りツバメっていって、強いオスが雛(ひな)のいるメスと夫婦になると、前のオスの雛を巣から落として殺してしまうらしいの」

「酷いわね」

「四階の廂(ひさし)に巣があるんですよ。屋上から覗き込むと出入りする様子が見えるんです。姫雨燕も子殺しすると言うから、雛が落とされたりしないかしら。さっき酷く鳴き声が聞こえたけど」

「まあ、心配だわ」

──私は種を蒔いた。さあ、どうするお母さん。

「私、少し歩いても大丈夫よね？」

「いいですけど、もし必要なものがあるなら持ってきますよ」

ブラックバースデイ

手紙を書いたり、読書をする。囲碁や将棋が1セット設置してあるという。トイレの壁は透明ガラスで中が見えるようになっている」という（『日刊SPA！』「トイレが外から丸見え。雑居房ではストレス満載の「刑務所」生活」二〇二一［令和三］年六月二十六日）。

25 **【キメセク】**男女ともに覚せい剤を使用してするセックスを指すスラング。「**【語源】**効（き）めてセックス。両名とも強い依存性・常習性を有していることが多く、憂うべき言葉である」（刑事弁護OASIS「今日のKEIBEN用語集一覧」）。

26 **【未成年（深夜）徘徊】**深夜に未成年が単独で外出して夜遊びしたり、うろついたりすること。主人公が中学生時代を過ごした愛知県では「愛知県青少年保護育成条例」の第十七条において、「保護者は、深夜に、みだりに青少年を外出させないようにしなければならない」と定めている（愛知県警ホームページ）。

27 **【枚方にある少年院】**正しくは大阪府交野（かたの）市にある「交野女子学院」のこと。「初等・中等・特別少年院が併設された女子少年院です。主に近畿地方（2府4県）と中部地方（6県）の家庭裁判所から保護処分として送致された14歳から20歳未満の女子少年を収容しています」（少年院.com「交野女子学院」）。

28 **【チンコロ】**密告のこと。

29 **【級が上がらない】**少年院において「在院者の処遇段階は，1級，2級及び3級に分け，1級及び2級を更に上・下に分けている。新入院者は，2級下に編入され，その後，改善・進歩に応じて各段階に移行させる」とある（平成二十年版『犯罪白書』）。すなわち各段階の目標を達成することで徐々に進級し、仮退院となるが、規律違反や生活態度が悪いと級が上がらず、入院期間が延びることになる。

30 **【甘シャリ】**主に刑務所で使われる言葉。シャリとは銀シャリでおなじみのコメのことだが、刑務所で甘シャリというと、ぜんざいや甘味の食べ物を指す。刑務所に収容されている人は、概して甘味に飢えているので喜ばれる。ちなみに、刑務所の主食は麦（バク）が混入しているのでバクシャリ、麺類は長（なが）シャリと呼ばれる。

31 **【不正配食】**刑務所用語。特定の受刑者に食事を多く盛りつけしたり、不正に授受したりする行為を指す。

する行為をする性癖のあること」が虞犯事由として挙げられている。少年法が虞犯少年を少年審判の対象とし、罪を犯す可能性が高い少年に保護処分を下す理由として、犯罪を未然に防ぐことと、少年の健全育成を図ることを目的としているからである。本書の主人公は無断外泊して家に帰らず、暴走族と交際し、いかがわしい場所に出入りしているので、複数の虞犯行為が指摘される。

20 **【少年鑑別所】**「(1)家庭裁判所の求めに応じ、鑑別対象者の鑑別を行うこと、(2)観護(かんご)の措置が執られて少年鑑別所に収容される者等に対し、健全な育成のための支援を含む保護処遇を行うこと、(3)地域社会における非行及び犯罪の防止に関する援助を行うことを業務とする法務省所轄の施設で」ある(法務省ホームページ)。

21 **【保護観察処分】**家庭裁判所の決定によって付されるものである。保護観察では少年を少年院などの施設に収容することなく、社会で生活をさせながら、保護観察所の指導・監督の下に置き、更生を図る保護処分である。少年の場合の保護観察は原則二十歳に達するまでとされるが、保護観察期間中に継続就労するなど更生し、規則正しい生活を行っていると保護観察所が認めた場合には二十歳を待たずに観察解除となる。ただし、二〇二二(令和四)年四月からは少年法改正を受けて十八、十九歳の「特定少年」は保護観察期間が六カ月と二年のいずれかとなった。

22 **【保護司】**犯罪や非行をした人の立ち直りを地域で支える民間の無給ボランティア。保護司法にもとづいて法務大臣から委嘱された非常勤の国家公務員である。保護観察対象者には保護観察官と協働して保護観察対象者の面接などを行う。

23 **【積木くずし】**一九八三(昭和五十八)年十一月三日に東宝(とうほう)から配給された映画作品。「非行に走った娘とそれを更生させようとする両親の凄(すさ)まじい闘いを描く」(映画.com)。

24 **【雑居】**さまざまな人が同じ部屋にいる部屋のことを指すが、主人公は刑務所の「雑居房」をイメージしている。刑務所の雑居房とは刑務所の受刑者が共同生活する部屋のこと。たとえば、成人男子刑務所の場合、「12畳ほどの空間で6人が定員。机で食事を摂(と)ったり

麻加 朋（あさか・とも）

1962年東京都生まれ。2022年『青い雪』で第25回日本ミステリー文学大賞新人賞を受賞しデビュー。本作が受賞後第1作となる。

ブラックバースデイ

2023年5月30日　初版1刷発行

著　者　麻加 朋（あさか とも）

発行者　三宅貴久

発行所　株式会社 光文社

〒112-8011　東京都文京区音羽1-16-6

電話　編集部　03-5395-8254

書籍販売部　03-5395-8116

業務部　03-5395-8125

URL　光文社　https://www.kobunsha.com/

組　版　萩原印刷

印刷所　堀内印刷

製本所　ナショナル製本

ISBN978-4-334-91527-8